U0864405

界碑

蒋光成 著

北京日报出版社

图书在版编目（CIP）数据

界碑 / 蒋光成著 . -- 北京 : 北京日报出版社，2019.6

ISBN 978-7-5477-3316-5

Ⅰ . ①界… Ⅱ . ①蒋… Ⅲ . ①长篇小说—中国—当代 Ⅳ . ① I247.5

中国版本图书馆 CIP 数据核字（2019）第 079516 号

界碑

出版发行：北京日报出版社
地　　址：北京市东城区东单三条 8-16 号东方广场东配楼四层
邮　　编：100005
电　　话：发行部：（010）65255876
　　　　　总编室：（010）65252135
印　　刷：河北宝昌佳彩印刷有限公司
经　　销：各地新华书店
版　　次：2019 年 6 月第 1 版
　　　　　2019 年 6 月第 1 次印刷
开　　本：880 毫米 ×1230 毫米　1 / 16
印　　张：15.75
字　　数：250 千字
定　　价：48.00 元

版权所有，侵权必究，未经许可，不得转载

内容提要

已经过去的20世纪喧嚣而纷繁，新疆生产建设兵团的成立，无疑是标志性事件之一。

50年代初叶，中国的西北边陲，大漠孤烟，长河落日，黎民苍生或祸于战火、匪患，或在贫瘠困苦中苦苦哀告，与众多国度相连的千里边境线却“有边无防”……

兵团的成立，见证了这一切历史的巨变。

60多年来，这支不穿军装、不拿军饷的“特殊部队”，平暴剿匪，铸剑为犁，不但在亘古戈壁荒原上建成了一个个阡陌纵横、林带成网的绿洲生态体系，为新疆建成了第一个毛纺厂、糖厂和钢铁厂，奠定了新疆的现代化工业基础，而且不折不扣地执行保卫边疆、屯垦戍边使命，忠实履行职责，先后从与邻国有争议的地区收回约5000平方公里……

岁月几经风霜，中国大地上的生产建设兵团纷纷撤并，唯独新疆生产建设兵团成为例外。

今天，在新疆每三亩半耕地中，就有一亩是兵团开垦的。

中央政府对西域的屯垦，始于汉代。但多为“一代而终”。而当代中国西部的屯垦戍边事业，延续至今，却兴盛不衰，为人类和世界留下了一个个神秘而又传奇的故事……

《界碑》就是基于上述背景下，记录兵团历史钩沉的一部长篇小说。

戴文涛和戴翔南父子、王玉坤、王秀珍和王秀媛姐妹、蒋钟勋、尼热古丽、罗苏琳等人在新疆这片热土上，献了青春献终身，献完终身献子孙，把一腔热血洒在了他们为之奋斗的土地上，演绎出了一幕幕人生悲欢离合的沧桑史。

屯垦戍边，是时代与人生、历史与现实、精神与存在、理想与欲望的紧密交织、融汇，凝结在一个由不同人物遭遇的命运平台上，让他们循着时间的脚步，在走向未来的路上，呼号、挣扎、冲突，泣血而歌。

在特定的条件下，戴文涛、戴翔南、王玉坤、王秀珍、王秀媛、蒋钟勋、尼热古丽、罗苏琳等人按照自己理想的模式，执着地去寻找人生的出口。然而，历史的真实与残酷，让他们的情感与价值、理想与命运，始终在困顿、迷茫中纠结、挣扎。但坚强的信念、朴素的品格、自我牺牲的意志，支撑着他们不停地去努力营造一个个未来的希望。虽然，他们也明白，突然有一天，自己会消失在一个没有多少人知道的荒野之中，可能永远也看不到未来是什么样子，但他们不悔。

人性，是这个世界永恒的主题。

在《界碑》中，作者本想着以诗性的笔触和浪漫主义的想象，勾勒出一个“边疆的家园”。这个家园远离城市的喧嚣，没有世俗的纷争，有的只是人与人之间朴素、真诚和与自然万物的和谐融洽。但在生活和工作中渐渐形成的各种矛盾和对立力量，改变了人们对事物的认识高度。那种曾经依托传统乃至巨大牺牲延续精神接力的方式，那种真实善良、朴实无华、忍辱负重、勤俭节约的品性，在现实中渐行渐远，遁迹在寂寞的角落里。

《界碑》力求通过几代兵团人充满神秘色彩的坎坷经历，来反映中国大西北的历史演变和社会现实，让读者深切感受到创业的艰难和恢弘的历史沉淀，也让读者体会到最深刻的人性和最令人震撼的情感。

一群普通的兵团人，拼将热血，默默地守在祖国的千里边防线上，他们一守，就是几十年；他们一守，就是几代人……沿着历史的足迹，我们仿佛在时光的隧道中，感同身受主人公戴文涛、戴翔南、王玉坤、王秀珍、王秀媛、蒋钟勋、尼热古丽、罗苏琳等人，那些或近或远的苍凉、悲壮、寂寞、孤独、绝望和希望……

目　录

第一章　铁流西进秋风狂

军令如山，十万大军顷刻之间解甲归田。

一

一阵尘土卷起，紧接着，是一片远去的马蹄声。

戴翔南从一道河到另一道河，沿着一个个不知名的村庄向前蹒跚地走着。和这些河、这些村庄一样，他不知道在他的前方，等待他的是什么。

整个大地看上去是平的。一道道干涸的河床，像一道道被撕开的伤口。

但向阳的河畔上还布满着浅浅的绿。虽然是秋天，天却冷，那是一种温暖的冷。胡杨穿着金黄色的衣裙，仍然在河畔上翩翩起舞。

远处，唯余莽苍。干裸的河床上，一位牧人手执牧鞭，驱赶着羊群，在大风刮起的细小土尘中，羊群低着头走路，啃着地上挺立的干草。它们在河道间行走，背离一个村庄，向着另一个村庄。

这情景，像一首寒冷的诗：清冷，苍凉，平淡，宁静。

远方的山脉，翠峰相簇，雪原如练，如长空下一匹肃穆静立的马，于博大的原野上，在视觉的远望中遥遥站定。

站在一望无垠去往西北的路上，戴翔南感受到一阵足音正沿着岁月流过的方向，缓缓地向他走来。那到底是历史记忆的幻觉，还是呼啸的北风撕裂时光的声音？伸向远方的路，在冷冷的风中醒着。这片典型的塞北边陲之地，把漫长的秋季，扯成了一种真正的远。高远、秀丽、从容、恬淡，仿佛一切都和山水、村落、土屋、阳光随意交织在了一起，流泻着生命独有的暖意和淡淡的忧伤。

戴翔南已经离开家乡好多天了。他不敢走大路，生怕被人打劫。但一个多月以来，他看到一队队人马，翻过了白雪皑皑的祁连山，行进在河西走廊上，前锋直指玉门关外的新疆。他就这样小心翼翼地一路尾随着，进入了星星峡。

忽然，一个人策马而来，从戴翔南身边冲过时，趵起一缕烟尘，溅了他一身泥土，然后扬鞭而去。戴翔南只看见了他身后背着的那口系着红缨、寒光四射的大刀。

1949 年，兰州。

国民党马步芳主力 248 师，在驻守的营盘岭上，用犬牙交错的钢筋水泥明暗连接，构筑起了永久性的碉堡工事，同时，将碉堡前沿削成峭壁，峭壁下，又挖出了一丈多深的堑壕，堑壕外沿架设铁丝网，布设雷群。面对固若金汤的碉堡群，马步芳胸有成竹，在军事会议上，他亲自为其命名“兰州锁钥”。

先遣连连长戴文涛带领一支小分队，深入地雷密布的前沿阵地隐蔽接敌。他们成功地排除了第一枚地雷，紧接着，两枚、三枚，正当先遣连逐渐接近敌人的碉堡群时，一个由五人组成的敌人巡逻队好像听到了什么动静，持枪闯入了他们的伏击圈。

戴文涛第一个跃出草丛，迅速扑倒了一个敌人。这时，另一个敌人从他的侧面开了枪，一梭子弹扫了过来，擦伤了他的肩膀，鲜血顿时流了下来……枪声立刻吸引了敌人的炮群。一发炮弹呼啸着飞了过来，一排排长王小堡一个健步冲到了戴文涛跟前，把他推出了几米以外，然后纵身扑了过去，将戴文涛压在了自己身下。炮弹爆炸了，掀起的石块落了王小堡一身。

王小堡抖落身上的泥土，立刻端起枪，向已经发现他们的敌人射击，却不幸被再次飞来的炮弹击中，他顿时变成了一个血人，小腿部的血管肆无忌惮地向外喷着殷红的血。

急红了眼的戴文涛从地上一跃而起，抓起冲锋枪朝对方扫了过去。然后背起王小堡向密林中撤离。

“还好，只擦伤了一点儿皮！”戴文涛给王小堡包扎时，王小堡笑着说。

“今天不是你，我就报销了！算我欠你一条命！”戴文涛悻悻地说。

“欠命就别还了，允许我抽支烟，就算我们两清！”王小堡说。

“这可不行！纪律，你懂吗？这里是敌人的前沿，你想把我们全部埋在这儿啊？”戴文涛的脸顿时黑了下来。

“那……不抽就不抽呗，瞪什么眼哪？”王小堡很不情愿地把刚刚掏出口袋的烟，又装了回去。

1949 年 8 月 21 日，中国人民解放军向营盘岭发起了猛烈进攻，次日，逼近其前沿阵地。

此役，先遣连担任爆破任务。

当戴文涛带领部队运动至主峰时，突然遭遇到了敌人的猛烈反击。敌军的炮兵阵地隐蔽在一个长 20 米、宽约 5 米的大碉堡中，内有两挺美式机枪、两支冲锋枪和七支卡宾枪在向外扫射。碉堡两侧，还有两门迫击炮在不停地攻击。已经接近主峰的先遣连被压在了一片开阔地上，进退不得，战场形势十分危急。

戴文涛命令王小堡率领一排立刻突击，插向敌碉堡侧面，准备对其进行两面夹击。一排经过三次运动，才接近了碉堡。整座碉堡是用钢筋水泥和麻袋筑成，十分坚固，直射炮打上去用处不大。王小堡怒目圆睁，大声喊道：“三班长，爆破！”三班班长受命第一个冲了上去，把爆破筒塞进了碉堡。“轰”的一声，碉堡被炸开了一个口子，但碉堡内的火力仍在不断地向外射击。接着，另一个战士冲了上去，把那个口子又撕开了一块。但是，碉堡里的火力仍然在“突突突”地响着。

王小堡耐不住了！他从身边一位战友的手中抢过爆破筒，和正抱着炸药包的战士杨志成，箭一般地冲向了敌阵。敌军发现了他俩在向碉堡靠近，便组织各种火力进行阻击。在战友们的掩护下，他们一会儿跃进，一会儿卧倒，巧妙地躲避着敌军的火力，终于冲到了碉堡跟前。

俩人分工协作，由杨志成炸碉堡一角，王小堡避开敌人的火力向前跑了三四米，从一个麻袋缝里把爆破筒塞了进去。可是，没等他拉火，爆破筒便被里边的敌军推出了一尺来长。王小堡没有犹豫，他赶紧抓住爆破筒，又使劲地推了进去。可他刚要拉火，爆破筒又被敌人推了出来。部队眼看就要发起冲锋了，王小堡义无反顾地抓住爆破筒，打开拉火环，猛地推了进去，用双手死死地顶住不放，然后向杨志成大喊了一声：“赶快拉火……”伴着“轰隆”一声天崩地裂的巨响，敌人的碉堡飞上了半空……

8 月 25 日，总攻开始。经过十几个小时的激战，敌军遭到毁灭性打击。“兰州锁钥”迅疾被攻破，红旗插上了营盘岭。

那次战斗，戴文涛不幸触雷，被气浪掀翻在地，飞起的沙石打伤了他的双眼，他只觉得一阵钻心的疼痛，揉开眼睛看时，什么也看不见了。后经前线医院治疗测定，他的一只眼睛受伤，视力严重下降。

战斗结束后，王小堡被追记一等功，同时被授予“战斗英雄”称号……

王小堡墓前，戴文涛哭得像个泪人似的：“小堡，真的对不住，我应该让你抽那支烟哪！都怪我火气太旺，要求太严，你救了我的命，我却拒绝了你那么一丁点儿的要求。如果不是你，今天躺在这里的，肯定是我……你放心，每年的清明，我一定来看你……”

就在王小堡的遗体被掩埋时，戴文涛哭着将两条烟放到了王小堡的头边，希望他一路走好……

一路上，戴翔南没有找着父亲。

眼看带的干粮就要吃完，快要心灰意冷的他，惆怅地向四周望了望。他突然发现，在夕阳的落处，一片青黄交织的色彩时隐时现。

“绿洲？”已经疲惫不堪的戴翔南，随即向那片绿色奔了过去。

跑至近前，惊人的一幕出现在了他的眼前：一队身着杂色的队伍骑着马，肆无忌惮地冲进田间，和一位正牵着耕牛犁地的老农，没有搭上几句话，便一把把老农推倒在地，挥舞起马鞭在老农身上一顿乱抽，继而把那头耕牛刀劈几块，装进了托在马鞍旁的褡裢里，扬长而去，鲜血洒了一地。

躲在草丛中的戴翔南，被吓得大气也没敢喘一声。直到马队远去，他才从草丛中探出头来，长长地喘了一口气。

二

戴文涛骑着一匹浑身炭黑的汗血马走在部队的最前面。据说，这种盛产于西北的剽悍马种，能日行千里，夜行八百。他的身后，络绎不绝的行军队伍纷至沓来。

在前方不远的一座木桥上，他看到一位少女一路上狂奔不止，他执缰追了过去。

“别追了，我的东西都被你们抢光了，真的什么也没有了！”望着徐徐开来的队伍，已经跑得筋疲力尽的尼热古丽干脆停了下来。

“姑娘，别害怕，我们在行军，没有追你。”看着尼热古丽瑟瑟发抖的样子，戴文涛紧勒马缰，下了马。

“不是追我？我都跑了半天了，实在跑不动了。昨天，我的东西也是被一群当兵的抢走的。难道你们……不是一伙的？”尼热古丽战战兢兢地问。

“你肯定碰着土匪了。现在时局很乱，不要乱跑，找一个安全的地方先待下来，等我们部队接管了防务，一切都会好起来的。”戴文涛告诉尼热古丽。

“你是谁？我为什么要相信你？”面对戴文涛，尼热古丽露出了疑惑的目光。

“我们是中国人民解放军进疆部队先遣连，如果遇到什么困难，你可以到这个地方来找我……”戴文涛从挎包里拿出一张纸来，写了一个地址递给了尼热古丽。

看着尼热古丽那张惶惑的脸，戴文涛仿佛又像想起了什么似的，他又从挎包里拿出了一些干粮递了过去：“歇会儿，吃吧！”然后，跨上马，匆匆离去。

望着戴文涛远去的背影，尼热古丽看了看纸条，然后自言自语地呢喃道：“先遣连……戴文涛……驻军比开里斯河，他们……真的不是土匪？”

想起这两天的遭遇，她不禁悲从中来。她自己也闹不清到底发生了什么事，她原本平静的生活完全被打破了。

1949 年 9 月 25 日，国民党新疆警备总司令陶峙岳、新疆省主席包尔汉通电全国，率部起义，宣布驻疆国民党官兵 10 万余人脱离国民党阵营，接受人民解放军和平改编。

随即，在比开里斯河拥兵自重的霍尔德曼率部发动了叛乱。

叛军沿着比开里斯河一线奔袭，继而蔓延到北天山一带。致使比开里斯河两岸两个地区 15 个县中有 11 个县的社会治安处于紧张混乱的状态之中。

消息传来，全疆震惊。第二天一早，各大报馆相继以醒目的标题，在头条位置上，报道了尼热古丽的爷爷托乎提 · 尼亚孜大毛拉被刺死的消息。

没过两天，尼热古丽的父母买买江·托乎提和阿依古丽相继死于非命。尼热古丽被父亲的同事、省政府水利厅技术员蒋钟勋收留，继而蒋钟勋的家又遭到洗劫，蒋钟勋生死不明。尼热古丽被迫独自逃亡。

三

接二连三的恐怖袭击，令戴文涛彻夜难眠。

就在托乎提·尼亚孜大毛拉被刺死的第二天一早，他接到了出兵平叛的命令。

他把副连长叫到办公室："又有仗打了！立即集合部队，准备出发！现在我们需要一个大的胜利来稳定局势！"

他从衣架上拿起枪套挎在身上，说了声："咱们走！"一出门，他便匆匆地跨上了那匹浑身炭黑的汗血马，向着操场飞驰而去。

此刻，部队正在操场上组织练兵。戴文涛刚下马，通信员就向他跑了过来，然后附在他的耳朵上，告诉了他一个惊天的消息："你儿子来了！"

"什么？我儿子？不会吧！我最后一次见他的时候，他才小萝卜头一个，这么高一点儿，"戴文涛说的时候，还专门用手比画了一下，"不会吧！人在哪儿？"

当满脸风尘的戴翔南被带到戴文涛跟前时，他那张永远冷峻的表情底色上，似乎开始产生了些许温和的变化。

眼前的儿子已经长成了几乎和他一般高的个子，只是憨憨地站在那里，很腼腆的样子。由于紧张，他那双已经皲裂的双手不知道该往哪儿放。

"戴翔南，我的儿子，都这么大了！嗯，像，像老子！你怎么知道老子在这儿？怎么找到这里的？"戴文涛一股脑儿地抛出了很多话。

"我……我也不知道怎样找来的。出来的时候，妈妈告诉我你来了新疆，让我来这里找你……我去了很多地方，一直没有你的音信……后来我被土匪抓了，是你们部队的人把我救了……爸，我想当兵！"不知为什么，可能是心有灵犀，戴翔南也想把一肚子的话告诉父亲。但眼前的父亲，对他而言，实在是太陌生了。

在戴翔南的印象中，他好像没有见过父亲几次，从记事的那一天起，他一直和母亲生活在一起。和父亲的最近一次会面，好像也是八年前的事，那一年，他刚满五岁。

这一次，他是专门从四川老家乐山来新疆寻找父亲的。

“想当兵？好啊！我现在太需要补充兵员了！你知不知道，这一路走来，除了战斗自然减员和那些带伤的、病的，连队的老底子都快打光了！”戴文涛拍着戴翔南的肩膀说，“变了！变得结实了！已经长成大小伙子了！”他的嘴里虽然这样说着，眼泪却情不自禁地流了下来。

望着因长途颠簸显得有些憔悴的儿子，戴文涛没有把他带去连部休息，而是直接把戴翔南带去了连队荣誉室。

连队荣誉室虽然不大，可有关全连活着或死去官兵的实物、图片、文字资料却占去了大半。戴翔南没有想到，这些自连队成立以来牺牲的烈士和英雄，在这里还有这么大属于他们的空间。他把陈列在展柜中的实物，一件件地仔仔细细地看了一遍。那些逝去的人们生前穿过的棉衣、用过的水壶，还有被敌人炸断的使用过的步枪，令他眼前一亮。望着那一件件沾满英雄血迹的物品，感受着那字里行间英雄们奔涌的血脉，戴翔南有些吃惊了。

忽然，一枚“特级战斗英雄”的勋章闯入了戴翔南的眼帘。他想伸手去触摸那枚勋章，却不想还隔着一层玻璃。这时，一只手伸过来，挡住了他的手。戴翔南抬起头一看，四目相对，他顿时愣住了。

“这不是坤子吗？你怎么在这儿？”戴翔南很惊诧。

坤子大名叫王玉坤，是戴翔南同村的发小，长他几岁。

“我爸爸死了，我顶了他的班，当了兵。”王玉坤沮丧地说。

“你爸爸……没了？在哪儿？”听了王玉坤的话，戴翔南一头雾水。

“在这儿！”王玉坤从玻璃窗前拿开了他的手，然后指了指橱窗里的那枚勋章。

“你爸爸在这儿？”

“他只剩下这个了！”王玉坤叹了一口气，说。

戴翔南望着那枚勋章沉思了很久。他蠕动了几次喉咙，想说些安慰的话，但最终还是什么也没说，因为他不知道该说什么。他们就那样站在橱窗前相互审视了对方很久、很久。

眼前这座高高耸立的库伦格木山，集中了世界上三分之二 8600 米以上的高峰，素有“生命禁区”之称。这里终年积雪，空气稀薄，气候变化无常。时而狂风骤起，时而鹅毛大雪飘飞。10 月初冬，温度常在零下 20 多摄氏度，有时可达到零下 40 多摄氏度，就是六七月间也要穿棉衣棉裤。在这样的高原严寒地区作战，古今中外的战争史上，绝无仅有。

雪山、荒原，千里赤地，万里冰霜，构成了这里自然景观的全部。

据可靠情报，霍尔德曼叛军已经被解放军堵在了这片冰天雪地之中。

戴文涛所部受命进山清剿。

与霍尔德曼叛军遭遇战打响不久，王玉坤不幸右腿中弹，鲜血直流。在零下 30 摄氏度的严寒中，伤口如不及时包扎，就会有生命危险。戴文涛迅速冲到王玉坤身边替他包扎。

“别管我，我要替我爸爸报仇！”王玉坤推开戴文涛猛地站了起来，跌跌撞撞地继续向前冲去。正在这时，一颗手榴弹向王玉坤飞来，在这千钧一发之际，戴文涛纵身一跃，死死地将王玉坤压在了自己身下。随着一声巨响，王玉坤安然无恙，而戴文涛却背部、臀部和腿部多处被炸伤，倒在了血泊之中。当战友们将戴文涛抱上担架抬到半山腰时，他却挣扎着滚了下来，说了句：“我能行……快去堵住前面的山口……”

在解放军的强大围堵和追击下，霍尔德曼的大部分官兵不战而降。在戴文涛所部封锁住库伦格木山最后一个山口时，又逢狂风大雪，饥寒交迫中，所剩无几的随从纷纷逃亡，绝望中的霍尔德曼无力制止，遂掏出手枪准备自杀，被副官麻木提一把夺下。霍尔德曼见大势已去，带着麻木提等残部翻越北天山，向着一望无垠的沙漠逃去。

戴文涛是被担架抬下雪山的。这一次，他虽然躲过了死神的邀请，但锋利的弹片却让他几乎变成了一个废人。

他的立功喜报和上级急电，几乎是在同一个时间传达到连队的。戴文涛没有看一眼那张表彰他为“爱兵模范”的奖状，而是急着把那封急电一把抓在了手里，仔细地看了起来。上面赫然写着中央领导向驻疆部队下达的命令：“你们现在可以把战斗的武器保存起来，拿起生产建设的武器。当祖国有事需要召唤你们的时候，我将命令你们重新拿起战斗的武器，捍卫祖国。”

那是 1952 年 2 月的事。

军令如山，十万大军顷刻之间解甲归田。

“什么？不打仗了？让我们种田，当农民？这算是什么命令？是不是搞错了？”接到命令，戴文涛一头雾水，他搞不清楚上级演的是哪出戏？他拨通了营部的电话。营长和他一样，也没有缓过神来。他忙不迭地又把电话打到了团部。

团长在电话里明确地告诉他：“放下战斗的武器，铸剑为犁！”

“你说啥？仗不打了？这土匪也不剿了？就是种地，也不影响打仗呀！”戴文涛急了。

“老戴啊，你是老兵了，要服从命令听指挥，在连队里要首先带个好头！”团长的口气不容商量。

“那……好吧！我服从就是了。但是剿匪……”戴文涛话没有说完，电话那头已经挂了，只剩下了“嘟嘟”的空响声。

“他妈的，这不便宜了霍尔德曼这个老东西了吗？这狗日的，太缺德了。把我炸残了，这不是要我断子绝孙吗？好歹我已经有儿子了，老子什么也不怕了。但这个仇，一定得报，这是早晚的事。等我抓住这个老家伙，我要亲自骟了他……”戴文涛越说越气，走出办公室不远，最后干脆一屁股坐在了地上。

“唉，军人以服从命令为天职。让种地就种地呗！就是种地，也得有水呀！这个兔子都不拉屎的地方，哪来的水呢？”

想到这里，戴文涛一下子皱起了眉头。突然，他皱起的眉头又舒展开来：那是什么？一汪清清的、白花花的东西，在他眼前汩汩直冒。

“水？泉水？这里有水？”他笑了，自言自语道，“我说嘛，天无绝人之路。就是开荒种地，谁也不要和老子争第一……”他的话音未落，王玉坤已经气呼呼地跑到了他的跟前：“连长，你在这里乐呵什么？我当兵可是来打仗的，是替我爸爸报仇的，不是来种地的。如果让种地，就是枪毙我，我也不干！”

戴文涛乐了：“嘿，你小子信息还挺灵啊！谁告诉你我们要去种地了？”

“你打电话那声音，半里地都能听到。全连谁不知道？”

“知道就好，这是迟早的事。你看看前面是什么？”

“什么也没有啊？”

“再看看，一直向前看。”

“是……是水，有一眼泉水。”

“不愧是王小堡的儿子，鬼精鬼精的。不错，是泉水。说明这里有一定数量的地下水。有了水，不但解决了我们行军打仗的给养问题，就是开荒种地的难题，也迎刃而解了。你说，这是不是两全其美的大好事呢？”

“连长，你又说种地，难道真的不打仗了？”王玉坤对戴文涛时阴时阳的态度感到疑惑。

“谁告诉你不打仗了？土匪一天不消灭，就是种地，能种好吗？”他在王玉坤后脑勺上拍了一下，说，“走，回连部！”

四

眼前，给戴文涛的印象，像是在读一首断断续续的诗歌，苍茫而辽远。

这里以库伦格木山分水岭为界，与多个中亚大国相邻，边境线长达 1050 公里。

就其地势而言，西高东低，高山、中山、低山丘陵和平原谷地呈阶梯状分布，正在勘察的水资源主要有几条季节河。典型的大陆性干旱半荒漠和荒漠气候，使这里春季气温冷暖多变，夏季高温，气候炎热，并伴有炙人的干热风，秋季气爽，冬季长而寒冷。

远远望去，光秃秃的库伦格木山上似乎没有什么植被，但近山旁或平原区，却建有零星的毡房和居民区，离部队驻地 40 余公里的比开里斯小城，已经形成了成排的商铺和街景。虽然城市的面貌看起来还有些老旧，也缺少了一些人文景观，但整个小城却建得依山傍水。清晨开门放朝阳进来，黄昏合窗送夕阳晚去，很有些古朴、幽雅的味道。小城前，一条破旧不堪的道路，绳一样地系着街区与山外，像远古结绳记事打下的结，道路随之伸向遥远。

那些季节河，在平原腹地上交织成一片网。一座古老的木桥，待在料峭的初春里，仿佛只要风一用力，就会被风刮歪。人的足迹、牲畜的蹄印，清晰而散乱地写在这一片起伏的黄土地上，如同自然风信手在天地间蘸水画下的痕迹。

据史料记载，公元 196 年东汉建安元年，在大西北开辟了一条“丝绸之路”新北道，史称“皮毛道”，这里是“丝绸之路”新北道的必经之地；1225年，成吉思汗完成西征大业，这里成为其次子察合台的封地；清乾隆24年，在此筑城，隶属乌鲁木齐都统管辖；乾隆36年，蒙古族土尔扈特部自伏尔加河流域回归祖国，其西路近3000人被安置于此地放牧……

谁也不曾想到，眼前这座城就像时光，衰老得如此彻底，只剩下了几段残存的土墙、城堡和松散的骨架。

史料中，没有关于这座小城曾经经历过战火的记载。但从刨下的墙土来看，筑墙的泥土十分坚硬，这种坚硬在200多年前，说明不是仅仅用来夯实墙基用的，它的真正意义在于御敌。

刚进入春天，戴文涛便把部队集合在了四周光秃秃的操场上。寒风中，战士们翻卷的皮帽上还凝结着白霜。他们肩背着步枪，静默而立，站成了黑压压的方阵。

戴文涛开始用他那嘶哑的嗓音宣读上级训令：“王震将军命令：全体军人一律参加生产劳动！任何军人不得站在劳动建设战线之外！”

于是，勘测、绘制、放线、打桩，砌干打垒、筹建场部、平整土地，以比开里斯河为轴心，辅助于打井抽取地下水，占地方圆几十公里的戈壁滩上，一座军垦农场形成了雏形。

让戴文涛没有想到的是，第一茬新麦刚刚成熟还没有收割，就被霍尔德曼裹挟的叛军和牧民割了个精光。

“他妈的，这个霍尔德曼只要存在，我们的农场就不会消停！”从地里回到办公室，戴文涛气得把帽子摔在了办公桌上。

夏末秋初这个时候，可能是霍尔德曼最难熬的季节。游荡于群山和沙漠间的叛军，为了躲避酷暑，忽东忽西，行踪不定。

这种状况，让霍尔德曼坐卧不宁。眼看冬天又要来了，士兵和牧民每天都有逃亡。

虽然他制定了很严厉的防范措施，把那些逃跑被抓回来的人戴上镣铐关了起来，但牢房还是不断有人持枪械把门砸开，然后把人放走。

霍尔德曼叼着烟嘴，在他半掩在地下的指挥部里不停地踱着步，神情异常焦灼。经过审时度势，他还是决定孤注一掷，铤而走险。

他密令副官麻木提亲率一个团的兵力，星夜出发，前去袭扰戴文涛才开垦不到一年的比开里斯农场。

“现在他们立足未稳，我们可以先给他们来个外科式手术，把人心搅乱，然后干他一票，溜之大吉。这样，我们冬天的储备就够了！”霍尔德曼满怀信心地对麻木提说。

“您的这个想法固然很好，但当前解放军守备很严，还时不时派兵清剿。恐怕很难得手。上一次虽然出其不意地割了他们的麦子，这一次他们会不会……”麻木提有些担心。

“姓戴的不是要清剿吗？我倒要看看，到底是他的双脚跑得快，还是我的马快？如果被他们反包围，就把部队拉到边境线上，那上面有一个比开里斯哨所，很隐蔽。只要把那儿占了，我们进可以攻，退可以守。实在不行，就弃马徒步进山，和他们打游击。还不行的话，咱们就从那个哨所出境，去往国外。总之一句话，无论是人还是枪，一点都不能落在共军的手里。”

麻木提应声而去。

比开里斯哨所，坐落在库伦格木山和比开里斯山之间“丝绸之路”新北道的交通线上，此处可直达境外，亦可以窥视整个比开里斯城，有着极其重要的地理位置和军事价值。

它的历史最早可以追溯到1877年。

陕甘总督左宗棠收复新疆时，仍然有一支英军部队盘踞在比开里斯边防哨卡。为此，左宗棠专门精心挑选了100多名清军精锐，并为每人配备了一峰骆驼和足够的粮草。这批清军经过一个月的艰辛跋涉，抵达后，向英军发起了猛烈的进攻，彻底收复了比开里斯边防要塞。

为了巩固胜利成果，中国驻军与当地居民一起拉土运石，建立起了一座简陋的边防哨所，这就是比开里斯哨所。这里也成为中国最西边的边防哨所，承担着西部边关800多公里比开里斯山和库伦格木山的防守任务。

1928年，南京国民政府在这里成立了边卡队，人数一度增至200人。1937年10月至1942年，守卫比开里斯哨所的兵力达到了一个团，配属了3个骑兵连。抗战期间，即便是山河破碎、家园沦陷，许多边防官兵的家乡被日寇的铁蹄践踏，亲人惨遭杀戮，官兵们都没有离开哨所半步，一心一意地守卫着祖国的西北大门。

那时，由于通往哨所的公路还没有开通，整个哨所处于完全与世隔绝的状态。官兵们吃的是玉米糊糊，晚上用煤油灯照明。冬天，只能用牛粪火供热，实在冷得不行了，大家就紧紧地挤在一起，相互抱团取暖。守卫比开里斯哨所的官兵们日盼夜盼，期望政府能派人换防，好让他们回家与家人团聚。

此时此刻，戴文涛也已经接到了平叛的命令。但他老是心神不宁，总觉得此次平叛计划好像疏漏了什么，到底疏漏了什么呢？他站在地图旁，两道剑眉蹙成了一座山。

“是这儿！”他眼前一亮，将眼神定在了比开里斯哨所这个点上。

“哎呀！这么大的军情我怎么忽视了呢？”他用力拍了拍自己的后脑勺。

他听当地人讲，那上面有一个哨所，不少年了，是一个军事禁区，老百姓不让出入，很多人只是听说，并没有去过。先遣连进驻比开里斯小城之后，由于大雪封山和匪患猖獗，至今，他也是道听途说。

“不行！不能留下这个死角！如果不去看看，或许会成为压垮农场未来发展的最后一根稻草。”想到这里，他把王玉坤和戴翔南叫进了办公室：“你们现在就去准备一下，带一个排即刻上山，控制山口的进出通道！”

这是 3 月的一天，王玉坤和戴翔南带领部队上山之后，他们才发现在这座海拔 3700 米的地方，真的有一支和他们穿着不同军装的部队，在这里驻防。

“哎呀，可算有人来换防了！我叫罗青云，是守卫部队的指挥官。”一位衣衫褴褛、军官模样的人握住王玉坤和戴翔南的手说。他看见他们的军装与自己不一样，急忙又问：“怎么又换装了啊？”

原来，这是一支驻守边境的国民党军队。

望着这支穿着破破烂烂军服的国民党守军，王玉坤和戴翔南不仅潸然泪下。这些国民党官兵们哪里知道，斗转星移，物是人非，山上守几年，山下换天地，此时，中华人民共和国已经成立，一切都发生了翻天覆地的变化。

“现在正是剿匪的关键时期，你们熟悉地形。那就让我们并肩作战，彻底干净地消灭这股顽匪！打完这仗，我们就换防！”王玉坤对这位自称罗青云的国民党军官说。

“好咧！只要有我们在，一只鸟儿也休想从这儿飞过去！”罗青云对王玉坤点了点头，说。

得知山上的消息，戴文涛一颗悬着的心，落地了。

“布局已经了然于胸，现在张网以待，该出手了！”戴文涛一记重拳砸在了地图上。

一骑快马，从比开里斯农场场部飞奔而出，消失在夜色中。

来人直奔驻守在边境线一带的霍尔德曼所部马步混成团。到达驻地之后，他从马上迅捷地跳下来，把马缰绳递给了前来迎接他的卫兵，然后奔向了团指挥部。

“报告，紧急电报！”来人将一份紧急公文交给了团长托洛夫木沙。

托洛夫木沙拿过公文展开一看，上面赫然写着：“尊敬的托洛夫木沙团长阁下：鉴于目前复杂的国内和国际形势，新疆省政府已经决定关闭边境口岸，你部留守边境已无必要。即刻命令你部集结所有兵员，转驻库伦格木山东侧要塞……”

霍尔德曼的随身女秘书斯耶列娃被派往军中，协同托洛夫木沙移防。

“我早就想离开这个鬼地方了。没吃没喝的，晚上只能数着星星过日子……现在好了，竟然有了美女陪伴，这倒是一个不错的主意。”托洛夫木沙想，既然你霍尔德曼信不过我，派人来监视我移防，我还赖在这里干吗？还不如做个顺水人情。

“来人，集合队伍，上操演场！”托洛夫木沙将命令传了下去。

一个小时后，托洛夫木沙的大军从边境线开拔，向库伦格木山方向走去。让托洛夫木沙万万没有想到的是，部队刚一抵达库伦格木边防站，便被收缴了所有武器。

“托洛夫木沙团长，我没有办法。军人以服从命令为天职，我也是在执行霍尔德曼司令的命令。”顷刻之间大量出现在边防站的部队，将托洛夫木沙的队伍团团包围了。

“你们这是内讧！我要去霍尔德曼那里告你们！”托洛夫木沙咆哮着说。

“随便，我们随时恭候！”边防站的一名副官很有礼貌地向他敬了一个礼，说，“送君千里，终有一别。就此话别吧，一路保重！”临行前，副官特别嘱托，“团长阁下，别老想着那些老掉牙的装备，只要把人安全带到你的防区，你就是首功一件。还有，千万别怠慢了身边的美人……”副官说着朝斯耶列娃抛了一个媚眼。

托洛夫木沙看了斯耶列娃一眼，怒气顿时消了。他朝斯耶列娃涎笑了一下，然后，转过身来，向边防站的副官回敬了一个礼，说：“既然是霍尔德曼司令决定的事，我也无力回天，到防区后我只有如实禀报。后会有期！”

抵达库伦格木防区刚住进那所散着松香的小木屋里，托洛夫木沙便迫不及待地和斯耶列娃蝇营狗苟起来。不想，两人交欢尚未尽兴，却突然暴毙于床上，尸体被发现时，浑身铁青。

戴文涛的反间计取得了一石二鸟的效果。

麻木提因为提前泄露了军事机密，又临阵畏战，被霍尔德曼刀劈于马下。

现在，戴文涛要对付的，只剩下了霍尔德曼和他不到50人的那股残匪了。

经过半年多刀光剑影的实战磨砺，已经可以带兵作战的王玉坤和戴翔南，各带一个班把住了各个出入库伦格木的山口，直接把霍尔德曼撵到了沙漠上。

这一次，戴文涛吸取了山地和戈壁沙漠作战的经验，变步兵为骑兵，轻装上阵，昼伏夜出。可是，马都累得掉了一层膘，总是刚发现霍尔德曼的踪迹，一阵风过，又踪影皆无。

怎么办？照这样剿下去，就是围到冬天，也未必能抓住霍尔德曼。为此，戴文涛一筹莫展。

戴文涛不知道，其实，他的“铁笼合围”策略已经奏效。几个月来，霍尔德曼根本没有得到一丁点儿的喘气机会，他在戈壁沙漠里，被撵了500多公里。霍尔德曼抬头看看万里无云的天空，又朝前望了望没有尽头的沙漠，他觉得嗓子仿佛要冒出烟来，渴得要命。他伸手去摘挂在马鞍边的水袋，这时候才发现，水袋在奔跑中不知什么时候刮破了一条口子，一点儿水也没有了。

“再这样跑下去，咱们得渴死！”霍尔德曼沮丧地说。

“司令，我们去比开里斯吧，那里有条河！”一名随从对他说。

“废话！谁不知道那里有河？他妈的太远了！现在我们离那儿的直线距离少说也有几百公里。远水解不了近渴啊！”

“哦，司令，我想起来了。前几年我赶着几峰骆驼打这儿经过，我记得离这儿不远有块湿地，那里好像有口废弃的井……”随从又说。

“什么他妈的好像？到底有没有？别给老子绕圈子！”

“有！有！我确定。”

“走！奔南边！”霍尔德曼吹了一声口哨，所有的马匹一窝蜂地跟了上去。

“突突突”，几梭子弹打了过来，冲在最前面的几匹马顿时栽倒在地。

已经在此设伏了好几个小时的王玉坤，终于把一梭子弹打了出去。

“有埋伏，快撤！”霍尔德曼大惊失色，策马向相反的方向仓皇而去。

“连长，再这样追下去，我就要散架了。前天，我的鞋子已经烂得不能穿了，只好用剥下的兔皮把脚裹了起来。这些都好说，关键是水快没了，已经有人开始喝马血、人尿了；有些单位甚至出现了用马血和面做饭、用石板烙饼充饥的现象……”副连长告诉戴文涛。

“这次围剿，我们前期是做了大量工作和准备的，也设计了攻击路线。即使这样，我们还是走到了水尽粮绝的地步。大家想想看，霍尔德曼现在的处境应该怎样？他的所有退路已经被我们阻断了，老巢也被端了，他还能去哪里？我敢肯定，他还在沙漠里。咱们再坚持坚持，一定会有收获的。”

果然，被王玉坤突袭的那天下午，一路狂奔不止的霍尔德曼，找到了随从指认的那口还没有完全干涸的井。井水上，漂着一层蛆虫的尸体。

霍尔德曼猛地冲到井边，把头伸进了井口。无奈，那井很深，他没有够着。

他又从马鞍旁取下水袋，拎着去打水。可是，那水袋已经破得盛不下一滴水。霍尔德曼一不做二不休，索性一把抓起井边辘轳上的绳索，径直下到了井里。他在井里喝足了水爬上岸时，戴文涛带着戴翔南已经赶到了。霍尔德曼刚从地上抓起手枪，就被戴文涛先一步击中了他的手腕，戴翔南又给他的腿上补了一枪。

“打死我！你们别想抓活的！”一条腿已经半跪在地上的霍尔德曼，用没有受伤的那只手再次从地上捡起手枪，对准了自己的太阳穴。

“突突突”，一梭子弹，打在了他那只举枪的手上。

“想死，没那么容易！”随后骑马赶到的王玉坤，一点儿也没有手软。

当他们一起走到霍尔德曼身边，把他从地上拎起来的时候发现，除了他腿上的水，整个裆部已经全部尿湿了。

经过大小50余次战斗，平叛部队不但生擒了匪首霍尔德曼，缴获枪支2000余支，而且还解救了被叛军裹挟的牧民妇女儿童600余人，并从国境线截回了牛羊60000余头、马匹1000余匹、骆驼近700峰，部队胜利班师回营。

第二章　我持美酒空对月

戴文涛感到，过去的时光，正渐行渐远。

一

蒋钟勋走在故乡的土地上，却没有一丁点儿故乡的感觉。

那一天，他亲眼看见几个陌生人持枪闯进了买买江·托乎提的家中，紧接着就听到了几声枪响。当他从自家的后窗翻出去的时候，碰巧刚放学的尼热古丽出现在了不远处。他来不及解释，一把把尼热古丽拉进了旁边一条小巷中，并且用手捂住了她的嘴。

“别吱声，被他们发现了，就会没命的！”蒋钟勋低声叮嘱道，同时用右手的食指在自己嘴上做了一个“嘘”的动作。

看着那伙人骑着马走远了，蒋钟勋才拉着尼热古丽飞也似的向家中奔去。回到家一看，买买江·托乎提夫妇倒在血泊中，已经气绝身亡。

“快走，家里是不能待了，你得先找个地方躲起来。”蒋钟勋对尼热古丽说。

“我哪儿也不去！我走了，爸爸妈妈怎么办？”尼热古丽执意不肯。

“你快走吧！你父母安葬的事就交给我吧！”

正当他俩争执不下时，蒋钟勋看见刚才枪杀买买江·托乎提夫妇的陌生人已经骑着马返了回来。

“看来，他们要杀人灭口！”蒋钟勋说了句，“快，从后门走！”他不由分说地拉起尼热古丽向后山跑去。

跑了一段路后，蒋钟勋回过头去，还是望见了追赶他们的马蹄溅起的灰尘。

“如果这样跑，我们谁也跑不掉！尼热古丽，你看，前面土坡边上有一个山洞，旁边也有一些杂草便于隐蔽。你去那儿躲起来，我把人马引开！”蒋钟勋说。

“那样太危险，他们会打死你的……”

“别说了，快去，时间来不及了……”蒋钟勋话没有说完，就转身向着满是尘埃的大路跑去。他不清楚自己跑了多远，正当他跑得精疲力竭的时候，后脑勺被人狠狠地砸了一枪托，之后，他什么也不知道了。

待蒋钟勋苏醒过来，已是黄昏时刻。

此时，他就如同一个游子，在无边的空旷山野里漂泊了经年，看到大地上布满了脚印：人的脚印、牛马的脚印、雨的脚印和风的脚印。然而，雪，却把这些都掩藏了。这些印迹，有的深，有的浅。日光浓了又淡，淡了又浓，风尘纷落，这些数不清的脚印都被湮没了，连同平原上充满的欢乐和忧伤。

蒋钟勋就那样茫然地站在故乡的田边和地头，不停地回忆着刚刚发生的一切和细节留给他的断句残章。大地无言，天空无语。落叶飘逝的苍茫，雪花飘飞的迷离，让他渐渐地感到了后脑勺处一阵剧烈的疼痛。

这时，远远的，有支队伍打着红旗朝他走来，他脑海里顿时产生了一个疑问：这是不是就是传说中的解放军？那队伍摆着一字长蛇状，很整齐。越发剧烈的头疼使他来不及多想了，反正他不想变成孤魂野鬼死在这荒山野岭。他连忙脱下外衣，朝着队伍的方向挥了起来。不知什么原因，他的视线越来越模糊，神志也有些不清，到后来，啥也看不见了。再后来，他觉得脚底被抽了丝一样，嗖嗖发冷，他终于站立不住，倒了下去。

当他再一次醒来的时候，窗外一缕和煦的阳光刺得他有点儿睁不开眼。他眨了几下眼睛，定了定神，一张俊美的少女的脸，映入了他的眼帘。

“这是哪儿？”蒋钟勋一头雾水。

“医院。”眼前这个穿着白大褂的女人告诉他。

“我怎么会在医院？”

“你受伤被人送到了这里。”

“我怎么了？”

“你头部被钝器所伤，确诊为脑震荡。”

“我得回去，不能躺在这里。”蒋钟勋支撑着身体要坐起来。

“现在你还不能走！你的头部有一条很长的口子，缝了五针。挺悬的，你受到的是致命的一击，如果不是被及时送到了医院，你这会儿可能已经躺在了墓地。”

“尼热古丽怎么样了？”尽管头依然疼得很厉害，但蒋钟勋似乎想起了什么。

“尼热古丽？谁是尼热古丽？”女人被问懵了。

“你们见到我时，有没有一个女人和我在一起？”蒋钟勋焦急地问。

“什么女人？你被送来时就一个人。”

站在蒋钟勋面前这个穿着白大褂的女人，是他的主治医生。

“别胡思乱想了。你就躺下来好好休息一会儿吧！我叫王秀珍，有事叫我。”

王秀珍说完，离开了病房。

“尼热古丽去哪儿了？她不是和我在一起吗？”蒋钟勋绞尽脑汁一直在想这个问题。

现在他好像想起来了，他们应该是分开了，他去了另一个方向，让尼热古丽躲了起来。

“她安全了吗？”蒋钟勋就这个问题，在心里不知问了自己多少遍：“如果尼热古丽再出事，她那个家就完了。连一支香火都没有留下……所以，尼热古丽绝对不能出事！”想到这里，他一骨碌又坐了起来。

正在这时，他看见一伙如狼似虎的士兵抬着一个血肉模糊的军人拥进了医院的大门。那群当兵的一见到医生就大呼小叫，满脸杀气。最后还是躺在担架上浑身是血的人强撑起身体，喝退了周围的士兵。

那个情景给蒋钟勋留下的印象太深。他想，那到底是怎样的一个人？伤成这个样子，还那样霸气？

后来，从王秀珍口中得知，受伤的那个人是解放军某部先遣连的一个连长，叫戴文涛。

让蒋钟勋没有想到的是，就是这个戴文涛，后来改变了他一生的命运。

二

春天来了，大西北很美丽的那种。

但对戴文涛而言，却怎么也高兴不起来。平时不太习惯抽烟的他，不但抽起了烟，而且一支接着一支地抽，浓烈的烟味呛得他直咳嗽。

库伦格木山的每一道山梁和山脊上，几乎都长满了郁郁葱葱的西伯利亚落叶松、冷杉和白桦林，满目的绿色令人心旷神怡。远远望去，那山上仿佛簇拥着一片片云，一片片绿色的云。走至近前，才知道，那是一簇簇相拥成长着的森林，如同一望无际的海洋，绿得十分纯粹。那种翡翠般的绿色，蓊郁得令人惊心！

这些树木，簇拥着一块一块光怪陆离的石头，坚定地把根插进石缝或泥里，以最直接的方式，吸收着来自大地的营养。在岁月的风雨中，站成了一种竞击的姿态。

这片林区，属寒温带针叶林，是西伯利亚山地南泰加林在中国的唯一分布区。林区长 470 公里，平均宽 80 多公里，总面积 225 万公顷，呈带状或块状分布在海拔 1000—2400 米的中山带阴坡半阴坡上，森林面积和蓄积量占新疆山地森林的 47.3%。

“这么大的一片林子，水的蕴藏量又这么丰富，怎样才能把水引到离这里上百公里的戈壁滩上去呢？这真是一个让人感到头疼的难题。”站在山上，戴文涛眺望着比开里斯农场，挖空心思地想。

比开里斯农场目前已经开垦出了上万亩土地，因为缺水，大部分庄稼不同程度地旱死或接近收获期时就干死了。

“再这么下去，就会酿成大问题。说到底，没有粮食，没有收获，农场是养不住人的！”一盒烟抽完了，戴文涛面前的烟蒂扔了一地。

“这种事钻牛角尖是想不出来的。应该开动脑筋，逆向思维。因为这些水不会自动流到你的地里去。我给你推荐一个人，西北农学院水利系的高才生，叫蒋钟勋，你敢不敢要？”还是老团长方有钰了解他的心思，他在调任新改编的农垦师担任水利局局长时，专程来找戴文涛。

“好事啊！这有什么不敢的？不就是知识分子矫情，不好伺候吗？”戴文涛正为水利的事发愁呢！

“不仅仅是这些！他有一定的历史问题，但还是可以说清楚的。他曾在旧政府里干过，不过那时他还是一个学生，毕业被分配到那儿的。”方有钰提醒道。

“这算什么历史问题？一个学生正常分配，我们不能把这种矛盾扩大化，那样会打击人的积极性的。”

“哎呀，老伙计，我要的就是你这句话！现在的知识分子，对我们来说，可就是千金也不换的宝贝疙瘩啊！那我就走了，后会有期！”

老团长跨上马，带着警卫员朝着师部奔去。

“发源于库伦格木山的比开里斯河，是我国唯一流入北冰洋的河流。它的两支源头相汇后，自东南向西北奔流出国，一路上又相继汇入多条支流，再向北注入北冰洋。全长4000余公里，在我国境内540多公里，流域面积近60000平方公里，年径流量多达119亿立方米，水量居新疆第二。水中多产鱼，接近边境处河面宽达近千米，可通轮渡。流域内众多的支流均从干流右岸汇入，形成典型的梳状水系……”谈起比开里斯河，蒋钟勋如数家珍。

“你怎么知道的这么多？听说你不到20岁就来到了新疆，还参加过一些水库和灌区的勘测、规划和设计？”戴文涛问。

“都是做助手。”蒋钟勋很腼腆，不善言语。

“我的老团长既然推荐你，自然有他的道理。你也别忙着回答我的问题，我倒是有一个想法：既然你以前给别人做助手，那我也给你配两个徒弟。搞水利，这么大的事，光靠你一个人不行。就让戴翔南、王玉坤跟着你，行不行？”

“太好了！这样我们就可以分工协作，很多事情就有人商量了。但他俩不是徒弟，是同事。这样，我出去也就有个伴了！”

“照这么说，你同意了？”

“为什么不？”

“好，咱们就一言为定！我先在农场给你弄个办公室，再弄个住的地方，你就过来上班吧！”

那一天，戴文涛很兴奋，多少天来第一次睡了一个好觉。

但蒋钟勋却一夜没睡。

他双手枕在头上，陷入了沉思之中：时间真是一个不好琢磨的玩意儿。昨天，自己还是国民政府新疆省水利厅的一名科员，转眼间就变成了比开里斯农场的水利技术员。原先立在心中的那个宏大的梦想，在这个刚刚形成雏形的农场里能实现吗？从某种意义上讲，正是西北这片土地神秘和奇特的吸引，才让他大学毕业后执着地选择了新疆。可是，不待他把理想的翅翼张开，他所在的政府已经土崩瓦解了。今后该会是什么样子？他说不好，也看不透。但让他去做水利，却是他梦寐以求的事。因为干老行当，至少和政治无关。他不太关心政治，也想远离政治这个东西，只想把本职工作做好，别的没有什么要求。

蒋钟勋的家乡在陇北的一个山区，从小很苦，常常吃不饱。他记得父亲留给他最深刻的印象，是一次表叔去他家的情景。那一天，他刚放羊回来。

表叔问："娃儿呢？"

父亲说："放羊去了。那不，已经回来了。"

"老叫娃们放羊不成啊！得让他们上学。"

"上学有甚用？"

"那放羊有用吗？"

"当然。羊羔长大了，卖钱，娶媳妇。"

"娶媳妇干甚？"

"生娃。"

"生娃做甚？"

"放羊。"

表叔沉默了。临走时，说了句："长此以往，你这一家周而复始，只能永远放羊、生娃、再放羊、再生娃，什么时候才有出头之日呢？如果你放心，我把钟勋带走，供他上学。这孩子挺机灵的，我很喜欢。说不定将来会有大出息的！"

父亲尽管恋恋不舍，最后还是没有拗过表叔。后来事实表明，表叔是对的，蒋钟勋考上了大学，成了村里第一个走出大山的人。

"经研究，场部决定，你们俩从今天起，跟着蒋钟勋学习水利，农场今后能否发展，就靠你们了！"戴文涛把戴翔南和王玉坤叫进了办公室。

"搞水利？水利是啥玩意儿？我不懂。这部队不是专门打仗的吗？从来没有听说过还有部队专门种地的。"王玉坤不屑一顾地说。

"严肃点，这是和你谈工作，不是开玩笑！"戴文涛脸上露出了愠色。

"那……连长，这水利我可是从来没搞过，啥叫水利，我也不明白。要不，你问问翔南，他懂不？"王玉坤做了一个鬼脸，向戴翔南使了一个眼色。

"这个……我还真不懂！"戴翔南说。

"什么东西生下来就懂？不懂可以学嘛！水利建设事关咱们农场的千秋大业，能不能保证农场继续生存下去，就看我们有没有能耐把库伦格木山上的雪水引下来！这也是一场战役，不比打仗简单。你天天嚷着打仗，你说说看，咱们为什么打仗？为谁打仗？打仗的目的是什么？一句话，不就是为了和平，为了让老百姓过上好日子吗？现在好了，和平了，需要搞建设了，你却㞞了。你这个态度，怎么对得起你死去的父亲？"戴文涛的一席话，说得王玉坤面红耳赤，不再言语了。

戴文涛把脸转向戴翔南："类似的问题你有吗？如果有，你也可以提。"

"我……没有了。坤子问的，也是我的意思。现在我明白了：一切行动听指挥。无条件地服从，是军人的天职！"戴翔南原地一个立正，给父亲敬了一个军礼。

"少来这一套，不要耍二皮脸，认真些！你和坤子从小一起长大，也对脾气，遇到问题要多商量，多动脑筋。蒋钟勋虽然年轻，但在水利方面，是了不起的专家，你们不但要向他学习，还要充分尊重他。这也是命令！"

"好嘞！知道了！我们一定服从命令听指挥！"

望着王玉坤和戴翔南的背影，戴文涛还是不放心地追出了门："注意安全……"

那声长长的嘱托被风刮了很远。

三

库伦格木山算是亚洲腹地的一座相当有影响的高山，虽然地处干旱荒漠和半荒漠地带，但西风环流带来的大西洋水汽，顺着比开里斯河谷长驱直入，然后受冷抬升，形成大量降水，使低山年降水量达到 200—300 毫米，高山已经达到了 600 毫米以上。其中的南坡，山体长达 500 余公里，紧邻比开里斯农场，主要山脊高度在3000米以上，北部的最高峰海拔4374米。整座山体堪称典型的断块山形成的褶皱断块梯状山体山系，植被气温呈带状垂直分布，构成了中国境内独一无二、雄奇俊美的自然生态景观，一直有着“中国万宝山”“东方乌拉尔”之称。这里的主峰发育有现代冰川，山坡广布冰碛石，U形谷套U形谷，古冰斗成层排列，羊背石、侧碛、中碛、终碛等清晰可见。

“库伦格木山不但植被丰富，而且是比开里斯农场的一道天然屏障。我们就是要利用这个优势，给农场创造一个惊喜。”面对戴翔南和王玉坤不解的目光，蒋钟勋没有再说什么，而是备足了半个月要吃的干粮，带着帐篷和一些生活必需品，挎着背包，肩扛着勘测工具，带着王玉坤和戴翔南，踏上了去往库伦格木山引水的征程。

已经快一个星期了，展现在他们面前的，仍然是一片饱受干旱、风沙和洪水蹂躏的土地。他们看到了一条条被洪水冲出的深沟，却找不到一个地方可以作为水库的坝址。

即使有水的地方，也被劈成了弯弯曲曲的渠道，这里没有什么永久性水利设施，渠道、渠路不分，渠里无水便是路，路上流水便是渠。农民们辛辛苦苦引进灌渠的水，渗的渗，跑的跑，能流到庄稼地里的不过十之一二。

蒋钟勋为此寝食不安。白天，他和测量组一起翻沙包，跨戈壁，走村串户，实地踏勘；晚上，查阅资料，整理笔记，一盏小油灯总要亮到深夜。在蒋钟勋的苦心经营下，每一个村都着手开始条田规划、修建闸口和渠道防渗的工作。大半年过去，比开里斯城周边的农田已经修建起干砌卵石防渗渠，昔日支离破碎的渠道被截弯取直，变成了网络般交织的渠系；过去七零八落、高高低低的农田，变成了整齐的条田。

王秀媛等一干人整齐地列队于春寒料峭的风中。已经担任比开里斯农场场长的戴文涛，在用沙土刚刚平整出来的广场上，为这些新来的女兵们举行了简单而又热烈的欢迎仪式。

他说：“同志们，你们千里迢迢来到这里，保卫边疆，建设边疆，我代表农场全体职工感谢你们！我希望大家做好长期扎根的准备，把自己的一生献给边疆……”戴文涛的话音未落，王秀媛一下子放声大哭起来！

“怎么了？”戴文涛问。

“场长，您刚才说，我们这一辈子都扔在这个兔子都不拉屎的地方了？”王秀媛哭着问。

“你们不是抱着‘到祖国最需要的地方去、到最艰苦的地方去’的理想来到这里的吗？”戴文涛对王秀媛的问题很不解。

“当时，我是报名参军来这里的。我们一车 40 个女兵，先从长沙坐火车到西安，然后再换乘汽车，车上架着机枪，上面还专门派了两个男战士护送，一路颠簸了快十天时间才来到这儿。现在，你不但让我们种地，还要求让我们把一辈子撂在这里……也就是说，我们再也没有机会见到爹娘了？”

听了王秀媛的话，戴文涛笑了起来：“原来是这样……那好吧！就这个问题我给大家讲一讲！像你们这样来到新疆的女兵有很多。据不完全统计，1950 年到 1952 年，仅湖南就有约 8000 名女兵进疆，是为‘八千湘女上天山’。我们之所以要广泛动员内地女青年入伍进疆，是因为部队的领导们发现了一个大问题：十万大军，绝大多数是光棍。现在解放了，和平了，我们需要把大量的精力用在祖国的经济建设上来。这些为了中华民族解放事业出生入死的战士们，如今放下了战斗的武器，拿起了生产建设的武器，他们要用经济成果来保卫自己辛辛苦苦打下来的江山。现在，国家还很困难，我们不但不能向国家伸手要吃要喝，而且必须自己动手，丰衣足食……这些愿景，如果没有女人和孩子，如何得以实现？我们的事业将会后继无人！”

戴文涛的一席话，在初春的旷野上，凝固了！

大地无声。

从此，新疆大地上所有如同戴文涛所带的部队一样，包括原国民党驻疆部队 7 万余人，整编为中国人民解放军第 22 兵团，陶峙岳任兵团司令，王震任兵团政委。在中央人民政府、人民革命军事委员会的领导下，实行“统一指挥、统一制度、统一编制、统一纪律”。

军人变成了农民、工人、拖拉机手……几十年后，这支有数字番号却没有军衔编制的奇特部队，已成建制地发展为遍布新疆全境的 14 个师、174 个农牧团场和 4391 个工商企业，拥有 260 余万人口的庞大机构。这个特殊的社会组织，受中央政府和新疆人民政府双重领导，这就是众所周知的“新疆生产建设兵团”。

库伦格木山林区河流网密度很大，有大小 50 多条由北向南形成梳状水系，地表水年径流量可达 123 亿立方米，出山口后汇成的比开里斯河水系，年径流量为 107 亿立方米，且人类活动少，地表水质较好，含盐量在 0.1—0.2 克 / 升，宜于饮用、灌溉和养鱼。可以肯定，这里的水利、水能资源异常丰沛。同时，库伦格木山林区的森林减缓了地表水流速，延迟了积雪融化的速度，森林土壤蓄收了巨大的水量并缓慢释放，这也使得比开里斯河流水长年不断。另外，山区还有冰川 416 条，面积约为 393 平方公里，储水量约为 165 亿立方米，年消融量估计为 3.87 亿立方米。这样庞大的固体水源，是保持生态平衡、调节气候的天然冷库。还有，这里的水能，理论蕴藏量初步估计可以达到近 350 万千瓦，为建设永久性的高山调节水库提供了理想的坝址……

由于受到资金的限制，蒋钟勋在库伦格木山麓首先建起了一个小型的山区拦河水库。筹建这座水库时，有人曾持否定态度，认为把水库建在高处风险太大。但蒋钟勋经过反复考察论证，认为水库完全能搞，因而据理力争，使方案得以实施。后来水库建成得以安全蓄水，成了比开里斯农场旱涝保丰的保障。

金秋十月，丰收在望。正在田间地头忙得不亦乐乎的蒋钟勋，被一匹快马接到了戴文涛的场长办公室。

“什么事啊？现在正是大忙季节。”一进办公室，满头大汗的蒋钟勋就忙不迭地问。

“再忙，也得吃饭喝水啊！不急，不急，你先坐下，喝口水。”见到蒋钟勋，戴文涛堆起一脸祥和的笑容招呼道。

蒋钟勋仰起脖子，“咕噜咕噜”地猛喝了几口水后，又问：“场长，到底什么事啊？我真的还有事呢！”

“你坐下，咱们慢慢说。别担心，是好事！这两年，你的工作大家是有目共睹的！如果没有你设计的高山拦河水库，农场不可能连年取得这样的大丰收，你功不可没啊！你就是我们农场的水神哪！”

“哪里哪里，场长过奖了。我只是做了一些力所能及的事。您千万不要这样讲……”

“有功就是有功，什么时候都不能抹杀。”戴文涛说。

“今天找你来，不是关于水利上的下一步打算，是其他的事。”戴文涛笑着对蒋钟勋说。

“什么事？”

“是这样的：农场最近分配来了一批女兵，组织上决定先解决一批部队上退下来的老兵和一些对农场做出特殊贡献的技术人员的婚姻问题，你正好符合条件。我们对这些女兵也做了一定的考察，认为王秀媛同志很适合你。这样吧！你们先认识一下，彼此了解了解，条件成熟了，农场就给你们完婚！”

“场长，这不好吧！这不成了拉郎配了吗？”蒋钟勋有些惊讶，戴场长这样关心自己的婚姻。其实，在他的心里已经有尼热古丽了。不过，从内心来说，他也说不清楚对尼热古丽的感情，到底是爱情还是同情，或许，同情的因素更多一些，或者，二者兼而有之？总而言之，谈到婚姻，对他来说，确实来得太突然，很仓促，让他几乎没有时间去思考。

“有顾虑？有什么想法就提出来嘛，不要婆婆妈妈的。你们这些知识分子啊！你知不知道，这些女兵可是咱们农场从大老远的地方请来的呀！我给上级打了多次报告，才给我们分配了这么几个人。有了女人和孩子，我们的农场才有未来。你看看，农场千把号人，95% 是光棍，几十个女兵分得过来吗？鉴于你对农场的特殊贡献，我首先想到了你。你也好好想想吧！过了这村可没有这店了！如果你看不上王秀媛同志，也可以考虑其他人！就这样吧！”戴文涛下了逐客令。

在走回宿舍的路上，蒋钟勋内心一下子忐忑不安起来。现在，尼热古丽把他的整个心装得满满的，再装不下其他人。入夜，大伙儿都睡去了，唯有他一个人静静地坐在星空下苦思冥想：尼热古丽，你还好吗？你到底去了哪里？

那一夜，他失眠了。

就在蒋钟勋陷入深深的苦恼之中时，在远离比开里斯农场 100 多公里、界河边上的“西北第一连”，尼热古丽也彻夜未眠。

自从那次遇到了匪患，蒋钟勋救了她之后，她再也没有见到蒋钟勋，他竟然消失得无影无踪，仿佛从这个世界上蒸发了，一点儿音信也没有。后来，戴文涛的部队经过整编，变成了一支地地道道的农垦队伍。戴文涛考虑到尼热古丽的处境，又是一个女孩子，打算把她留在农场场部，学一门技术，留在场机关工作。可是，尼热古丽执意不肯，她说农场场部离比开里斯小城太近，发生在小城的一幕，让她一想起来就心惊胆战。在城里，她已经没有了任何亲人，就让她去界河边上刚刚成立的“西北第一连”吧！她也知道，那片著名的“冬窝子”，是牲畜理想的御寒之地，界河两边的牧民都眼睛直勾勾地盯着那里，都声称对那片土地拥有主权。鉴于此，“西北第一连”成立时，越过了部队驻守的边防连 20 多公里，并在那里安营扎寨。

“去那里干啥？你一个姑娘家家的，不怕吗？那里可是狼群、野猪出没的地方，弄不好哪天就把小命丢在那里，我可负不起责任。”听了尼热古丽的话，戴文涛头摇得像拨浪鼓。他心里想，就是尼热古丽说破大天，他也不同意一个瘦弱女子去那么偏远的地方。

“场长，您就让我去吧！我知道您不让我去，是为我好。但您想过没有？您告诉我说，放下战斗的武器，拿起生产建设的武器，是为了屯垦戍边。戍边可不同于打仗，边境上情况又那么复杂，稍不留神，就可能闹出国际争端。我在这方面有特长，很适合去那里工作。再说了，我去了又不是不回来了。我会定期过来给您汇报工作的。”

戴文涛沉思良久，最后还是答应了尼热古丽的要求。为了保险起见，他还是叮咛后勤科给尼热古丽多带了一床被褥，专门配发了一支半自动步枪，同时把跟随了自己两年多的汗血马送给了尼热古丽。

骑在马上和戴文涛告别时，尼热古丽的两行热泪夺眶而出。多少年来，除了自己的父亲，她还是第一次感受到一个异性递过来的温暖。

但是，让戴文涛感到尴尬的是，当他以同样的方式把王秀媛叫进自己的办公室，王秀媛没有按照他的思路回答他的问题，而是平静地说：“婚姻是大事，不是儿戏。过去是父母之命，媒妁之言。现在解放了，提倡男女平等，自由恋爱。我既然选择来到了新疆，你也告诉我们说：要做好把自己的一辈子撂在这里的打算。那好，你指定的人，我不嫁；我喜欢你，非你不嫁。”

听了王秀媛的话，戴文涛眼睛的瞳孔一下子放大了许多。

“你这不是开玩笑嘛！我的年龄都可以做你的父亲了。再说，我已经结过婚了，儿子都工作了！”

“结过婚不等于还有老婆！我听戴翔南说，他的母亲在解放大西南时，在担架队抢救伤员时牺牲了！”

“战争哪有不死人的？这和我给你谈的问题是两回事！”

“怎么是两回事？本来就是一回事嘛！我们刚来的时候，你不是常对我们说：‘我们屯垦戍边要后继有人，你们都打光棍了，谁来继承未来的事业？我一定要给上级多打报告，让他们到内地多招一些女兵来新疆工作！’你还说：‘不论是湘妹子还是川妹子，凡是未婚女青年和战争年代丧偶的寡妇报名参军来疆，我们来者不拒，都欢迎！’现在，除了湖南，还有四川、陕西、甘肃、山东、上海等地，都掀起了轰轰烈烈的女兵进疆运动。这些发生在我们眼前的事实，怎么，到了你这里就变成两回事了？”

“小王，你这张嘴啊，比刀子还利！我说不过你，不想和你理论！但部队有一条铁打的纪律：就是一切行动听指挥！这是上级的决定，你不同意也得执行！但你可以保留自己的意见。”

“这是农场，不是部队！再说了，现在也不兴上级包办婚姻！我再重复一遍：要嫁，我就嫁你！你包办的婚姻，我不嫁！”

王秀媛说完，摔门而去，留下了戴文涛一个人站在房屋中间，怔怔地发愣。

四

“翔南，你快有后妈了！”正在农场施工科摆弄测量仪器的戴翔南，被冷不丁冲进来的王玉坤搞了一头雾水。

“你说谁？谁快成我后妈了？”

“王秀媛。千真万确！”一直想给戴翔南一个惊喜的王玉坤，发现在给戴翔南透露这个天大的消息时，戴翔南露出的是一脸似信非信的表情。

“说梦话呢？王秀媛比我大不了两岁，我老爸都可以给她做爹了。怎么可能？简直是天方夜谭！”

说实话，戴翔南一点儿都不希望父亲给他找个后妈。

尽管他的母亲在身负重伤时对他说：“如果哪一天我不在了，你就去找你的爸爸。他所在的部队是著名的战斗英雄连，你有一个英雄的父亲。”

他连忙用手堵住了母亲的嘴：“妈妈，你不会有事的……”

但母亲还是毅然决然地打断了他的话：“孩子，别这样，战争总会有牺牲，只是不幸让我撞上了！你已经是个大人了，一定要学会坚强。记住：去找你的爸爸……他一定会好好待你……只是，这么多年以来，你们爷儿俩没见过几面，恐怕再见面……他已经认不出你来了！见到他以后，你告诉他，他对得起这个国家，但我们这个小家给予他的爱却太少太少了……要是有机会，希望他能再找一个伴儿，好好地过完下半生……”

母亲死了，给戴翔南留下了永远的疼。但最让他不能释怀的是，当他把母亲的死讯告诉父亲的时候，戴文涛竟然没有落下一滴眼泪，这和母亲对父亲的感情，大相径庭。

今天，王玉坤突然给他提出了父亲的婚姻问题，这让他多少有些难以接受。

“你信不信？不信拉倒。我还不愿意告诉你呢！你整个一个生瓜蛋，没长开嘛！我看，即使告诉你，你也不懂！”王玉坤感觉自己是热脸贴在了别人的冷屁股上，于是，没好气地对戴翔南说。

“你不过就是道听途说的野路子消息，真假还两说呢！不告诉就不告诉，我还不稀罕听呢！”

“哟，生气了？”看着戴翔南忽阴忽阳的表情，王玉坤又不忍心了，“来，天机不可泄露。把耳朵伸过来，我给你说。”

听了王玉坤的话，戴翔南的大脑立刻“嗡嗡嗡”地响了起来。

“真的？”

“消息来源绝对可靠，我在门外亲耳听到的。本来我去找场长说个事，正好撞见他们俩在谈这事。”王玉坤信誓旦旦地说。

“那不行！我得给我爸说说去！即使想给我找个后妈，也不能差了辈分。不然，我今后和王秀媛怎么处？是叫她阿姨？还是叫她王姐？”戴翔南说着，便拿起衣服要去找戴文涛。

“别慌着去。还有一件更蹊跷的事呢！想不想听？”

“什么事？”

“今天在场部外墙边上，见到一个人，穿得挺斯文，但看上去已经饿了好几天了。他说可以帮我们在墙上画一些宣传画，条件是保证一日三餐让他吃饱……听口音像是陕北一带的人。我问了他的一些情况：他说他叫罗苏琳。家乡遭了灾，他是自流来新疆的，不求别的，就是为了混口饭吃……看得出来，他是文化人，写得一手好字。我也正想去给场长汇报这件事……”王玉坤说。

“那还等什么？一起去呗！”

“咱们一起去？不是一个话题，合适吗？”王玉坤有些犹豫。

“有什么合适不合适的？你坤哥怕过什么？”戴翔南没有再和王玉坤说什么，而是一把拉住他的手，一起跨出了办公室。

两人来到场部场长办公室门前，正巧赶上戴文涛出门。戴文涛看了看他们俩，问道：“有事？”

“有事。”

“什么事？就在这儿说吧！最近有场雨，秋收了，我得去打麦场上看一看，把没打完的麦子抓紧入库。不然，等这场雨下来，麦粒不就都长芽了吗？不定要造成多大的损失呢！”戴文涛对他俩说。

“那好，就在这儿说。坤哥，你先说。”戴翔南开口了。

“还是你先来吧！”王玉坤迟疑了一下，把戴翔南推到了前面。

“我先说倒是可以，但在这里说，合适吗？”戴翔南看了一眼自己的父亲。

“要不然这样：你先和场长说。等你们说完了，我再过来找场长。”王玉坤拔腿准备开溜。

“到底什么事？跟老娘们儿似的，婆婆妈妈的。有事就说，有屁就放。”戴文涛见他俩相互推诿，一下子火了！

“说就说！我问你，你是不是打算娶王秀媛给我当后妈？我妈才死了几年，你就耐不住寂寞了？”

“轰”的一股子血，冲上了戴文涛的脑门。

“你这小子怎么了？吃枪药了，哪儿听来的？竟敢这样跟老子说话？”戴文涛发火的时候，胡子都炸了起来。

“我现在也是兵团战士，为什么不能这样和你说话？你不是常说我们是人民的军队，讲究的是官兵一致。到了你自己这里，怎么就不平等了呢？”

“那是两回事！臭小子，告诉我，这种无事生非的消息，你是从哪里听说的？”当戴文涛质问戴翔南的时候，吓得王玉坤使劲儿给戴翔南挤眼睛、打手势，生怕戴翔南把他说出来。但这一切，全部被戴文涛看在了眼里。

“我就知道，凭翔南这个胎毛未褪、乳臭未干的毛小子，决然想不到这方面的问题上去，肯定是你坤子在后面煽阴风点鬼火！你也不害怕烧着自己啊！”戴文涛在王玉坤的脑门上狠狠地用指头戳了一下。

“嘿嘿，戴叔，这确实不能怪我……怪就怪你们说话时，声音有点儿大，风声把话吹到我耳朵里了……”王玉坤连忙解释。

“你们两个臭小子啊，一点也不让我省心！坤子，你说的事情呢，倒是有那么一点点内容，但完全不是你说的那么回事！屯垦戍边是国家战略，我们每一个人都要站在政治的高度去认识这个战略。这是男欢女爱、卿卿我我就能解决的问题吗？目前，十多万大军就地转业，担负起屯垦戍边的伟大使命，相继在天山南北建立起了上百个军垦农场。这些就地转业的官兵 90% 以上都是光棍。为此，军区首长先是动员有条件回家乡探亲的官兵，一定要把找媳妇作为当前一件大事来完成；同时，从 1952 年起，在湖南特招了一批有一定知识的女兵。另外，1951 年，军区首长还专门致电陈毅元帅，请求他在山东解决了 2000 名女兵的指标。这些女兵大多是在解放战争期间招的，在后方医院做护士。然后是山东妇女。山东是个老战场，很多家的男人在战争中战死，所以招的山东妇女中大多是寡妇。现在，一车又一车的女兵来了，她们有的和战士们自由恋爱，有的是服从组织分配，先结婚后恋爱。上级有规定，新入伍的战士不许搞对象，这是为了照顾那些戎马半生的老红军、老八路，让他们先娶上老婆。即使这样，还是远远不能满足屯垦戍边的需要。你们知不知道，没有女人和孩子，咱们的屯垦事业还能不能继续下去？”戴文涛滔滔不绝地一直说着。

听着听着，王玉坤和戴翔南便不约而同地低下了头。

“至于你们两个刚才说的那个王秀媛，我是要撮合她和蒋钟勋的。蒋钟勋是我们农场的宝贝，又是水利专家。如果没有他搞的高山拦截水库，哦，当然，也不能抹杀你们两个人的功劳，农场能连续获得这么几个丰收年？我都是一个半截身子入土的人了，还能想那种美事？别给我扯淡了！你们这些年轻人哪，眼光要放得远一些！”

戴文涛走了。看着父亲有些佝偻的背影，戴翔南第一次感到了自己的眼眶有些发潮。

戴文涛刚刚离去，保卫科的一位干事急匆匆地跑来找他，不小心和王玉坤撞了个满怀。

“小心点儿，看把你急的，啥事啊？”被撞倒的王玉坤从地上爬起来问。

“找……找场长。出……出大事了！”干事说话有点儿结巴，磕巴着对王玉坤和戴翔南说。

“别急，慢慢说。到底出啥事了？”

“二……二营长赵明杰自……自杀了！”

仿佛晴天霹雳，把王玉坤和戴翔南吓蒙了。他俩拉着干事就去追戴文涛。

戴文涛来到事发现场，发现赵明杰脸色铁青，伸出口腔的舌头上有一道深深的血印。他的身子半裸着，地上还淤积着一摊精液，他用一条裤腰带结束了自己的生命。

经过调查，戴文涛知道了事情的原委：赵明杰是因为找不到对象，精神出了问题。整天没事就提着驳壳枪到处乱转，很多女兵见了他吓得就躲。没有办法，场部保卫科只好临时做了一个决定，先把他关进禁闭室里，等他精神好一点儿的时候，再放出来。谁知道，却出了人命！

“这样吧！赵明杰营长战争时期立过功，他在家乡已经没有亲人了。找一口好棺材，就把他葬在后山吧！也算我们送他最后一程……”

处理完赵明杰的丧事，戴文涛忽然感到很疲劳，他真的想找一个地方好好休息一下，哪怕几分钟也行。其实，对于死亡，他已经司空见惯了，但像赵明杰这样不明不白地死去，在他的人生经历中，还是第一次。怎么说呢？算烈士，算英雄，还是算逃兵？一个曾经有功于国家和民族的人，却这样不光彩地死去，确实让人心寒！那能怪谁呢？怪他自己？还是怪眼前刚刚结束的这场战争？或者，作为一个人，怪他不能理智地控制自己的欲望？答案好像是，又好像不是。

站在离比开里斯农场不远的河流的岸边，戴文涛仿佛感到，过去的时光正在他的脑海中渐行渐远。虽然他常常会情不自禁地去怀念过去的一些人和一些事，怀念他们共同度过的那些充满硝烟却美好的时光，而所有的这一切，似乎都已经逐水而去。他再也找不回当年那个一身胆气又开朗自信的自己了……

第三章　古来征战几人回

边疆，总得有人来守。我们不守，谁来守呢？

一

第二天午后，戴文涛从办公室出来，他看到一个正背对着他的人在墙上画了一头猪，很生动，很形象。他就凑近开始仔细欣赏，那人并没有觉察。直到两个女人走过来，叽里咕噜议论着他的画，那人才转过身来。看得出来，那是一张很标致的男人的脸，只是那一脸的络腮胡，有些不尽如人意。

“哇！画得好像耶！姐，你看，那神态，那表情，就像真的一样！”

“画得是不错！就是胖了点儿。”被称为姐姐的女人说。

“是要画胖点儿，要体现兵团事业的优越性。”那位络腮胡已经从站着的凳子上下来了。

“谁让你在这墙上画的？”一直站在那里没有吱声的戴文涛说话了。

“宣传科。你是谁？”络腮胡在回答问题时又反问了一句。

“他是谁你都不知道？戴大场长呗！”那女人抢先替戴文涛回答了。

“王秀媛，别在这里捣乱，回你的岗位上去。”戴文涛说。

“谁捣乱了？回什么岗位？今天是星期天。什么记性？简直是个老古董。”王秀媛不情愿地埋怨了一声，“姐，我们走！”

“王秀珍，你也在啊！”看见王秀媛身边的王秀珍，戴文涛才感到了自己的失态，“你上次救了我一命，到现在还没有来得及感谢呢！改天吧！我们按照战友的老规矩，请你喝大酒。”

“职责所系，理所应当。场长，今天是难得的一个星期天，你没休息啊？”王秀珍问。

“你也知道，现在的形势是一手拿枪，一手拿镐，时间长了，习惯了。喂，我想问一下，这个王秀媛，是你的妹妹？”

“是啊！我们一母同胞。早几年，我从学校跑出去参了军，留在了部队野战医院。那时，她还小。”看着王秀媛，王秀珍笑了笑。

“谁小啊！现在一样了！”王秀媛的小嘴噘了起来。

“好好好，我们现在是一样了，都是比开里斯农场的兵。这样行了吧！”王秀珍用手在王秀媛的脑袋上轻轻拍了一下。

“这还差不多！”王秀媛又轻松地笑了起来。

“我看哪，不是差不多，而是差远了！你姐姐是老兵，知道部队的规矩，你得跟她好好学学。”戴文涛没有顾忌王秀珍的感受，而是板着脸一字一顿地对王秀媛说。

刚说完，他又把目光转向了络腮胡：“你叫罗苏琳吧！你的画画得不错，就留在我们宣传科吧！我们是一个新农场，欢迎来自五湖四海的有识之士。仅仅想来农场吃顿饱饭是不够的，要为农场的发展献计献策啊！”

“昨天，宣传科的领导已经问过我了。”

“问什么？”

“问我是不是党员。”

“你是吗？或者说，你的父亲是，也成。”

“不是。”

“那好！那就去教育科吧！但还是搞宣传。摆弄这玩意儿，我看你行。”

“去哪儿都行！家里遭灾了，父母实在太难，我都这么大了，还蹭在爹娘身边，于心不忍。只好走西口，不为别的，只为混口饭吃。”

罗苏琳看出来了，戴文涛很喜欢自己的画艺。

“但是咱们可说好了：明天周一，你去政治部报到。把自己的身世讲清楚，不要拖泥带水的，免得以后给老子找麻烦。”戴文涛看着罗苏琳，特别叮咛道。尽管罗苏琳话不多，但凭直觉，戴文涛还是从他的眼睛里瞅到了一丝不易觉察的东西，他觉得罗苏琳眼睛后面仿佛还有一双眼睛。

戴文涛走了，身影很快消失在了罗苏琳的视野之外，但罗苏琳还是在原地站了很久，很久。在他恍惚的意识中，似乎见过眼前这个人，他那一口纯正的川音，对他来说太熟悉了！他敢肯定地说，戴文涛这个人，他们一定在某个特定的场合见过面。至于什么时间、什么地点，他有些记不清了。

二

但戴文涛记得。

见到罗苏琳的第一眼，他就觉得眼前这个人很面熟，凭着当了多年侦察兵的嗅觉，他几乎没有费多大工夫，就弄清了对方貌似平静的脸上，其内心深藏的忧郁和不安。

戴文涛没走多远又走了回来：“你跟我去一下办公室，现在！”

戴文涛说完，头也没回，在前面径直走了。

在戴文涛办公室，罗苏琳拘谨地站着。

“坐吧！随便点儿。我们今后就要共事了，太客气，不好。”

戴文涛给罗苏琳倒了一杯热水，说：“我们见过面，对吧！”

“刚见到您，我就觉得似曾相识，但没有想起来！”罗苏琳嗫嚅道。

“我们确实见过！而且你小子够狠，还打了我一拳！不过，那是替你老子抱打不平，有血性，我喜欢！”戴文涛的一席话，让罗苏琳想起来了。

新疆的和平解放，加速了西藏上层统治的瓦解。基于军事进攻和政治争取的需要，新疆军区迅速着手组织进藏先遣连，从新疆喀什的叶城零公里出发，旌旗直指西藏的阿里。

在选派谁去这支队伍担任主官的问题上，大家发生了严重的分歧。但对选派主官的意见上却是高度的一致：熟悉西藏情况，身体能够适应高原生活和作战要求，有高度的军事洞察力和政治敏感性，懂得民族和宗教政策……经过筛选，戴文涛和罗青云成了最后的竞争对手。

会议刚散，戴文涛便迫不及待地找到了军区作战部，坚决要求带兵入藏。

作战部领导很明确地告诉他：“最终的人选还没有决定。先遣连不是一支单纯的作战部队，我相信其他的困难你都能克服，但这次先遣连主官的选拔，主要侧重于在高原上待过且有在高原生活和工作的经验。这些，你和罗青云比，恐怕略差一筹……”

“我比他差？笑话！他一个国民党兵痞子，有什么资格带队进藏？”戴文涛一听，急了。

“戴文涛同志，说话要讲纪律。罗青云曾经是国民党边防营营长，但从1949年9月25日这一天起，他就是一名中国人民解放军战士。‘9 · 25’起义，为我们和平解放新疆立下了汗马功劳，这个贡献不能抹杀。”

“那让我和他比武，谁赢了，谁去！”

“比什么？”

“自然是枪法和武功。”

“你干吗不比长矛大刀啊？现在已经不是冷兵器时代了，不兴这个。想干大事，得靠这个。”作战部领导用手指了指自己的脑袋。

戴文涛心领神会。

他决定直接去找罗青云。

戴文涛知道，如果带兵入藏，他有许多条件都不及罗青云。罗青云不但精通藏语，而且在西藏阿里曾经担任过近十年的国民党边防连连长，他对那里的山川地理十分熟悉。但他还是想去争一争。

这是一个即将入冬的下午。

太阳已经西斜，部队驻地呈现在一片静谧之中。对于所有的人来说，这一天非常普通。

可对戴文涛来说，却是一个决定今后自己命运的日子。

他想，走过了几十年的坎坎坷坷，战争一步一步走远了，没有仗打了，他始终保持的那种平静的心态，却忽然变得不能平静了。他了解自己，如果不让打仗，他还能做什么呢？

思考的那一段时间，他静静地望着窗外。

不想，一场大雨瓢泼而至！

大雨一直持续了一天一夜。夜深了，罗青云站在办公室里，看着大雨心里直犯急。这倒不是因为天气的变化影响了戴文涛和他事先约定的酒宴让他彻夜难眠；而是他一直想着：至今仍住在十几年前盖的旧仓库里的一个班的老兵会不会出事？新盖的屯兵营还很潮湿，无法住人……他越想越急，第二天一早，便忙不迭地披上衣服，乘车出了门。

雨越下越大。来新疆很多年了，罗青云还很少遇到这样不停的大雨。车辆在泥泞中行进着，罗青云心里一阵阵发紧。当他来到老兵的住处，发现这些老兵有的真的有些支持不住了。他连忙安排人和车辆将这些老兵临时送去了新兵营……就在这时，那栋老仓库终于没能抵挡住大雨的袭击，如同一堵墙轰然倒塌了……

戴文涛如约赴会。他在临近作战部不远的那个小酒馆一直等到深夜，罗青云没来。

这绝不是罗青云的风格。他一定是遇到什么事了？否则，凭着他对罗青云的了解，他不是那种不讲信用的主儿。戴文涛想。

又过了三四天，戴文涛去罗青云的营地找他，罗青云告诉他：他欠戴文涛一顿酒，临走前一定还他。

“还没有结果呢，你怎么知道一定就是你去？”戴文涛不信罗青云的话。

“已经有结果了！上面刚刚找我谈过话。我害怕你伤心，就没有告诉你。别再找了，再找，也无济于事。兴许，不去有不去的好处，在哪儿不是工作呢？西藏山高路险，多为不毛之地，后勤补给十分困难。我在那儿待过，其艰苦程度完全超过你的想象。”罗青云很诚恳地对戴文涛说。

“那你为什么要去？”

“你让我说真话，还是假话？”看着戴文涛的眼睛，罗青云问。

“这不废话吗？我要你掏心窝子的话。”戴文涛鼓着眼睛说。

“虽然都是军人，但我和你不一样。你是根红苗正，而我，是改恶从善，需要继续改造世界观……当然，这些都不是最主要的。重要的是，作为中国人，作为军人，我们都有义务和责任守住老祖宗给我们留下的这片土地……作为军人，我为有你这样的对手感到自豪和骄傲！如果不是战争，我们走不到一起。你说，咱们这样算不算缘分？我听说你的马上劈刺非常精彩，一直没有机会领教。怎么样？咱们比比？”

“那就恭敬不如从命。走，去马厩牵马！”一听到劈刺，戴文涛立刻就像打了鸡血，兴奋起来。

让人没有想到的是，那场还没有展开的比赛，差一点儿要了罗青云的命！

按照比赛潜规则，在谁的地盘上比赛，谁就把最好的战马让给对方。罗青云把跟了自己多年的战马牵给了戴文涛，自己则选了一匹在剿匪中刚刚缴获的儿马蛋子。

当罗青云用左手抓紧缰绳，左脚一扣马镫，旋风一般地跃上马背时，那儿马蛋子忽然高高地扬起前蹄，连撅带踢，狂嘶不已。紧接着，张开四蹄，随即像箭一样朝前射了出去。罗青云伏在马背上，任凭风在他的耳际旁飕飕吹过。他没想到，这匹马的脾气如此暴戾。它跑着跑着，又是一阵恶意的狂奔乱跳，硬是把罗青云从马背上甩了下来，然后拖着罗青云便飞奔起来。这时，罗青云的脚还套在马镫子里，身躯在空中悬着。

这种“套镫”是极其危险的，当时如果要保住性命，只有将马射杀，但是打马又怕伤到罗青云，人们看着奔跑的马匹全部处在惊恐万状之中……说时迟，那时快，只见戴文涛飞奔上马，提着套马杆追了出去……儿马蛋子被套住的同时，罗青云的靴子从马镫中被甩了出来，他总算捡了一条命……

当他们打马回到驻地，刚下马，从人群中冷不丁地冲出一个愣头小子，当胸就给了戴文涛一拳。

“嘿，你小子……怎么打人呢？”那冷不防的一拳，打了戴文涛一个趔趄。

“我打你？我还想杀你呢！”那愣头小伙对着戴文涛怒目圆睁。

“有种！你敢打老子？你知道我是谁吗？”

“我管你是谁？是天王老子也不能欺负人！”

“你是谁？”戴文涛问。

“你欺负我爹，就是欺负我！”

“罗青云啊，这是你儿子？”看着儿子一拳打在了戴文涛身上，还没有缓过神来的罗青云，本来已经湿透的身上，立刻又惊出了一身冷汗。

“是，是……我的儿子，叫罗苏琳。”罗青云这时跑过来，站在了儿子和戴文涛之间。

“你儿子？罗苏琳，小小年纪，就学会揍人了？你问问你爹，在部队这么多年，谁敢揍老子？可却被你揍了？你为什么要揍老子？”戴文涛搞不清楚罗苏琳打他的原因。

“你看，那儿马蛋子才刚逮回来不久，根本没有经过大场面。用这匹马让我爹和你对阵，你这不是让他去死吗？”罗苏琳说。

“儿子，你误会了！这次比赛是我俩事先约好的，没有谁欺负谁的问题。”罗青云赶紧过来圆场。

“哈哈哈哈！好，罗青云，你养了一个疼你的儿子，有福啊！我也有儿子，要不了多久，让他也来你的部队当兵，把他炼成一块好钢，将来也享享他的福。罗青云，你这儿子，我看上了，有个性，我喜欢。让他去我的部队吧！”看着长相清秀却透着一脸英气的罗苏琳，戴文涛有些喜欢了。

“那不行，我得跟我爹去西藏。”罗苏琳说。

“那也好，你们爷儿俩在路上毕竟相互有个照应。那我就不勉强了！咱们后会有期！”

戴文涛和罗青云道别那天，公路两旁的树林早已霜冷长河，肃穆而立。但辽阔的大西北，仍然在宁静、苍茫的氛围中，感受着这里壮美的日升与日落。

三

罗青云和先遣连出发不久，随即遭受到了特大暴风雪的袭击。风魔在飞雪中恣意挥洒着它的一幅幅“杰作”：几十公里的山路上，滚滚风龙拔地而起又随意盘旋……道路阻塞，积雪成山，温度骤然下降至零下 30 摄氏度以下。他们的衣袖中、鼻腔和嘴里，不是填满了飞雪，就是灌进了风沙，怒号的风雪像要把大地撕裂一样，在地上、空中打着旋，无情地横扫着行进路上的一切。

青藏高原是一个冰雪覆盖的世界，孕育了全世界半数以上 8000 米以上的高峰，被称为“万山之祖”和“生命禁区”，地质学家把那里称为“永冻层”……人们用不同的语言，下了一个共同的断语：人，不可能在那里长期生活。可是，罗青云却明白自己和先遣连为什么要去青藏高原。他知道，这一切，绝不能从身体的角度给予准确的解释。唯一能解释的，只能是精神、意志和毅力。

对于青藏高原，罗青云魂牵梦萦已久。没有什么东西能像昆仑山一样成为支撑他生活信念的基座。对他来说，青藏高原不仅是一种崇高精神的象征，在它那宽阔的双肩和已经积雪的头颅上，留下了他怀想中深深的印象和向往。

从叶城出发，翻越了五个高达几千米的冰达坂，他们才到达阿里的狮泉河。

阿里高原地广人稀，环境艰苦。在一些偏远封闭的草原和牧区，藏民的生活条件还相当原始，有的甚至一家三代还同住在一个帐篷里。

先遣连抵达狮泉河之后，部队基本上无处可宿。虽然寺庙是一个不错的栖身之地，可又怕惊动了神灵。罗青云和战友们只好住在牦牛棚或羊圈里。每当夜晚来临，他们经常可以隔着羊圈的栅栏，听到远处狼的嚎叫声。狼的眼睛发出的束束绿光，让他们毛骨悚然。

有一天，罗青云刚刚巡哨回来，看见一个战士拿着脸盆在四处找水。

他走过去，问："想洗澡？"

战士乐了："嘿，连长，你真会猜，一猜就中。来了有一段时间了，竟然没有洗过一次澡。你闻闻，身上都快臭了！"

"习惯就好了。千万别拿水洗澡，这里的水，比黄金还贵哩！忍忍吧！"

话没说完，罗青云就发现自己很久没换的衣服里，似乎有一些东西在爬动。他脱下衣服一看，妈呀！这是什么？所有的衣服缝里都长满了虱子！他赶紧用手去挤，那噼噼啪啪的爆裂声，最后成了他们相互之间打趣的一种游戏，无聊的时候，就比赛抓虱子，看谁抓得多，挤得响。

先遣连决定在阿里度过第一个冬天。于是，罗青云开始动员战士们挖地窝子、砌干打垒，做好了固守进藏第一个前沿基地的准备。

"阿旧，扎西德勒！"在和当地藏民的交往与沟通中，罗青云很快和当地的一些土司混熟了。

这次，他带着工作队下到下面的乡镇，被土司安排住进了一座破旧的寺庙里。吃的是糌粑，睡的是草炕，他感觉惬意极了。没想到，睡至下半夜，他被一阵阵窸窸窣窣的声音惊醒。原来，庙里的老鼠扰了他的好梦。他点灯一看，老鼠就在他的眼前大摇大摆地跑来跳去，没有一丝惧怕的样子。罗青云睡着时，有一只老鼠为了取暖，钻到了他身下的褥套里。他夜里翻身时，竟把这只老鼠压死了，自己一丁点儿也不知道。这只死老鼠在他的褥子里随他辗转了一年多，当春天来临，罗青云带领工作队回到狮泉河，在收拾行李时，才发现了那只干瘪的死老鼠。

但那段日子，让罗青云感到很快乐。战士们经常聚在昏黄的灯光下，吃着风干牛肉和糌粑，喝着青稞酒，乐观地唱着自编自导的歌："捧上了一杯狮泉河的雪水，再泡上六月的红柳花，啊，亲爱的朋友啊！请喝杯高原上的茶。莫说我们的礼物轻，它代表我们的千言和万语。千言和万语，用它来表达。”

听说和狮泉河隔着一座山的一个村子闹瘟疫，罗青云带着工作队就直接奔那个村子去了。

到了地方一看，原来那里非常缺水，背一趟水要去很远的地方，来回一趟要走两个小时。没有蔬菜，吃的全是青稞面，长期食用这种食物，导致大便拉不下来。

罗青云挽起袖子，带头用手帮着村民一点一点地往外抠。

“村民的生活太需要改善了！”罗青云叹了一口气说。

“怎么改善？这里弄点儿吃的都这么困难，除非天上掉馅饼……”

随行战士的一句话，立刻提醒了罗青云。

“是啊！我怎么就没有想到呢？”他拍了拍战士的肩膀说，“走，咱们去班公湖打野鸭子。”

那时，高原的湖泊上，冰冻刚刚融化，呈现出一片生机，湖面上野鸭成群。罗青云端着枪瞄着野鸭子开了一枪又一枪，只见它们一只又一只地掉到了湖中的小岛上。

罗青云说：“咱们得把它们捡回来！”

湖面上还有一些薄冰，罗青云二话没说，脱了衣服就跳进了湖水里，那些刀一样的冰碴子，瞬间在他的身上割出了许多血口子，但他顾不得疼痛，硬是从岛上捡回了一大堆野鸭子……

因为这件事，藏族女孩卓玛闯进了罗青云的生活。

在踏上返回叶城汇报工作的路途中，罗青云看到街上有正在卖的新鲜土豆。他想，阿里一年四季吃不上新鲜蔬菜，何不带一些回去？

想到这里，他立刻命令那辆老式的嘎式车停下来，来到土豆摊前，专门选了一些个大饱满的新鲜土豆装了起来。

坐在车上，他转念一想，这样千里迢迢地带回去，如果经过冰达坂时，土豆被冻坏了怎么办？他忙脱下毛裤，将土豆装在两个裤腿里，把口扎好，然后穿着一条秋裤乘着敞篷大卡车回到了阿里。回到宿舍他解开毛裤一看，土豆一个也不能吃了，全部冻坏变成了水泡泡，他的腿也多处被冻伤了。

在医院，医生责怪他说：“你为什么要这样？怎么一点也不知道关心自己呢？幸好你的腿只是冻伤了，严重的话，会截肢的！”

罗青云嗫嚅道：“想着大家在这里很辛苦，我就是想让你们吃上一顿新鲜的土豆丝……”

站在一旁的卓玛，眼泪一下子就像断了线的珠子，从眼眶里滚了出来。

卓玛是罗青云带工作队下乡时在半路上捡回来的。当时，她饿昏在路途中。

卓玛是当地土司家的一名女奴，因为罗青云带人救了她们全村人和她的阿爸阿妈，她决意要参加解放军。于是，她从土司家里逃了出来。

但很快土司就派人来索人了。声言卓玛是他的家人，卓玛的事是土司的家事，希望解放军不要干涉。

时值西藏上层正与中央政府商谈和平解放西藏事宜。

没办法，罗青云只好把卓玛还给了土司。

没过多久，卓玛又跑了回来。这次她被土司打得遍体鳞伤。卓玛含着泪对罗青云说：“就是死，也要死在解放军这里！我再也受不了那种非人的折磨了！”

罗青云再次去与土司交涉，并谈好了善待卓玛的条件，再次把卓玛送了回去。

让罗青云不能容忍的是，在一个伸手不见五指的夜晚，他去查哨，发现几个人抬着一件很沉的东西准备抛进河里。看着有人来，那些人慌忙把东西一扔，拔腿就跑。罗青云和警卫员策马过去，打开扎口一看，是手脚被捆着、满脸是血、嘴上被塞了条毛巾的卓玛。罗青云气不过，当晚就带人把土司抓了起来。

这件事很快被西藏上层作为破坏西藏和平解放的典型事例，向中央政府施压。

事情闹到了这个地步，先遣连的连长罗青云是当不成了，他只求做一名普通的战士留在先遣连。

最终的处理结果下来了，结论是：“不安心本职工作，畏惧艰险，破坏民族团结，不宜再留在西藏工作，遣送原籍改造，终生务农……”

望着眼前连绵起伏的昆仑山脉，罗青云本该平静的心潮，却如浪翻滚。说他什么都可以，但如果说他“畏惧艰险”，打死他都不会承认。作为一名军人，他对名誉看得比什么都重要，名誉是他心中永恒的丰碑。

当他一脚踏入西藏这片土地，那铿锵的脚步声，就犹如一种如鼓如潮的乐曲，在遥远的边地回荡。充满着张力，那么辽阔，那样空灵，立刻把他带入到一片恢弘而神秘的境界之中，这悲怆而苍凉的声音，骤然之间让他聆听到了灵魂的呼吸。他似乎看到了自己行进在广袤无垠的高原上，在离太阳最近的地方，离蓝天最近的高原，离自由最近的天堂，把风中萧瑟的孤寂，幻化成了旷野中的风景树。而在生命的晨曦和晚霞之间，他正在用他的行走，在漫漫跋涉的路上，不断地重复着他虔诚的愿望，他知道，这个世界上，有搅不散、抹不掉、撇不下的信念，有为这信念而付出漫漫人生的坚韧。

罗青云至今还记得临离开新疆开赴西藏时，他和戴文涛的那段对话。

当时，他俩站在一片非常大的红柳滩前，依依惜别。

“去往西藏，使命虽然很神圣，可是，面临的困难一定会超出我们的想象，这些，你一定要有充分的思想准备。”戴文涛对罗青云说。

“你看这些红柳尚且能够在这里生存，我们为什么不能？这里是祖国的边疆，总得有人来守，我们不守，谁来守呢？”

望着罗青云那张被高原强烈的紫外线洞穿了肌肤、黝黑且呈古铜色的脸，戴文涛知道，罗青云想说的一切，已经完全写在了他的那张脸上。

现在，罗青云多想摘一朵西藏的云，放在窗前抵挡喧嚷的尘埃。他在西藏的时间不长，加上以前的日子，应该有八九年时间。那一段时间，是罗青云一生中最难忘的岁月。多少年来，他曾经无数次地揣摩过云朵的模样，因为有那么多的云朵和他擦肩而过。那是在位于喜马拉雅南麓的阿里——一个现在看起来很大，当时却杳无人烟的地方。

在罗青云的记忆里，他每天在阿里的云朵之间穿行，他想象的日子都该是亮晃晃的，包括它每天所诞生的故事。那时，他总感觉云朵每时每刻都在眼前飘，这些是属于他的。

走出西藏，他才发现自己只是西藏的一朵云，总在回忆中飘零。冬季的阿里，冷若冰霜。稀少的牦牛像爬山虎那样保持一致的姿态望天，偶尔低头看看光秃秃的阿里，但这是一天中少有的事情。牦牛望天已司空见惯，那是一种活着的姿态，同稀疏的阿里人一样。在地广人稀的阿里，人要以怎样的方式活着，很多时候是天说了算。

路在雪的覆盖中，渐渐地消失在了远方。

对于西藏，在罗青云的心里，已经变成了一个久远的地名，忘记和记起都是必须的。好像生命早有安排，人的一生，该在什么时候，或什么地方，做什么事，想起什么人，都是一种不可言说的冥冥状态。罗青云认为，云朵是西藏人灵魂的知己，是他们生命的另一种存在形式。

平生最爱西藏的蓝天，可走出那片天之后，罗青云才发现，城里的蓝，都是假的。

第四章 平沙万里起云烟

这里除了森林、低丘和荒原，什么也没有。

一

比开里斯山的秋色，可能是戴翔南见过的最美的秋色。

粗犷的原野，悠闲散步的马群，哈萨克人和图瓦人的小木屋，以及斑斓的山色，灰蓝色的河水，层林尽染的秋叶，一切让人惊艳叫绝的绚丽，在这里，都显得悠远而宁静。

戴翔南做梦也没有想到，他会被派到“西北第一连”当连长。而做出这个决定的，恰恰是他的父亲戴文涛。这些对戴翔南而言，太不可思议了！

在他的眼里，如果把这里辟成一个牧区或者景点的话，可能更为适宜。

站在靠近山口的边防瞭望塔上，可以看见远处的比开里斯湖就像一块飘逸的丝绸在风中飞舞；比开里斯山口则恰似一只伸出待握的手，连接着起伏绵延的边境线……

驻扎“西北第一连”的这个国门哨所，有着“西口第一哨”之称。也许，在中华人民共和国的版图上，这个哨所小得不能再小，几乎找不到它的位置，但它的身影却和比开里斯山口连在了一起。西出边防检查站不远，沿着蜿蜒逶迤的丘陵一直向前，哨位高高耸立在国门前最高的一座山陵上，向世界宣告着祖国神圣的威武和尊严。登上瞭望塔向西眺望，夹在比开里斯大山之间的平坦谷地，一直伸向邻国。其实，这只是一个有边无防的哨卡。“西北第一连”进驻之前，这里除了森林、低丘和荒原，什么也没有。

“西北第一连”的连部，离邻国的界碑只有不到500米的距离。在那里，戴翔南看到，在一块块大大小小高低突兀的山陵上，到处都用碎石和着白色涂料摆成的“国门卫士，无上光荣”“戍边卫国”“建一流连队，当优秀战士”的大字。远远望去，它们恰如镌刻在茫茫沙海上的一块块巨幅画雕。这个所谓的“连部”，说得直白些，就是以前牧民游牧时，遗留下来的几栋石屋和废弃的毡房。

比戴翔南早一步来到这里的尼热古丽告诉他：全连辖区内气候变化无常，很难把握。为了及时掌握气象运动的规律，他们已经在比开里斯山口建起了一座简易的气象站，每天向空中放出一个探空气球。探空气球最高时，能够飞升到 10000 米的高空，用来测试风层里的气温和风速。不过，这种古老的办法还行，近半年来，他们通过观测仪，逐渐掌握了一些气象运动的规律……

是啊！要想在这里长期驻扎下去，必须充分运用大家的智慧。戴翔南想。很快，一个想法在他的脑海中酝酿成熟了。

在比开里斯山谷之间宽约 20 公里、长约 90 公里的谷地走廊上，戴翔南没花多少工夫就盖起了一批简易的窝棚，使昔日孤独寂寞的气象观测站，一下子热闹起来了。工人被分成了四组：一组垦荒，一组伐木，一组放牧，一组修路，尼热古丽被留在了牧业组里。但由于当时无牧可放，她只好临时又被编入采伐组里。

当年十二月，尼热古丽自带着粮食和行李，便随着采伐组上了山。这时山里的积雪已经深达一两米厚，行走起来十分困难。每至黄昏，他们在当地猎人的指引下，只能夜宿狩猎的树洞。这样，在山里走了好几天，终于找到了一些早些年护林人遗弃的房子，才勉强住下。

上山后的第一天，尼热古丽去林区砍工具把子，不小心，一脚踩在了猎人狩猎的夹子上，她惊吓地大叫了起来。戴翔南急忙跑过去一看，惊出了一身冷汗。当他小心翼翼地搬开夹子，悬着的心又放了下来：幸亏，尼热古丽穿的棉胶鞋上冻了一层厚厚的冰垛，夹子把冰垛削去了一半，她的鞋却完好无损。一场虚惊！

“大家要小心了！切不可掉以轻心。山上的情形我们一点儿也不清楚，一定要按照老猎人的叮嘱去做……”戴翔南的话音未落，只听见“哇”的一声，尼热古丽不见了！

“人呢？”戴翔南刚放下的心还没有缓过来，一下子又被吊在了嗓子眼。

“尼热古丽，尼热古丽……”大家不约而同地喊了起来。

“别动，大家千万别动……可能掉进雪窝里了！”戴翔南四处望了望，发现不远处出现一个大坑。

这时，从大坑里发出了一声微弱的“救命”。原来，刚刚庆幸自己没有受伤的尼热古丽向后一退，一脚踏在了落满积雪的雪窟窿上，直接掉了下去。如果不是那声及时的“救命”，她可能已经被雪藏了。

好在她只是受了点儿惊吓，身体却无恙。休息了半天，尼热古丽还是坚持跟着采伐组进山伐木。

“再休息休息吧！连队盖房是长远的事，不计较这一天两天。”戴翔南安排尼热古丽再休息一天。

“我没有什么事啊！就是被吓了一跳。我上山又不是来休息的！如果要休息，连部条件不是比这里更好吗？现在，大伙都憋着一股劲想大干一场，我怎么能一个人歇着？”

戴翔南拗不过尼热古丽，只好依了她。

谁知道，这次出工，尼热古丽又出了事。

在给树枝打坯时，因为用力过猛，她一斧头砍在了自己的膝盖上。当时她并没有觉得疼痛，当她掀开裤管一看，白花花的骨头露了出来，一下子吓着了……那天，王秀珍是在没有麻药的情况下，给她缝了 6 针……王玉坤连夜划着爬犁把她送下了山。

在决定谁送尼热古丽下山时，王玉坤“虎”的一下站了起来：“反正我不去。大伙说说，上山才几天，啥事还没干，她就出了这么多事，还得连累大家，简直就是一个丧门星！”

“坤子，不许胡说！说实话，我得感谢大家。这么苦的环境，大伙都抢着来，不就是想着早点儿把连队建得有个模样吗？现在当务之急，就是立刻把尼热古丽送下山，不然，得了破伤风，就麻烦了！我想这个任务，”说到这里，戴翔南看了一眼王玉坤，说，“还得交给坤子。记住，遇到什么困难，都不能放弃！这是政治任务！我再派两个职工协助你。”

“那……我服从组织决定，但保留个人意见。山上正缺人，不要派两个人了，一个就成！”说完，王玉坤把尼热古丽绑在了自己的背上，划着爬犁即刻下山了。

从后山到前山，他整整划了一天一夜，到了第二天中午，才好不容易搭上了一辆去往比开里斯农场的拖拉机，把尼热古丽送到了医院。当尼热古丽被推进手术室，疲惫不堪的王玉坤，已经靠在医院走廊的椅子上睡着了。

二

猛地，王玉坤在椅子上打了一个激灵，醒了。

“天亮了？”他自言自语。忽然，他发现自己的身上多了一件大衣。

他揉了揉睡意惺忪的眼，看了看四周，在医院走廊的拐角处，他看到场长戴文涛正站在那里吸着烟，沉思。

自从父亲王小堡牺牲以后，他已经很久没有见过戴文涛抽烟了。

他正想上前说什么，戴文涛已经转过了身：“醒了？这一趟你是闯了鬼门关，累坏了！接到通知，我真担心你闯不出来。毕竟，我们以前从来没有经历过。”戴文涛心疼地看着王玉坤。

“有惊无险！这条道趟出来了，今后我们上山就有了捷径。”王玉坤说。

“恐怕等不到今后了，麻烦你还得再辛苦一趟，趁着冬天大雪，把山上采伐下来的木材，通过比开里斯河流放下来。有没有这个把握？”

“树都砍下来了，再怎么难也得把它弄下山。前一段时间，连长和我把周围的环境都看了看，山上有好几处都适合搞流放，只要把木材通过雪道集中统一起来，那接下来的问题就不算大问题了。那就这样吧！我现在就走！”王玉坤说着，站了起来。

“再带些粮食上去，上面比山下更需要热量。我还专门派人做了一个马爬犁，你就坐着它上山。老马识途嘛！”走出医院，戴文涛让人把他那匹浑身炭黑的汗血马的缰绳递给了王玉坤。

“场长，这可是您的宝贝，我不能带它上山！”

“什么是我的宝贝？它是我们的战友。上次尼热古丽去你们西北第一连，就是这匹马驮她去的。后来通讯员回场部送信，又把它骑了回来。它留在场部反正也是闲着，到了山上可以发挥更大的作用。记着，把已经采伐的所有木材流放下来，你们就算完成了任务。你得赶紧下山，筹建建工连。你也要学着挑挑担子了。”戴文涛说着，用手使劲拍了拍王玉坤的肩膀。

“好咧！您就等着好消息吧！”王玉坤轻盈地一跃，跳上了马爬犁，然后，信手一扬，鞭子在空中打了一个响，那马便飞快地飞奔起来，转瞬之间，变成了一个模糊的点。

那年，王玉坤和戴翔南、王秀珍等人在平均深达七八十厘米厚的雪中，就着临时简易的住房，一共采了 1000 多立方米的木材。木材是伐下来了，但把它们送下山去却绝非易事。

利用比开里斯河输送木材，让他们吃尽了苦头。

“说实在的，那时真苦啊！每天裤子都是湿的，晚上回到宿舍，赶紧脱下来围着火炉烤，第二天还得穿哪！后来，场部又派上来了几个班，人多了，大伙可以 20 天轮流回家一趟，138 公里的路全部靠两条腿来回。现在想起来，真不是滋味，但我们干得却乐呵。为什么呢？大家就抱着一个共同的心愿：就是尽快把咱们连建成一个示范连队……”每每谈起此事，王玉坤至今还心有余悸。

他自从 19 岁那年从部队转业到比开里斯农场，几乎成了“万金油”，什么都干过。他至今还记得自己第一次学习收割油菜的情景，整个农场，在老兵里，除了戴翔南，他算是最小的一个。在山里长大的他，根本不懂得什么是收割。他尝试着去割，不小心把自己的腿割了；在山上搞森工采伐，修路时打炮眼、放炮，他抡着 12 磅的重锤往钢钎上砸时，一锤子下去，把半截钢钎直接砸进了山石中，吓得扶钢钎的工人一溜烟地躲到了山后……

总算完成了木材流放的任务。春节前夕，王玉坤驾着马爬犁拉着戴翔南、尼热古丽和王秀珍开始下山，没走到一公里光景，汗血马忽然凌空嘶叫一声，马爬犁连人带马掉进了两米多深的雪窝里，只露出一个马头。他们八九个人拿出铁锹，拼着命挖出了一个雪坑，硬是在雪窝里坚持着待了一晚上……

第二天天刚蒙蒙亮，又起风了，漫天风雪把山川和大地掩成了一片苍茫。他们只好牵着马抽身往回返。但风雪太大了，风把大树朝风向一米多厚的雪全部刮起，根本上不了坡。他们从来没有见过这么大的风。两个多小时过后，风悠然停下。那一次，他们在风雪中待了整整两天两夜，然后一步一个脚印，慢慢地往山下挪。终于在比开里斯山的一个冬窝子里，发现了一个马群，继而看到了一家哈萨克毡房才得以脱险……但戴翔南和王玉坤俩人的腿和裤子被冻在了一起，无奈，在医院忍痛被各自锯去了半个脚掌，那年，他们俩才二十来岁……

王玉坤身上具有这些临危不乱的特质，在戴文涛看来，这是一个敢于担当的角儿！

在常委会上，戴文涛提议王玉坤担任新组建的建筑工程连连长。

一时间，会场上立刻出现了两种完全不同的声音："为什么会是王玉坤？太年轻了！他有搞过工程施工的经验吗？"

"我们这些从战争硝烟中走过来的老同志，的确已经不能胜任现在和平时期的建设任务，让年轻人多磨砺磨砺，是好事，我们的事业总得后继有人！"

"过去，因为要打仗，我们没有精力搞建设。现在和平了，搞建设就是我们的头等大事，这就是我们打仗的目的。在这之前，工程这玩意儿，我们很多同志都没有搞过，王玉坤也是一样。没搞过不要紧，可以学嘛！请问，在座的各位，没参军之前，谁打过仗？我们不是照样打下了天下？"

有人问："提拔王玉坤，是因为你戴文涛欠了王小堡一条命，所以，你想用这种方式去补偿？"

戴文涛义正词严地回答："在这里，我可以很负责任地告诉大家：这和王小堡没有关系。何况，王小堡是牺牲在埋葬旧中国的路上，他是我们敬仰和尊重的英雄。至于王玉坤，他不仅仅是英雄的后代，更重要的是，他有思想，有年轻人独到的创造力，有带领职工共同创业的魄力。难道这些还不够吗？"

会场上，顿时鸦雀无声。

王玉坤最终被推上了建工连连长的位置。让戴文涛感到费解的是，他的这个决定，竟然有人瞒着他告到了师部，理由很简单，只有一条：任人唯亲。

当师长打电话质询他时，戴文涛笑了笑说："也可以这样说吧！但我认为，举贤可以不避亲嘛！"

"你这个老戴啊，真拿你没办法！也就是你老戴，别人这样说，我还真不买账。这样吧，为了稳妥起见，我给你们建工连选两个技术员过去，在工程上也好把把关……你把人可给我用好了，千万不要捅娄子……"

严重的雪灾没有给戴文涛留下更多考虑的时间。他决定，从比开里斯农场到山上的采伐木道马上动工，以解决陆续成立的农场盖房和生产之需。

三

建筑工程连刚刚成立，还没有机会真刀真枪地拉出去练过兵，就被整编制地拉上了施工一线。他们承建的第一项工程，就是从比开里斯山的海流滩修一条去往毕流堤的37公里的路，投资只有一万元。

“就这些钱，也是从农场职工牙缝里挤出来的。省着点用吧！”把钱交给王玉坤的时候，戴文涛是千叮咛万嘱咐。

“就这点儿？还要省着，怎么省？”望着那张快要挤干水分的支票，王玉坤傻眼了。

“要不要？要，就一个字；不要，就两个字，干脆点！”戴文涛一席话，让王玉坤听起来都是一回事：要，也得要；不要，还得要！为什么呢？就是因为这些钱是农场里每个人勒紧裤腰带省吃俭用出来的。为了省这些钱，戴文涛两次饿昏在回家的路上。

“场长，我觉得吧，路，一定得修，这关系到我们农场如何生存的问题。但修路，一定得有钱。虽然说金钱不是万能的，但没有钱是万万不能的。就凭您刚才给的那点钱，说实话，塞牙缝都不够！”从来没有正面反驳过戴文涛的王玉坤，这次真的是豁出去了。

“有条件要上，没有条件创造条件也要上！如果农场有钱，还要你们建工连干什么？坤子，你给我记好了：钱一定要花在该花的地方，工程必须按时开工！其他的钱，我来想办法。”

戴文涛对王玉坤掏心置腹地说这番话的时候，其实他自己心里也没有底。那他不这样说，又应该怎么说呢？农场现有的条件，他比谁都清楚。农场创建之初，新疆军区不但要求官兵一律转向生产劳动，还明确提出，所有农场要妥善安置一批起义部队官兵。

过去战场上的对手，现在却成了战友和同志，这让和戴文涛一起在战场上摸爬滚打了半辈子的老兵，思想上多少有些疙瘩。更有甚者，一些起义官兵被分配到农场的时候，还嫌入疆的老红军、老八路“太土”，没见过世面，相互在观念认识上格格不入。

每当老红军、老八路讲起两万五千里长征，这些起义官兵就会说："你们的长征我们不懂，但我们为国家守住了边防，每天爬冰卧雪，几年下来，走的路不比你们少。照你们这个理，我们是不是也在长征？"

当有些老战士讲到"南泥湾精神"时，一些起义官兵就指着天山说："南泥湾精神再伟大，有本事，你再造出一个天山来？"

可戴文涛不信这个邪！当年在陕北能造出一个南泥湾，为什么在新疆不能？对于戴文涛而言，他的这个信念从来没有动摇过。

但他也不得不承认，中华人民共和国成立初期，民生凋敝，百废待兴，老百姓的生活很成问题，进疆的十几万大军粮饷不但没有着落，还经常遇到奸商囤粮，哄抬物价。如果不是中央军委及时从各地调运来大量银元，支付部队买粮开销，或许，今天进疆部队的后勤补给，已经成为一个难以解决的问题。为此，周恩来总理忧心忡忡："部队要长期驻守边疆，保卫边疆，光靠供给，自己不生产粮食是不行的。"

是啊，活人还能让尿憋死？戴文涛想：既然叫军垦，就得有军垦的特点。不打仗了，咱们穿的军装，还要那么多口袋干什么？四个口袋改两个行不行？一年发一套军装，改成两年发一套行不行？戈壁滩上开荒种地，不用讲究军容，把衣领去掉行不行？

戴文涛的这一创意，很快就在农场里普及开来：全体官兵统一把衣领剪掉，衣袋减少两个……战士们光着脖子在地里劳动，成为戈壁大漠上一道亮丽的风景线。天冷没有手套，很多人手上都磨出了血泡，血泡磨破了，鲜血凝在了土制锄头"坎土曼"的手柄上，手柄的血迹被战士们拿到河里去洗，染红了汩汩流淌的河水。

那一年，比开里斯农场开荒两万多亩，粮食获得了良好收成，油料和蔬菜完全实现了自给，第二年已经可以向国家上交富余的农副产品。

可是，在王玉坤这里，一万元的工程款，却让他如履薄冰，如临深渊。

当全长37公里的路修出来，戴文涛上去验收，顿时傻眼了：确切地说，眼前的情景实在不能算路！汽车勉强能走，遇到河床，就把几根木头绑在一起，算是搭起了桥。这样，春、夏、秋三季虽然可以通车了，但入冬以后，还得用马拉爬犁的老方式解决问题。当他看到建工连职工居住的状况时，不禁潸然泪下：整整一个冬天，职工居住的半地窝子，被厚达近两米的积雪掩埋，雪把门堵死了，人只好从天窗上爬出来，照样出工。听说，有一次王玉坤下山拉运物资，翻过山梁后，走了一夜，偏偏遇上了暴风雪，迷路了。他走了很久，才发现自己又回到了原点。后来，他借着远处的灯光，闯进了一家哈萨克牧民的家里，借了一匹马，才得以脱险。

“精神固然可嘉，但这样干下去，是要出大事的！看来，要想修一条像模像样的路，光有吃苦耐劳的精神是不够的，一定要有物质基础提供保证……”

第二年三月，戴文涛经过深思熟虑，决定不论花多大代价，一定要修一条从位于国境线上的“西北第一连”到比开里斯农场场部的正规公路。

他知道，“西北第一连”和邻国仅一河之隔，且有一块实际控制面积为55.5平方公里的争议区。虽然他们双方口头上达成了“搁置争议，共同开发”的共识，但摩擦和纠纷从来没有间断。戴文涛深知这里面的玄机：没有永远的朋友，也没有永远的敌人，只有永远的利益。场部距离师部230公里，距离最近的城镇也有78公里，如果发生不可控的局势，怎么办？

比开里斯农场自然环境十分恶劣，冬季严寒而漫长，风大雪厚，经常造成封路；夏季短而炎热，干旱多风，蚊虫肆虐。年平均气温只有4摄氏度，极端最低气温零下50摄氏度，降雪一般为60—80厘米，最厚为180厘米，年平均八级以上大风42天，一次刮风持续时间长达7天，盛行刮东西风，常常三天东风三天西风。洪水、地震时有发生，大风、雪灾、干旱、虫灾等灾害频发。

农场总面积近1000平方公里，可耕地面积23万亩，主要种植小麦、油葵、亚麻、打瓜、食葵等农作物，所辖十一个农业连队呈“一”字形沿比开里斯河分布在100多公里的边境线上。

“西北第一连”与邻国的阿列谢夫卡镇仅有一河之隔，鸡犬之声近在咫尺，连队比边防部队的前沿还要深入5公里。

为了确保这块争议区最终掌握在自己手里，戴文涛从比开里斯农场专门抽调55名职工带家属200多人成立了“西北第一连”。没有房子，他们就挖地窝子；补给困难，他们就吃苦豆子和塔尔米原粮……当年全连开垦土地155公顷，上缴粮食60万斤、蔬菜千余斤，被比开里斯农场评为“四好连队”。就在这个时候，国务院的一位部长来到“西北第一连”，不禁感叹：“不要说上缴多少粮食，就是生活在这里，就是共和国最伟大的公民！”

所以，对于戴文涛来说，修一条战备公路，已经到了迫在眉睫的时候了。

第二年开春以后，戴文涛组建了农场自成立以来最大的施工连队，在王玉坤的带领下，浩浩荡荡地开上了工地。

这是一条长约 70 公里的山路。整条路横亘于崇山峻岭之中，穿越在深山峡谷之间，有三分之一建在悬崖绝壁之上，五分之一的地段处于高山永冻层，跨越比开里斯山近十条主要河流，翻越终年积雪的四个冰达坂，同时与众多的少数民族聚居区紧密相连。其中，奎达力克达坂是整条战备公路的制约工程。该达坂盘道 18 公里，两侧有 35 个回头弯，亦是全部工程中山势最高、气候最冷、石头最多、险情最大、运输最远的一段。

准确地说，这是一条典型的战备国防公路。公路以比开里斯农场为起点，由南向北，沿比开里斯河的干支流向比开里斯山深处盘旋而上。一面傍山，一面临河，地势十分险要。公路沿途穿过比开里斯山海拔 3700 米的“铁里买提达坂”和曾经中国海拔最高的隧道——海拔 3390 米的“哈希勒根达坂”隧道，以及世界上唯一的防雪长廊……

就在工程进入最后的冲刺阶段，骄阳似火的七月，突然遇到了历史上罕见的特大风雪和暴雨的袭击。施工南段暴雨倾盆，北段风雪交加，山上积雪平均达到一米以上，驻地帐篷被压倒，路基被淹没。南北 50 多公里长的 20 个工程点，顿时失去了联系，连队的几百人被大雪封在了一条长约 10 公里、零下 30 摄氏度的峡谷之中。

为了尽快与 40 公里外的指挥部取得联系，王玉坤命令战士陈永清、谭世强随同班长王林冰、副班长甄永强前去求援。在海拔 3000 多米的雪山上，四人爬行了三天三夜，在生命的最后一刻，王林冰和甄永强将最后一个馒头让给了陈永清和谭世强，溘然长逝……陈永清、谭世强掉下悬崖后被牧民救下，才把消息传了出去，使几百名战友得以获救。

这次经历，陈永清腿部冻残，谭世强脚趾全部冻掉……

“真是见鬼，这老天还和我们干上了！”王玉坤一把从头上扯下皮帽子说，“我就是要让老天知道这个理：兵团战士是不可战胜的！”

他一边说着，一边吩咐下去：立刻组织自救，用圆锹、脸盆清除积雪，挖出埋在雪里的工具，踏着没膝深的雪水，扛水泥，背石头，继续坚持施工……

清除达坂“回头弯”的积雪，是最艰难的任务。弯道处平均积雪都在3米以上，最深处达10多米。

为了尽早修通这条公路，戴文涛亲自上山督战，每人每天劳动时间达到14个小时。这场大雪，持续时间很长，有时好不容易挖开的路，一夜之间就又被积雪覆盖了。战士们挖了堵，堵了挖，有些地段重复作业30余次。在一处110米长的回头弯上，积雪深达7米，清除的雪扔不出去，大家就把雪堆成方砖，一块一块地往外背。三个月里，整个建工连排除险情74起，全连无一人请假畏惧，无一人缺勤，工地没有停工一天，终于如期完成了施工任务。

上山前，戴文涛就知道自己患有支气管炎，在山上因高原缺氧病情加重，经常咳嗽不止，但他还是坚持和战士们一起施工。在大桥桥基施工中，出现了流沙，地下水上涨，整个施工现场成了一片烂泥塘。戴文涛带头跳进冰冷刺骨的水中，带领大家一边用脸盆向外排水，一边进行混凝土灌注作业。

在收工返回的途中，戴文涛在风雪中迷了路。他骑的那匹浑身炭黑的汗血马在前面搜索前进。忽然，汗血马一脚踩空，随即引颈长啸，猛然扬起前蹄，将戴文涛从马背上抛进了一米多深的冰河里，他的全身被雪水浸透，棉衣冻成了冰“铠”。

那匹汗血马未能及时收住前蹄，戴文涛眼睁睁地看着摔下了悬崖，死了。

他顿时觉得胸口发闷，一股热血从口中喷出，昏了过去。戴文涛被送进了医院。谁知，这次进去，就再也没有出来……经检查，他患了胰腺癌，已到晚期。

没有人告诉他这个结果。直到过了几天，王玉坤来医院探视，告诉他战备公路刚刚通车的消息，他才从护士不经意的对话里知道了病情。

这时候，戴文涛表现得很冷静。他知道自己已经走到了生命的尽头，即使用再好的药，也无力回天。他拒绝了医院再继续为他输血的请求。

看着几天之内已经瘦得皮包骨头的老场长，担任他主治医生的王秀珍，几次眼眶里都溢满了泪水，又几次悄然擦去。她也清楚，戴文涛的这个病，是生命严重透支的结果。输血，对他已经无济于事。她只想通过这个方式，尽量地去延续他的生命。但是，戴文涛还是态度坚决地拔掉了针头。

他说：“我们农场还很穷，血这个东西很珍贵，就不要输了。我已经不行了，把这些血留下来输给那些更需要的人吧，不要再浪费在我身上了……”

他的话，被刚走进医院正在打听他住处的王秀媛听了个正着。

她疯了似的跑了进来，一把抓起戴文涛的手，泣不成声地说：“场长，你不会死的，不会的……你只是得了一点儿小病，治治就会好的……”王秀媛紧接着转过身来，央求王秀珍，“姐姐，你快告诉场长，他没事的，一定没事的……”

看着王秀媛几尽崩溃的样子，王秀珍一时无语，难过地低下了头。

“场长，我希望你振作起来，一切都会好起来的。我答应过你，做你的妻子，我们今后还要生活一辈子……”

“傻孩子，不要说傻话了。我的这个年龄……都可以做你的父亲了。你还年轻，以后路还长……我还期待着你们这些年轻人过上真正幸福的日子……”戴文涛说着，剧烈地咳嗽了一下，一口血，从他的喉咙里喷了出来。

“场长，您别说了，别说了！您是我心目中的英雄，是我生命的偶像，我要一辈子和您在一起……”王秀媛哭得更厉害了。

这时，急匆匆从“西北第一连”赶回场部的戴翔南和尼热古丽推门冲了进来。

“你们都来干什么？连上还有那么多事等着要办……”看着冲进病房的戴翔南，戴文涛有气无力地说。

“爸爸，连上的事，我都安排好了，您放心……”

“你没有安排好……我告诉你，我们农场有一块和邻国 55.5 平方公里的争议区，现在实际控制在我们手里，你一定要看好了……另外，我还有一个心愿，不知道你愿不愿意？”

“爸爸，您说，您说，不要说一个，就是 100 个，我也答应！”看着满头大汗的父亲越来越虚弱，戴翔南的眼泪流了下来。

“男儿有泪不轻弹……别这样！每个人都有这一天……我希望我死后，就把我埋在曾经和王小堡战斗过的地方……”

戴文涛说着说着，头一歪，便停止了呼吸。他生命停止的样子，像是永远睡着了，很安详。

第五章　多情应是春醉日

山的低处，竟然有着中国最令人心仪的一条山谷。

一

大漠孤烟，长河落日。没有来过比开里斯农场的人，绝对不会想到，在寥廓深远的荒原一侧，一座连绵蜿蜒几百公里的大山突兀而起。山的低处，竟然有着中国最令人心仪的一条山谷。山谷内，森林苍郁，山花烂漫，小桥流水，清泉淙淙。

蒋钟勋的理想，就是要在这条山谷里建一座水库。

“如果把这里建成水库，原先所有的一切将荡然无存。可惜了！”尼热古丽的出现，让蒋钟勋喜出望外。他简直不敢相信，经过几次生死劫难，尼热古丽比以前更加成熟了，身上也开始散发出少女迷人的气息。蒋钟勋把她带进了那条美丽的山谷。面对已经经过论证、即将投资建设的水库库址，尼热古丽觉得很惋惜。

“确切地说，这座水库是一座具有灌溉、防洪、发电、生态保护等综合效益的大型水利建设项目，是比开里斯河流域的控制性骨干工程，坝址控制流域面积近两万平方公里，总库容近四亿立方米，水利库容 2.24 亿立方米，工程建成投产后，可新增灌溉面积 4.6 万公顷，改善灌溉面积 7.53 万公顷，通过水库的调节，可确保向比开里斯河干流供水 10.57 亿立方米。将为比开里斯农场及周边城市和农业发展发挥巨大的作用。”蒋钟勋告诉尼热古丽。

“这些都是理论上的数据。我从小就在比开里斯小城长大，对这片土地的感情，你不懂。”尼热古丽说。

“自从来到这里，我就爱上了这里的山山水水。有时候，我认为，这个特殊的感受，就是倾其一生，我也无法表达。我希望你就是最终见证比开里斯发生翻天覆地变化的那个人。我一定要让这里比以前变得更美、更漂亮！

你想想看，一座装机容量 6 万千瓦的电站，我国已建和在建同类坝中的第一高坝——最大坝高 138 米的混凝土面板堆石坝，以及副坝、溢洪道、冲沙洞、发电引水系统、主副厂房等建筑物组成的枢纽工程，该是多么壮观……”蒋钟勋说着说着，便有些痴迷了——他已经完全融入了自己对水库愿景的想象之中。

“照这么说，这座水库的选址已经定了？”尼热古丽对蒋钟勋谈的这些不感兴趣，表现得有些漫不经心。

“国家计委已经审定立项，施工准备工作不久将全面开始，明年开春导流泄洪洞将破土动工，后年，主体工程正式开工。”蒋钟勋没有注意到尼热古丽的表情，仍然站在那里自个儿说得滔滔不绝。

“那今后你就可以在这里大展宏图，英雄找到用武之地了！”尼热古丽淡淡地说。

“我告诉你这些，就是希望你今后也能来水库工作……如果那样的话，我们就可以天天在一起了！”蒋钟勋脸憋得通红，终于说出了自己多年前就想说的话。

“在我心里，一直把你当大哥。家里出了那么大的事，如果不是你，我可能早已经去了另一个世界。所以，对我来说，你不但是我的大哥，也是我一辈子的亲人。至于你说的那种感情，我没有。经过了这么多的事，我已经不是那个情窦初开的小女孩了，我崇尚成熟和勇敢的男人，他们可以让我感到安全。再说，搞水利，我也不懂。相比之下，我更喜欢草原……”

其实，每每想起这事，尼热古丽的心就情不自禁地怦怦直跳。她也说不清楚自己到底怎么了。自从和戴文涛有了第一次邂逅，她的感觉里就像走火入魔一样，害起了单相思。那个滋味一点儿也不好受，几年来，虽然埋在心里不敢说出来，但却越发显得痴迷和疯狂起来。有几次，她甚至梦见了和戴文涛一起做爱。梦醒了，她被自己这种梦呓羞得满脸通红。

戴文涛不幸病逝，让尼热古丽十分哀伤，戴文涛下葬之后，她一下子病倒了卧床不起。为此，戴翔南十分感动，坚持在她的床前照顾了半个月。

冥冥之中，尼热古丽总是觉得戴文涛坐在她的床前，在悉心照料她。

才出院不久，她正准备起身回连队，却在场部碰到了早些年侨居邻国的舅舅尼加提和舅妈沙琪玛。

二

沙琪玛的身份在尼热古丽心中始终是个谜。

她不相信舅舅尼加提对她那个简单的定性："她仅仅有点儿风骚而已。"

在尼热古丽看来，沙琪玛绝非那么简单。她的脸上似乎蒙着一层纱，让人想看却始终看不透。

"舅舅，我觉得舅妈很神秘，总觉得她的脑袋后面还长着一双眼睛。说实话，我信不过她。"趁着沙琪玛去厕所的当儿，尼热古丽对尼加提说。

"你别这样对舅妈，她其实是为你好。你说，你的爸爸妈妈不在了，我心里也很难受，他们毕竟是我的姐姐、姐夫！如果上次不是你闹，或许他们现在活得很好呢！"尼加提对尼热古丽说。

"舅舅，你这是明显地偏向舅妈！她是你的妻子不假，但我只想问你一句：你真的了解她吗？"尼热古丽问。

"我和她生活了十几年，难道还没有你了解她？尼热古丽，你还小，对事情的看法总是戴着有色眼镜。我希望你做一个正直的孩子，不要被自己的偏见左右。"听了尼热古丽的话，尼加提不高兴了。

"舅舅，我是看在我母亲的分上，提醒你一下。你也不想想，你一天到晚只知道做生意，生意是做得越来越大，可你，却越来越不像你自己了！如果我爸爸妈妈还健在，看到你现在这个样子，一定会伤心的！"

尼加提何尝不明白，这次来中国，沙琪玛给他约法三章，要求一切都要听她的。否则，回去以后，要尼加提好看。

当然，这些东西，尼加提不会告诉尼热古丽。

"说什么呢？看你们谈得这么投机，我真的好羡慕好嫉妒哦！你舅舅对我好的时候，也不过如此啊！难怪人们都说'娘亲舅大'呢！看看，看看，我们的尼热古丽，几年不见，竟然出落成一个大美人了！需不需要舅舅舅妈给你寻个婆家？"从厕所出来，看见尼热古丽和尼加提嘀嘀咕咕地说着什么，沙琪玛心里掠过一丝不快，但很快就被自己得体夸张的语言转移了大家的注意力。

“舅妈，你看舅舅这几年变化太大了，鬓角上都已经有了白发，您应该多关心关心他才是啊！我的事就不劳您费心了，我这里已经有人了！”尼热古丽说着，用手指了指自己的心。

“有人了？好事啊！是谁？叫什么名字？从事什么工作？我们可以见个面吗？帮你把把关呗！”沙琪玛一连串的提问，像是有心，又像是无意，弄得尼热古丽不知道该说什么好：“现在还不行，条件也不成熟。下次，下次吧！我先和他商量一下，再带他来看你们。”

“本来这次我们行程就很紧，待不了几天的。可是回到你家老屋，已经面目全非，不成样子了。一打听，才知道，你的父母已经遇难。可怜的孩子，谁也说不清你去了哪儿。好在在比开里斯小城，我们还认识一些人，我们就顺着这些关系，终于在这里找到你了，真是上帝保佑！我就是有一点儿想不通，你怎么选了这么一个鬼地方？听说你待的那个地方还是一块争议区？”沙琪玛一口气说这些话的时候，一脸祥和。

可她话锋一转，又说：“我们可等不了你多久哦！你最好早一点和你的心上人商量好，我们见个面！你在这里已经没有亲人了，不如带上你的心上人，和我们一起去那边吧！”

“哪边？”尼热古丽明知故问。

“我们那边哪！工作和生活条件肯定比这戈壁荒滩强100倍！”

“信口雌黄！我又没有去过，就听你的一面之词？瞎掰吧！”

“倒没有你舅妈说得那么夸张，但条件的确要比这里好多了！”尼加提赶紧补充了一句。

“我走了，父母会感到孤独的！他们的墓地离这里不远。还是给我一点时间考虑考虑吧！我不想就这么仓促地去决定这么大的一件事情！”

“那好吧！你先自己想想。但时间不要太长，两三天，够了吧！我们先找个地方住下，等你的消息！”尼加提说完，没有让沙琪玛再说话，而是一把抓起她的手，走了。

望着他们远去的身影，尼热古丽六神无主了。她清楚在舅舅舅妈面前说了谎可不是一件简单的事，沙琪玛可是一个难缠的主儿，只要有事，她就会紧紧抓住不放，刨根问底。怎么办呢？她思来想去，决定还是去找蒋钟勋。

她想，这个忙，非他帮不可。

她推开了蒋钟勋的门。

“没走啊！我以为你昨天就返回连队了呢！”见到尼热古丽来找自己，蒋钟勋十分兴奋。

“我这次来，是希望你能帮我一个忙……”

“什么忙？别说一个，就是一百个，我也乐意！”尼热古丽话还没说完，蒋钟勋就一口应承了。

“我还没有说什么事，你就答应了？”

“那当然。只要是你的事，我都愿意做。”蒋钟勋笑着说。

“只是这件事有点儿麻烦。”

“你就干脆点儿吧！什么事？”

“你知道的，我有个舅舅，十多年前移居国外，并在国外娶妻生子。父母在世时，他们曾经邀请我们全家去界碑那边一同生活，后来因为一些其他的原因，父母没去。今天我在场部又碰到了他们，他们说这次是专门过来带我过去的……”

“那你的意见呢？你个人的想法很重要。”蒋钟勋说。

“我在这里过得好好的，为什么要去国外？”

“那就好。你现在已经是成年人了，可以做自己的主。不要顾忌他们说什么，按照你自己的意愿去做就行了。”

“我撒了一个弥天大谎，说我已经有男朋友了，需要商量一下，再给他们答复。”

“男朋友？是吗？够大胆的！谁呀？”听了尼热古丽的话，蒋钟勋感到非常意外。

“我觉得应该是你！如果是别人，我担心今后讲不明白。”尼热古丽咬了咬嘴唇，一字一顿地说。

“哦，我明白了！就是做‘相公’。简单地说，就是‘备胎’，临时的，或者说，需要的时候，可以充数……”看着尼热古丽的眼神，蒋钟勋多少有些失落：为什么不能是名正言顺的男朋友呢？为什么只能是临时的？他虽然这样想，但却没有说。他知道，尼热古丽现在的处境很尴尬，需要帮助。

“好吧！临时就临时吧！说不定哪天就转正了呢？”蒋钟勋扮了一个鬼

脸，笑着说。

“我不会让你白帮忙。改天，我打一壶小烧犒劳你。”

“我没有这个意思……”蒋钟勋话刚说了半句，尼热古丽已经像一阵风似的飘远了。

第二天，尼热古丽把蒋钟勋带到了尼加提和沙琪玛下榻的招待所。

“舅舅舅妈，他就是我的男朋友，叫蒋钟勋。”

“青年才俊啊！听说你是学水利专业的？不简单不简单啊！我走的时候，比开里斯除了有一些草原和戈壁沙漠相间的草甸，就是一座孤零零的小城。现在你们在这里建起了国营农场，要不了多久，这里就会变成粮仓啊！种粮食离不开水，搞水利可是这里的宝贝，大有可为。你将来前途无量啊！”第一次见到身材魁梧、长着 1.8 米个头的蒋钟勋，尼加提的话，是发自内心的。

“您太客气了！对于水利，我只是略知皮毛，以后要走的路还很长，希望多批评多指导！”蒋钟勋谦虚地说。

那一天，尼热古丽专门让蒋钟勋戴上了那副他舍不得戴的金色镶边的近视眼镜，她知道舅舅对那些有文化、很斯文的人是很尊重的。

“看来，开局不错。下面的谈话一定要注意，千万不要露馅哦！”尼热古丽在心中默默祈祷。

“你和尼热古丽是怎么认识的？多长时间了？”沙琪玛这时插了一句话。

“我们是同事，认识有几年了。她漂亮温柔，又有主见，这样的姑娘，谁娶了都是福气。”

“我看出来了，你很爱尼热古丽，她也爱你。但你了解她的感受吗？”

“什么感受？”

“有人说，恋爱中的男女，智商不及普通人的 30%，因为他们常常会被一种叫作‘幸福’的东西冲昏头脑。可婚姻毕竟不同于恋爱，度过了蜜月期，接踵而来要面对的，还是普通人的生活：柴、米、油、盐、酱、醋、茶。你们这么年轻，可以说，还不懂得生活，真实的生活远比我们想象的要复杂得多。你打算和尼热古丽一辈子就生活在这样一个穷乡僻壤？我不知道你是怎么想的，可对尼热古丽来说，太不公平了！”沙琪玛说。

“我们有一双手，会把这里当成家园建设好的。”

“建设？你真是站着说话不腰疼。这片地闲置多少年了？如果有条件，不早就建设好了，还能等到现在？别痴人说梦了，就凭你们这些人，喊一些空洞的口号，立几个不着边际的目标，就能让比开里斯旧貌换新颜？太开玩笑了！我相信，你现在眼中的尼热古丽很纯洁、很单纯，但只需她跟我们出去看看，开开眼界，你相不相信，一切都会推倒重来？那时，她眼界高了，看不上你了，她会去喜欢别人，可你仍然爱她。这样的婚姻，你还要吗？”沙琪玛一席话，不经意地正说在蒋钟勋那根敏感的神经上，让蒋钟勋陷入到沉思之中。

“舅妈，你觉得你说的这些可能吗？外国再好，我不稀罕；这里再苦，只要蒋钟勋在，我愿意一辈子守在这里，哪里也不去！”尼热古丽见状，赶紧说。

“既然咱们谈到了这么具体的问题，我们还是听听尼热古丽的意见。她怎么决定，我们都应该尊重她的选择！”蒋钟勋说完，看了一眼尼热古丽。尼热古丽伸出右手大拇指，赞许地给蒋钟勋挤了一个眉眼。她这个小小的动作，全被沙琪玛看在了眼里。

“话既然说到了这个份上，那我们就尊重尼热古丽的意见。不去就不去呗！在这里工作也好，有你照顾，我和她舅舅也放心了！那……小蒋，你就先回去，我们明天也要回国了，不知道什么时候能再见面，就让尼热古丽再陪陪她舅舅吧！毕竟，娘亲舅大……”沙琪玛对蒋钟勋说。

“行，你们谈吧！我就先走了！”蒋钟勋刚刚推门出来，尼热古丽就撵了出来：“等等，我们一起走……”

“你舅舅舅妈回来一趟不容易，你们就好好聊聊吧！要不就没有机会了！明天我来接你！”

“尼热古丽，尼热古丽……”尼热古丽向外跑的时候，沙琪玛在她的身后紧紧跟了出来。当她听了蒋钟勋的话，轻轻地舒了一口气说，“这死妮子，这就对了！”

次日，尼热古丽神秘地失踪了！

蒋钟勋找遍了比开里斯农场的角角落落，杳无音信。无可奈何之下，他将这个消息告诉了代理场长王玉坤。

王玉坤立即组织人手，先后控制了尼加提、沙琪玛投宿的招待所和比开里斯边防站。结果，在一辆装满货物准备出关的货车车厢隔板处，找到了被扒得一丝不挂、已经高度昏迷的尼热古丽。

第六章　家在西陲何须归

戴文涛安葬那天，王秀媛哭得死去活来。

一

戴文涛安葬那天，王秀媛哭得死去活来，在场的人无不被她的悲恸感动得热泪盈眶。她大病一场，可在医院躺了没几天，就申请出院。

王秀珍很担心，劝告她说：“你的身体还没有完全恢复，再休息几天吧！”

“我得振作起来，不能守着一个死人过一辈子。”

言者无心，听者有意。王秀珍听了这话很不是滋味：“你这话听起来怎么这样别扭呢？我可以说，戴场长在世时，对你足够好。他现在尸骨未寒，你可不能这样说。再说，当时是你死皮赖脸地想嫁给他……”

“姐，你不要胳膊肘子朝外拐啊！当时是什么情况，你不清楚？他非要给我和那个蒋钟勋搞拉郎配，我肯定要那样说。不过，后来，看他干事那么爷们儿，也就渐渐喜欢上他了。唉！老天不公平哪！好人命不长。没办法，我得走出他的阴影，开始自己新的生活。”

“开始什么新生活？你说话直接一点儿好不好？别拐弯抹角的。”

“姐，我们上次在场部门口，碰着的那个画画的罗苏琳，你觉得怎么样？”王秀媛说得好像很随意。

但王秀珍却听出了弦音：“你别瞎掰了！才打了一个照面，就一见钟情了？”

“这个，你还真不懂。姐，我看你这些年，当兵都当傻了！这叫缘分。缘分，你懂吗？古人都说‘有缘千里来相会，无缘对面不相识’。你看他那表情，那副深沉的样子，就是我心目中白马王子的模样。你看他看我的眼神，抑郁中忽然就有了光亮，说明他的内心已经和我碰出了火花。这可是可遇不可求的事！”

“王秀媛！我告诉你，不管你多么任性，到了兵团，一切都要听组织的！虽然戴文涛场长不在了，但王玉坤场长还在，他不允许你这样！”王秀珍急了。

“在比开里斯农场，我当然听领导的！但个人感情方面，我还是听自己的！因为，我只会把自己的一生，交给自己所爱的人！”王秀媛斩钉截铁地说。

“秀媛，你不听姐姐的了？”

“感谢你在我小的时候给予我的照顾。现在不同了。爱情这东西，很古怪，它不会听任何人的，尤其不会听你的！”

“秀媛，早知道你这样放任自己，我还不如写信告诉家里，不让你来这里呢！你现在已经不是孩子了，做事一定要三思而后行。如果你执意按照自己的想法做，到时候出了问题，谁也帮不了你！”

“危言耸听吧！刚来的时候，我还以为当上三四年的兵，就可以复员转业回去了。可是谁想到，来了就回不去了呢。不但回不去，而且还要找一个根本就不了解的陌生男人结婚生子，这叫什么事？其他的事，我可以凑合；婚姻这事，可不行！我不想凑合一辈子！”面对王秀珍的诘问，王秀媛把自己的想法说了出来。

“那……蒋钟勋怎么办？那可是戴场长百里挑一给你选出来的。他人品好，又有技术，比你大不了几岁，难道还配不上你？”

“那就是一个典型的书呆子！明明一个大老爷们儿，见了女人脸就红，更谈不上聊天了！只要开口，就是什么水利呀、水库呀、大坝呀，一点儿也不浪漫！我看哪，他的那种敬业精神，倒是很适合你……”

“秀媛，别胡说！”不知怎么，说到蒋钟勋，王秀珍脸一红，觉得自己的心“怦怦”地剧烈跳动起来。

“我说吧！露馅了吧！”王秀媛说。

“露什么馅？”

“那说到蒋钟勋，你脸红什么？”

“红了吗？我怎么没有感觉呢？”王秀珍说着，下意识地用手摸了摸自己的脸，发现的确有些微烫。

“别瞎扯了！反正该说的我都说了，至于你自己怎么想，那是你的事！

这里可是兵团农场，不是在家里，组织在这里就是最大的家长！不服从组织的安排，后果你是可以想到的！”

“不就是卷铺盖走人吗？”

“可能比卷铺盖走人更严重！或许，还会付出代价的！”

“我愿意！吓唬谁呀？你走你的阳关道，我走我的独木桥。即使付出什么代价，我绝不会连累你……”王秀媛说完，拂袖而去。

望着王秀媛远去的背影，王秀珍在原地怔怔地站了很久。

在转弯的街角，王秀媛看见罗苏琳正在一面墙上聚精会神地画着什么，她好奇地走了过去。

“又在画什么？”

罗苏琳转过头来，看了王秀媛一眼，没吱声，拿着手中的画笔，继续他的创作。

“问你话呢？”王秀媛说。

“你不是长着眼睛吗？不会自己看？”罗苏琳头也不回地说。

“哦，是一条鱼。画鱼有什么讲究吗？”

“年年有余。在我们老家，鱼代表着吉庆、有余。”

“你的这条鱼显得有些肥了！”

“肥才是丰收的象征啊！”

王秀媛没有再说什么，而是站在那里静静地看着罗苏琳作画。

罗苏琳画完了，开始收拾画笔和水彩。

“画完了？”

“完了。”

“这么宽坦的墙上，就画几条鱼？”

“你的意思是……再加点什么？”

“那是必须的。只有鱼，如果没有水和鱼草，鱼该怎么活？”王秀媛的话，似乎提醒了罗苏琳。

“是啊！没有水和鱼草，鱼该怎么活呢？”罗苏琳站在原地自言自语，“它们应该有这些生活的元素……”罗苏琳用手挠了挠头皮。然后，什么也没说，走过去，把已经画好的鱼全部用白色的涂料涂掉了。

“别……”王秀媛没想到罗苏琳会这么做，她去阻止，却晚了。

“唉，可惜了！”王秀媛叹了一口气。

“有什么可惜的？一张白纸，可以画最好最美的图画……”罗苏琳没有再往下说下去，而是直接开始在墙上作画。

几块礁石，几株水草，伴着几尾鲤鱼，栩栩如生地在墙上似乎要游动起来。

“神了，就像真的一样！”王秀媛情不自禁地称赞，然后问，“你会画人吗？”

“当然。”

“那你能不能给我画一张？”

“是任务吗？”

“请你帮忙，不行吗？”

“那倒不是，但得等到下班。”

“咱们说好了！场部东边那片小树林，不见不散。”王秀媛抑制不住激动，兴奋地哼着小曲走了。

傍晚，夕阳西下，成片的麦田在一望无垠的田野上静静地守望。几株白杨，几棵曲柳，在长满青草的河堤上随风曼舞。

“这里的落日真美！”望着眼前一如原始的律动，罗苏琳简直有些陶醉了，他已经很长时间没有闻到过如此清香的味道了。

清香味是一路沿着宽坦的河谷过来的。微醺的成分在空气中荡漾着，淡淡的芬芳充满天地。那种绿，纯粹得十分耀眼，绿中夹着隐隐约约的黄，还有部分露着粉红色的芽苞。远处的山，是清一色的黛色，间或有几片云飘过来，又飘过去，很闲适的样子。

整个景象像一幅天然去雕饰的山水画。

正沉浸在作画亢奋中的罗苏琳，思路突然被王秀媛的叫声打断了。

“哎呀！蚊子在我的背上叮了一口，好痒！你过来帮我挠挠。”

“这……还没有画完呢！”

“痒死了！就挠几下，我的手够不着……”

“那好吧！在哪？”罗苏琳放下画板，走了过去。

“往上，往右，中间，对，对，就是那个地方……哎呀，错了，再往下……”王秀媛一边说着，一边喘着粗气。

按照王秀媛的指点，罗苏琳在她的背上忽左忽右、忽上忽下，就是没有一个准确的位置。当他的手不小心触及到了王秀媛的左胸，一种奇妙的力量，让他的心旌不由自主地摇荡起来。

他的手停了下来。

“挠呀，怎么停了？再往下……”罗苏琳的手已经摸着了王秀媛肥硕的臀部。这时，王秀媛猛地转过身来，抱住了罗苏琳，然后将自己火热的唇，紧紧地贴在了罗苏琳的嘴上，继而把他压在了麦田里。

罗苏琳懵懵懂懂地感觉到，自己的身体不知道哪个部位不对劲了，仿佛要燃烧起来；又如同遭遇到了一股突如其来的洪水，似乎着急着寻找着宣泄的出口……可是，那出口却被堵了一堵厚厚的墙，怎么也出不去。他就这样在一种想挣扎却又力不从心，想拒绝却又如饥似渴的混沌中，被女人融化了。

几度潮涨潮落，王秀媛面若桃花，而罗苏琳却恰似脱了蚕的茧，四仰八叉地躺在草地上了。

“你现在这个样子，就是斗大的一个‘天’字——一个天下的奇才，一个用粗笔刻画下的精美艺术品。这个‘天’字，是一颗爱心。对于人来讲，世界上就是天大地大，而天与地，都比不上人，世界上最伟大的爱心都比天大。对我来说，得首先把你变成我的男人，然后才是我的世界！”

“可我们并不了解，今后会怎样，我们谁也不会未卜先知……”

“肉反正烂在了自己锅里，我想怎么吃，就怎么吃。生米已经做成了熟饭，起码今后再不会有人给我安排对象了。这种男人也需要分配的规则，属于什么游戏？真是天下奇闻！我就不信这一套。”

“想过以后吗？”

“走一步看一步吧！我现在已经是你的人了，听你的！”

“听我的……”夜色中，罗苏琳的脸上，立刻织满了忧郁、彷徨和恐惧。

二

蒋钟勋在医院整整守了尼热古丽一夜。

天边，最后一层暗云被晨曦的光芒撕破，一束黎明的光，不正不斜地照在了尼热古丽的脸上。阳光把她唤醒了！

一睁开眼，看见蒋钟勋正坐在自己的床边半睡半醒着，尼热古丽立刻气不打一处来，支撑着从床上坐了起来，挥起手，狠狠地掴了他一记耳光！

“为什么？”正打着盹的蒋钟勋被打得一头雾水。

“蒋钟勋，看不出来啊！看你平时文质彬彬的，一副正人君子的样子，骨子里却是一肚子坏水的小人！沙琪玛和尼加提给了你什么好处？让你这样对我？这件事传出去，让我今后怎么做人哪？”尼热古丽说着，捂着脸“呜呜呜”地哭了起来。

“什么好处？我怎样对你了？我听不懂你在说什么，我还想问你呢！我走的时候，你们不是还在一起吗？你为什么会出现在货车里，又为什么变成了这样？这中间到底发生了什么事？”

“到底发生了什么事？你肯定比谁都清楚！你明知道我不懂外语，却和沙琪玛一会儿中文、一会儿外语地讲了那么多话，具体讲了什么？只有天知道！”

“沙琪玛说她听不懂中文，我只好用她的母语和她讲话。所有的内容都是关于你出国还是留下来的问题……你怎么这样不相信人呢？好歹尼加提、沙琪玛还是你的舅舅、舅妈！”

“你不要演戏了！我本来只是请你帮个忙，你们却合伙算计我，真是太卑鄙了！”

“演什么戏？”

“我怀疑沙琪玛还有另外一个身份的事，只告诉过你，但沙琪玛却知道了。”

“谁给你讲的？”

“沙琪玛。”

“这是离间、挑拨……”

“别贼喊捉贼了。沙琪玛还说，你告诉她，一定要做通我的工作，争取去那边；你学的是水利专业，到那边也可以大有作为。这边太苦了，连个最起码的测量仪都需要进口，修水库又没有资金，你待在这里也是资源浪费……”

“简直是胡说八道！你去把沙琪玛叫来，我倒是要当面向她问个清楚！”尼热古丽的话，激怒了蒋钟勋。

“我去哪里给你找沙琪玛？鬼才知道她现在在哪里！”尼热古丽也不依不饶地向蒋钟勋吼了起来。

“别争了！你们俩的谈话我在外面都听到了。尼热古丽，你可能冤枉了蒋钟勋，他昨天在医院陪了你一夜！”正在值班的王秀珍走了进来。

“那又能说明什么？”

“蒋钟勋来比开里斯农场的时间已经不短了，他不是你说的那种人！你看看这些年，他都为农场做了些什么，就明白了。”王秀珍说。

“他具体做了什么事，和我没关系。但他那点儿念想，我心里跟明镜似的。”

“人人都有爱和被爱的权利，他也一样。你不能因为对他有偏见，而亵渎他的人格。我认为，他是一个值得托付终身的男人。”

“那……你嫁给他好了……”

“尼热古丽……”蒋钟勋想阻止尼热古丽继续说下去，但已经晚了，“尼热古丽，你简直不可理喻！你让我把几年来对你的好感，在一分钟内全部变成了厌恶……”

“如果你不介意的话，我当然愿意嫁给他！”王秀珍接住了尼热古丽的话。

一时间，整个房间的气氛凝固了！

忽然，门口一阵喧嚣，尼加提、沙琪玛拥着王玉坤走了进来。

一进门，沙琪玛就一把鼻涕一把眼泪哭诉起来：“本来好好的一件事，怎么会搞成这样呢？这是一个阴谋！”

“不要小题大做，也不要上纲上线，说话要讲原则，把握分寸！”王玉坤开口了，“这是一个涉外事件，我们这里的每个人都不要随便发表个人的看法。对于当事人，应该把昨天的情况用书面的形式写出来，并附上相关的证明人。”

“我建议先把蒋钟勋监控起来……只有他一个人最先离开，离开以后谁能证明他去了哪里？”沙琪玛接着嚷了一嗓子。

“那可不一定是个好主意……”站在一旁的尼加提说。

“也是蒋钟勋最先发现尼热古丽失踪的！如果再晚一步，尼热古丽可能现在已经在国外了。”王玉坤说。

“那这些又能说明什么呢？”沙琪玛问。

“说明事情比我们想象的要复杂得多。我们不会冤枉一个好人，也不会放过一个坏人。事情总会弄明白的！”

“尼热古丽是我们的外甥女，她在这里已经没有其他亲人了。我们不能让她清白的身子，就这样不明不白地被玷污和羞辱！”沙琪玛坚持说。

“你们的心情，我理解。其他和这件事相关联的人，暂时不要离开这里。我是比开里斯农场代理场长，对这件事的处理和善后全权负责。”然后，王玉坤把头转向蒋钟勋说，“师傅，对不起，只有先委屈您了！”

他命人将蒋钟勋带走，先关起了禁闭。

又过了一个春天，戴翔南发现离比开里斯农场不远的界河边上，那块原本是一块草场的地方，被邻国用铁丝网给拦上了。沿铁丝网两侧，站满了荷枪实弹的士兵。从那以后，比开里斯小城再也平静不下来了。

王玉坤那张看上去一直非常生动的脸，开始晴转多云，有时还动不动跟戴翔南发火。戴翔南虽然心里也很憋屈，但却无处发泄，看着王玉坤，他只有一脸的无可奈何。

越往后，坏消息越不停地传来。

王玉坤和戴翔南先是听说中国的东北边，因为和邻国接壤的一个面积仅有 0.74 平方公里的小岛在发生争议，双方随即爆发了武装冲突，动用了包括坦克、装甲车、飞机、反坦克炮、40 火箭筒在内的轻重武器。后来又听说，对方一辆当时最先进的 T-62 坦克被击毁，迫使其乘员弃车。为了争夺这辆坦克，双方相互炮击，但均没能将其拉回。邻国不愿让这辆坦克落入中国人之手，遂派出爆破组试图将其炸毁，未遂。之后，对方用炮火将坦克下的冰层击破，坦克沉入江底。不久，中国派出海军潜水员将这辆坦克打捞出来，被拖回北京的中国军事博物馆……同年，中国在岛上修建营房，派驻官兵长年驻守。

这一段时间，说什么的都有，搞得王玉坤心烦意乱。再后来，虽然上级一纸命令去掉了他职务上的“代理”二字，但比开里斯农场的近况越来越不容乐观了。

还是山那边刮过来的风，但风的味道里已经明显充满了火药味，并伴有隔空喊话的谩骂声。

王玉坤阴沉着脸，低着头默默地吸着烟，一言不发。农场的生产已经调不起他的任何情绪。每天去往各个边境连队检查，沿途灰暗的色调、灰暗的背景，把他的心情也搞得有些灰暗了。

他觉得眼前的天空，就像是一张永远也没有洗干净的土黄色的画布，偶尔还有一星半点的尘埃不小心地落在手上、脸上和眉心上，让他看上一眼，便立刻有了一种强烈的沧桑感，沧桑得随时可以嗅到土腥呛人的烟尘味，极度的缺水和干旱，成了这里风景的绝唱。极目远眺，远方叠着远方，远山牵着远山，在苍凉的天幕下，风的过处，鲜有水的味道。

一个连队，遗世而独立。一排排被深挖下去一米多、而后又在上面用土块砌出五六十厘米的墙垛，再在上面架上几根树干，上些草泥，便是连队职工的家园。这时，王玉坤发现，周围的所有人家，基本上都是隔墙而居，只能通过安设在屋顶的天窗采光。

每天走出家门，望着那些略微高出地平线的建筑物在晨光中袅袅地飘出炊烟时，他感觉那种田园牧歌式的美，就在他的眼前弥漫开来。那些被鹰、斑鸠、野鸽叼着的杂草、木棍、羽毛在树的窝洞里、枝丫间垒起的窠巢里，时不时就传来了鸣啾声和小鸟唧唧喳喳的吵闹声，把整个清晨搅得鸡犬相闻，歌舞升平。

只有这时，连队在他的目光中，才是一个很庞大、很丰富而且很有些时间感的存在。

然而这一切宁静，最终被打破了！

这种感觉，在王玉坤心里，变成了一个结。他仿佛看见自己的家里，不知什么时候来了一些人，他们什么也不说，就径自拿了一些锯齿和斧头之类的东西，不和任何人商量，就要去砍伐自己曾经悉心栽在院子里那棵最大的树。他去阻拦，但对方似乎并不打算理会，挥起斧头还是把那棵树给砍了。继而他们搬走了家里所有的家具，一把推开自己，走了。自己被迫从家里搬出来的时候，在围观的人群中，再见到以前常来常往的伙伴，他们那种飘忽的目光，让自己无法逮住眼神。那一刻，王玉坤顿觉迷失了自己。他明白自己肯定遇见事了，但他不清楚到底是什么事。可能，就根本没有什么事发生。

自己只是沿着来时路的方向，一路走下去，至于去向何方，他不知道。那时，他觉得他丢失了属于自己的一切，甚至尊严。

随着自己的离去，一个坐落在草原上，同时又隐藏着许许多多事情的军营似的连队四合院，正在离他越来越远。

蒋钟勋被从禁闭室放出来之后，面容很憔悴，心情也一直很坏。先是尼热古丽在他刚刚萌动的春心上撒了一把盐，接着，原本合作修建比开里斯水库的邻国水利专家突然被召回国，蒋钟勋感到自己掉入了一个万劫不复的深渊之中，四周一片黑暗。

他的这种状况让王玉坤很揪心。比开里斯水库就像一把达摩克利斯之剑高高地悬在他的头顶，令他食不甘味。比开里斯水库的修建，是老场长戴文涛生前的夙愿，也是王玉坤拍过胸脯，答应过戴文涛“纵使遇到千难万险，也一定保证保质保量建成”的大作品，现在大坝设计还没有完成，就快搞成烂尾工程了，这的确把他逼到了绝境。

“专家组已经解散，外籍专家也已陆续回国，这是无法挽回的事。我不相信，死了张屠夫，我们就得吃带毛猪？事在人为。我觉得，修水库不是修水渠，我们得慎重，光有勇气是不够的，得用脑子想办法！既然东北那边为了一块有争议的小岛可以兵戎相见，比开里斯山作为争议地区某天突然受到攻击，肯定是难免的。到时，比开里斯山就是套在我们脖子上的一根绳索，只要对方控制了水源源头，水库的命脉就切断了。所以，我们必须未雨绸缪。”戴翔南对王玉坤说。

“的确是这个道理！你认为我们的当务之急是什么呢？”王玉坤问。

“这是一盘输不起的棋。要想激活它，蒋钟勋就是其中最关键的一枚棋子。用好他！”戴翔南的话，让王玉坤茅塞顿开。

“古人云：古之欲明明德于天下者，先治其国；欲治其国者，先齐其家；欲齐其家者，先修其身。是故修身、齐家、治国、平天下。先解决他的个人问题，下面的事都将迎刃而解。我坚信我的预见。”

“好！就听你的！你尽快选择一个黄道吉日，把他和王秀珍的婚事给办了！”听了戴翔南的话，王玉坤心里一下敞亮了。

蒋钟勋和王秀珍结婚那天，气氛很热闹。

三

这一年的春天，在比开里斯仿佛没待几天，就匆匆地向夏天走去。

刚刚入夏，小城里突然人头攒动。成千上万的边民手持清一色的邻国侨民证，拖儿带女，成群结队，携带着农具，驾着车辆，赶着大量牲畜，一大早，就涌到了离比开里斯农场最近的边境口岸，阻塞了进出国门的通道。

这事据说和军队的两名少将——军区副参谋长阿斯列娃和军分区司令托罗马斯基有关。

就在前不久，他俩向中央军委提出回国的申请获得了批准，与他们同时回国的，还有数十名校尉军官。

走的那天，他俩来到比开里斯边境口岸，从自己的汽车里拿出羊肉和当地人很难见到的奢侈品——白酒，随着一些来迎接他们的人，一起走进了牧民的帐篷。

“阿斯列娃副参谋长马上要去那边办一件紧急公务，这些东西是他专门犒劳大家的慰问品。”托罗马斯基煞有介事地说，“谁愿意过去，现在就去侨民协会领侨民证。有了侨民证，就是那边的合法公民了。这样的肉和酒，到那边，管够！”他一边说着，一边用嘴努了努，用眼睛示意着摆在桌子上的东西。

人群中有人半信半疑地问：“是真的吗？”

“当然。我这个军阶还会骗你？”托罗马斯基又用手指了指肩上的少将徽章。

人们相信了他的话。纷纷奔走相告，挤进了侨民协会那道狭窄的门，去领侨民证。

边民外逃引起了中国边境的局部恐慌，继而引发了连锁反应：靠近比开里斯小城的几座城镇的 6 万余人，不顾当地政府的劝阻，相继进入邻国境内。

就在这一天，在比开里斯小城，当地一伙暴徒策动了针对当地政府和军警的武装暴乱。他们手持武器攻打政府、军警、武器库等要害部门，打死打伤无辜居民及军警人员，抢走了一批档案、文件。事件发生后，王玉坤迅速组织农场各连队预备役民兵部队，果断地镇压了这起有预谋的武装叛乱。紧接着，中国政府向邻国提出严正抗议和交涉，要求允许被胁迫出境的中国边民返回中国境内，但遭到了对方的无理拒绝。

其时，中国与邻国接壤的一块面积 35 万平方公里的土地上，边民外逃事件愈演愈烈。

从接到比开里斯边防站骤然响起的第一个紧急电话起，王玉坤已经意识到，阻止边民外逃，他已经无力回天……

眼前，一片片参差不齐的小块地、遗弃地、芦苇滩、牧草地和河滩地，在黄褐色的丘陵间连绵延伸，只有几株低矮的小草在风中沙沙作响。

对王玉坤而言，这里毕竟不是比开里斯农场连队驻屯地，但这个南北长 21 公里、东西宽 11.5 公里的边境区域，又正好处在中纬度亚欧大陆的中心地带，肯定要不了几天，就会由他来托管。

果不其然，兵团总部关于代耕、代牧、代管的“三代”任务，责无旁贷地落在了他的身上。

阳春三月的比开里斯河谷，已经笼罩在一片淡绿之中，可以闻见淡淡的来自小草和树木的清香。人的足迹、牲畜的蹄印，清晰而散乱地写在了这一片被黄沙与绿洲包围的土地上。外逃边民留下的住房和牛羊圈、土围子，成了王玉坤和“三代”工作队临时的生活用房和办公室。

小城的空气依然清新可人，湿润的风从山的那边刮过来又刮过去，刮过去又刮过来，爽爽的气流在人的脸上留下了柔柔的印痕。田野依旧空旷，垄埂间踏满了牛羊马群浅浅的印迹。远远望去，那些挺立于路边的树，滋生于水边的草，在沾濡着水汽的空气中，一如既往地保持着原始的生态，仿佛什么也没有发生。

几个正在路旁土堆上玩耍的孩子，突然停止了手中的游戏，看着王玉坤乘坐的车辆缓慢地驶进了村庄。从他们眼里，王玉坤看出了他们非常想知道这辆车要把他拉到什么地方去。

车子停了下来。他们在汽车停下来的那一刻，得到了答案。他们没有一个人走上前来，而是远远地看着王玉坤，像是在揣摩一个外星人。当然，他们不会因为王玉坤的到来才这样，也不会因为突然来了一个陌生人而有所改变，而是以他们自己的方式、自己的时间感，以及自己的逻辑，在判断着所有已经出现和正在出现以及即将出现的事物。他们就像一个个被时间挤压得快要喘不过气的人，从出生那天起就始终如一地守护着自己的内心。王玉坤想，此时如果无法走进他们的内心，想要在这片土地上待下去，将是十分困难的。

因为这个村落的存在完全没有章法。它们隐藏在白桦林的深处，以至于根本无法依靠经验判断它究竟坐落在什么地方。它可能会在任何一条山沟、一面坡地或者一块台坝上出现，它会在没有任何思想准备的情况下，好像一只从土洞里跃出来的野兔一样闯进人们的视野。即使是一张比例尺很小的地图，都无法详细地标注出这个村落，甚至让王玉坤这样走遍江湖的人，都不禁产生怀疑：只有几十户或十几户人家的村落，究竟是不是一个村庄？而且没有明显的路能通向它们，有时候，一段路干脆就是一段通往远方的车辙。

但王玉坤感到眼前这个世界是鲜活的。姹紫嫣红的春天踏歌而来的时候，芨芨草、喇叭花、芦荻在山野间把这片小小的村庄渲染成了一片鲜花的海洋。生活在这里的人们的朴实，就让人联想到一棵棵自自然然生长的树。

让王玉坤没有想到的是，以后的生活越发艰难了。围在锅边，伴随着油渍味的清淡，家里藏储的食物几乎过不了冬天，他经常因为无米下锅而站在锅台边束手无策。他开始带着“三代”工作队走出去，到乡下农村拾捡麦穗、水稻和玉米，甚至在田野里刨挖红薯和萝卜。到了实在无米下锅的时候，高粱面也被搬上了餐桌。那些看上去十分诱人的食物，其实是难以下咽的。

王秀珍不知从哪儿找来了一块猪皮，每天烙高粱饼时，就拿出那块猪皮在锅边擦一圈，让烙出的饼多少沾点油腥味，用以安慰他们那因长期饥饿而缺乏油气的胃。久而久之，那张猪皮便因使用频率过快，不但呈现出发黄透亮的质感，而且已经没有了一丁点儿的油气，但是，王秀珍已经没有其他更好的诱饵，来吸引王玉坤他们去吃那些难以下咽的高粱饼。

第七章　风雪最后的道别

中国牧民被告知：军事禁区所有人和畜群必须绕行。

一

“西北第一连”紧靠着比开里斯边防口岸的大片牧区，牧区内，除了零星的几座没有拆除的旧毡房，已经空无一人。

“这里的‘三代’工作就交给你了！我知道，你很难。但除了你，有谁还愿意去挑这个担子呢？最近，我们农场又来了一些自流人员，里面有个叫噶春的，我看不错。我打算调教一下，过段时间，把他派过来给你做助手。”王玉坤拍着戴翔南的肩膀说。眼前的情景，让他的心情很沉重。

“要过来，那就快点吧！我这里现在主要就是缺人手，恨不得一个人掰成两半用。再这样下去，我就要散架了。趁着天没黑，你走吧，路上小心！”

“保重！”

“保重！”

王玉坤的车又在路上了。村道、乡道、县道、省道、国道，汽车颠簸着离开了“西北第一连”的土路，向着比开里斯农场场部驰去。

已是春末夏初，路两旁的树木已经开始泛青，偶尔一阵风吹过，枝丫间发出“哗啦啦”的碎响，极像林间野鸽和斑鸠扑簌着翅翼迅疾而去的声音。土是灰黄的，经过车的碾压，又呈现出一些白斑，那白斑一直延续下去，自然形成了一条路。王玉坤清晰地记得，刚来比开里斯小城的时候，他曾经带着部队帮着这里的牧民搭建木屋，他们自己则住在干打垒地窝子里面。现在，木屋外面的锅台还在，地上剩下不多的几根木柴孤零零地被遗弃在那里。如果戴翔南他们不来，也许多少年后它们仍然在那里，因为这里恐怕再没有人来住了。即使有人来，他们也不知道这里和这里的主人曾经发生过什么，它们会如同已经燃尽的灰烬慢慢地淹没在岁月的长河中。

坐在车里，王玉坤想。

戴翔南把自己的“三代”指挥部设在了一处离边境线很近的地方，并且在那里盖起了前后透明一砖到顶的砖房，他在那儿一住就是好几年。

从“西北第一连”到“三代”指挥部这一段距离，有条北纬44度线。线的南北跨度很大，在戴翔南眼里，那简直就是一座天然的粮仓。但他看到当地的不少牧民，穿的棉衣、棉裤却十分破烂。一打听，才知道这里棉贵如油，一件棉衣，往往穿上两代、三代人，里面的棉絮弹了还要接着用。

“为什么？”戴翔南对此十分不解。

“这里是植棉禁区啊！有人说，过了北纬44度线，种什么欠什么。种粮食，颗粒无收；种棉花，更无收成。所以，这么多年过去了，这些地一直空着。”

“哦，是这样……”言者无心，听者有意。尽管心里没谱，戴翔南还是打算试一试。他想，万一出现奇迹呢？

他在北纬44度线上停了下来，他决定在那里修建一条直接连接“西北第一连”连部和“三代”指挥部的公路，用两到三年的时间，在比开里斯河流域试种棉花。

这是一个在地图上很难找到的地方。四野一如原始的荒凉，高低起伏的土丘一览无余。远处的雅丹地貌，呈现着岁月剥蚀的伤痕，昏黄的色调是那种去了皮剥了壳的十分纯净的土黄，仿佛几个世纪以来永远也没有洗干净的脸。

恰在这个时候，噶春被王玉坤派来做了戴翔南的助手。

“来了？欢迎你。不过，我有言在先：这里可比不了场部，条件很简陋，只好委屈你了！”见到噶春，戴翔南说。

“委屈？我是来工作的，又不是来享受的，没什么委屈不委屈的！你是连长，又是‘三代’指挥部的指挥长，不也住在这里吗？”

“好小子，豪爽！和我对脾气。听说你喝了几天墨水，算是一个文化人。今后我们搭档，你要多给我出主意、想办法……”

“果然和场长说的一模一样！”噶春自言自语道。

“坤子又说我坏话了？”

“他说你是一个急性子，猴急猴急的。今天一见，才知道连长你的性子不但急，而且是相当急！”

“哈哈哈！急点儿好哇！你看咱们现在，要什么没什么，能不急吗？喂！来的时候，坤子给你谈了没有，我准备在这里试种棉花？”

“谈了！说实话，我这次就是奔着棉花来的！”

“那太好了！快谈谈，你有什么好的想法。”

“连长，谈谈当然可以。你总得给我找个住的地方吧！”噶春很难为情地说。

“哦，对对对！”戴翔南猛地拍了一下自己的脑袋，“我差点儿忘了！还没有吃饭吧！我现在就去食堂安排！”

晚上该休息了，噶春被带到了临河的山脚下，一处如同战争年代遗留下来的坑道一样的地窝子里。他一脚踏过去，一下就踩在了屋顶上。原来，这种地窝子比他在农场场部居住的那种还要低矮，它完全处在与地表一个水平线上，白天很难看出，哪是住房，哪是河床。到了夜晚掌灯的时候，他才真正领略到这里的荒凉与古朴。这里的原始没有经过任何刻意的包装，它的骨髓里，自然流泻着一种掉了渣的情调。

躺在床上，墙壁四周的虚土，伴着床咯咯作响的声音，就开始从屋顶的周围扑簌簌地往下掉，甚至，四角透过的风还把这些灰尘直接带到了噶春的脸上。他仰脸看着用帐篷搭成的屋顶，顷刻间，耳边响起了呼呼的风声，好像古代征战的角鼓。

清晨起来，洗漱完毕，走出房门，太阳已经在东方等着他们了。阳光轻柔地洒在河床上，如同一位披着轻纱款款走来的新娘。河床两岸，那些粗壮的红柳，长得罕见的大，顺着河堤，一直延续了很远。

对于戴翔南来说，父亲放下枪杆子，更像一个农民。侍弄比开里斯农场，从奠基的第一锨土开始，他就觉得，他不是戴文涛的儿子，戴文涛真正的儿子，应该是比开里斯农场。他常常听到父亲挂在嘴边的一句话：

“和平了，没仗打了，我还能干什么呢？我这个人没有什么嗜好，就是爱摆弄庄稼。小时候经常吃不饱，一天看不到庄稼，心里就像缺了点什么。在我眼里，庄稼和人一样，也有灵魂和生命，我们之间有着感情和心灵的交流。种子播在地里，我就期待着它发芽、长叶、开花，一天天健康地长大。一个农场从选址成立到发展壮大，前后需要很多年，人的一生，能有多少年呢？”

作为一个农民的儿子，戴翔南比任何人都更懂得农业在国民经济发展中的地位。他不相信像中国这样一个泱泱大国，竟然连老百姓吃饭穿衣的问题都解决不了！

他把噶春分配在了种子班任技术员，并给他安排了12名农工和13.3公顷的实验田。

噶春做梦也没有想到，自己这么快就有了实验用地和田管职工。看到噶春欣喜若狂的样子，戴翔南又给他泼了一盆冷水：

“咱们可说好了：实验有结果了，我给你记功；失败了，咱们接着再来，直到成功为止。记住：北纬44度线，只是一条地理上的界限，绝不是棉花种植的禁区！这里不同于其他地方，是边境线。我们想要在这里长期坚守下去，必须生产出自己赖以生存的产品，把自己变成永不移动的界碑……”戴翔南说这些话的时候，眼睛静静地望着窗外。

噶春从小到大也没有见过戴翔南的这种眼神。那个春末夏初，他一直以来的沉静，被打破了！

在田间地头，戴翔南陪着噶春一待就是三年。三年里，他们挨了多少蚊叮虫咬，自不必说了。就是吃饭，基本上也是以玉米磨成的苞谷面为主食。

“苦吗？”有时看到噶春那种如痴如醉的神态，戴翔南有些于心不忍地问。

“如果说不苦，那是假话。但棉花品种搞不出来，我也高兴不起来呀！你不是说了：就是失败了，咱们接着再来，直到成功为止……我想了，我搞不出来，就会有别人继续来搞。与其这样，我不下地狱，谁下地狱？嘿嘿！”噶春抬起充满血丝的眼睛自嘲道。

直到有一天，噶春欣喜若狂地跑进戴翔南的办公室，一把拉起他的手就走，嘴里还喃喃自语：“成功了！成功了！”

戴翔南才发现，噶春明显瘦了，瘦得如同一张皮裹着一副骨架，让人看了心酸。

噶春并没有注意到戴翔南的眼神，而是把他承担的国家农业部重点课题——棉花生长调节剂缩节胺，获得重大成功的消息告诉了戴翔南：“这个技术在棉花种植运用上，不但能抑制棉株的营养成长，而且能促进其生殖生长，既增产、又早熟，深受棉农欢迎。现在还是试验初期，全国的缩节胺调控棉花试验示范田只有866.7公顷，而我们的试验田面积就占到了666.7公顷。更为可观的是，这个技术已经被国家认定为全国农业推广新技术，要求在全国400万公顷棉田上推广应用……”

“好消息啊！”戴翔南说着说着，眼泪就掉下来了，“我还想听听你今后的打算……”

“我想把长绒棉引到这里试种。我算了一笔账：如果成功了，每年可为农场创造上百万元的经济效益……”

“好，你就甩开膀子大胆干吧，我会全力以赴支持你！”

“我要的就是你这句话。”当噶春的目光与戴翔南的目光相互交织在一起的时候，噶春知道，一切尽在不言中，不用再多说了！

他又钻进了他的试验田里，开始着手研究被兵团列为研究课题的海陆杂交棉优势利用项目。试验，示范，种植，他悉心观察着每一道工序，仔细验证，直到取得满意的数据才松一口气。海陆杂交棉试种面积200多公顷，比陆地棉增产30%，纤维强力断长达到270毫米，绒长达到37毫米，这些数字，在全国达到了领先水平。为了获得更多的杂交种子，他首创了“雌雄麦管隔离花前预授花药法”，将棉花授粉的时间拉长，提高了工作效率，节约了劳动力，日人均授粉2000多朵花，达到了多收种子的目的。

在“西北第一连”执行“三代”任务的三年多时间，是噶春一生中相对平静又颇有收获的时光，他把这段时间界定为“快乐时光”。

三年后的一天，他被送进了一片莽莽苍苍的林区。各色林木参差披拂地挺拔着，把他变成了绿色海洋的一分子。不远处的河湾里，泊着一条小船，很幽雅、很宁静的样子。盛夏的中午，光着上身，挺尸一般地躺在被太阳烘烤得快要燃烧起来的帐篷里，但一阵清风徐来，顷刻就有了凉意。这时，他好像又回到了童年。

边境的局势又进一步紧张起来，他不得不中断自己的棉花研究项目，去往畜牧队帮助转场。

要走的那一天，有很多人来送他，但他只在戴翔南的眼神里停留了很久。因为，他明白了，从那一刻起，今后的路，得靠他自己去走。

二

随着一阵铁链抖动的声响，门开了。紧接着，几道刺眼的手电光跟着射了进来，两个背着冲锋枪的警卫走到了罗苏琳的地铺前。

“这事……需要你们动手吗？我自己解决好了！”罗苏琳从地上站了起来，说，“这不关王秀媛的事，一切都是我主动的，是我勾引了她。你们要杀要剐，就冲我一个人来。折磨一个女人，算什么本事？”罗苏琳知道，今天晚上这一劫，他很难躲过。

谁知那两个警卫，并没有把罗苏琳拉出去执行枪决，而是蹲下身来，用手电照了照戴在罗苏琳手脚上的镣铐，最后确认镣铐完好无损，这才放心地站起来，锁好门，走了。这是负责看押罗苏琳的警卫，为防止罗苏琳趁着夜深把镣铐弄开逃跑，专门临时制定的一条突击检查措施。

罗苏琳哑然失笑：他脚上戴着的 18 斤重的脚镣，是中间穿上铆钉用大锤钳死，固定在铁钻子上的；手铐则是用拇指粗的钢筋自制的土铐子，而且他的双手是反铐在背后的。自己纵使有天大的本事，也无法把这种镣铐从身上打开。

这已经是罗苏琳被关押的第三天了。

野合之后，罗苏琳的澎湃激情，让王秀媛感受到了一种做女人的快乐，她希望把这种快乐持续下去。只要有机会，她是一定要向罗苏琳发出身体邀约的。她用当地一种叫枸杞的东西，配以一只雄壮的狗鞭，泡在自己酿制的土酒里，然后端给罗苏琳喝。罗苏琳喝了这种酒后，血就直往头顶上冒，每次见到王秀媛，只要王秀媛告诉他：“我想吃香蕉……”之类的话，他裤裆里的那个玩意儿就会雄赳赳、气昂昂地站起来，两只眼睛也像要喷出火来。这个时候，不用王秀媛再给他示意什么，他就知道要做什么。

“酒，真是一个神奇的好东西！不喝时，放在那里，风平浪静；喝到肚里，它就开始闹鬼。让人欲止不行，欲罢不能！”每次见到王秀媛，罗苏琳就想拒绝那事，因为完事后他都有种犯罪感，生怕被人抓个现行。可是，每次喝了王秀媛带给他的泡酒，他就如同走火入魔，不按常规出牌了。他想，这酒里是不是放了什么让他上瘾的东西？只要沾上一口，心里就想得痒痒的，裤腰带似乎不用解开就自己松下来了。他后悔和王秀媛有了第一次。王秀媛现在在他眼里，就像是一道上了咒语的魔蛊，让他离不开，也不能离。他下决心向王秀媛求证一下，如果她真的在酒里放了什么东西，他不想再有下次了。

"你在酒里到底泡了什么东西？"

"当然是好东西。女人喝了，漂亮；男人喝了，力量！"

"到底是什么东西？你回答我的话！"罗苏琳把脸绷得紧紧的。

"美酒敬才子，美人配英雄嘛！酒肯定是好酒。至于吗？这么紧张？我就不想回答你的话！"

"今天必须回答！"

"你还是不是男人哪！我花了那么大的功夫，还不是为了你？我把身子都给你了，难道我会害你？我只不过做了先过门再恋爱的事，有什么大惊小怪的？"看着一脸愠色的罗苏琳，王秀媛说。

"我不是大惊小怪。既然事情我做了，我认。是不是得履行个手续什么的，要不然，我抬不起头！"

"我看你每次头都抬得高高的，一副小老虎的模样！"

"别开玩笑了，我在跟你说正事呢！"

"就你，还想履行手续？做梦吧！现在多少人都在等待分配呢，像你这样，等到猴年马月也轮不到你！"

"我这样的怎么了？我只想要个名分。我这辈子铁定跟你过了！你有什么不放心的？"

"罗苏琳，你感冒发烧烧糊涂了吧！我有什么不放心的？我倒是想给你一个名分，但是谁给我这个权利了呢？"

"你不是说，可以到医院找你姐姐要一些避孕套吗？"

"要得再多，也不够你用。"

"我又不是配种站站长，用得了那么多吗？"

"哦，你是说我姐姐那里就是你的军需站，想要多少，就有多少？"

"我不是这个意思……我是想，万一怀孕了，这件事就会成为一个事件的……"

“什么事件？我告诉你吧！我已经怀孕两个月了。我去医院检查过，尿样呈阳性……”

“什么阳性？”

“就是我的肚子里揣上你的种了！”

“天哪！这是啥时候的事？”一听这事，罗苏琳的脑袋立刻“嗡”的一下，大了起来。

“时间不长，最近吧！”看着刚才还颐指气使的罗苏琳一下子蔫下来的样子，王秀媛觉得火候到了！

“你早点儿告诉我呀！”

“告诉你有屁用？你能有什么办法？我想等孩子生下来，再给你报个喜……”

“千万别……别这样！你这不等于杀了我吗？我说吧，怀孩子这事，我们还得从长计议。我们这叫什么呀，什么都不是啊！突然间有了孩子，就是讲，也讲不清楚啊！我看不如这样，干脆找个地方，先把孩子解决了，咱们再说下面的事，成吗？”

“不成！罗苏琳，你还是爷们儿吗？怎么一遇到点儿事，就跟阮小二做爱一样，尿了？放心，如果你不认这个孩子，就算我自作多情，行不行？”王秀媛说着说着，就哭了。

“我这不是和你商量吗？你干吗发那么大的火呢？我没有说我不想要这个孩子！”

“你说了！”王秀媛擦干眼泪，直视着罗苏琳说。

“我说什么了？你也不要在这里小题大做，我们已经是事实上的夫妻，只需要履行一个手续，我们就是合法的。到时候，孩子我们是一定要要的，因为，那是我们爱情的结晶。”

“太天真了！你小儿科吧！连这么一件小事都弄不明白？什么是合法的？什么是不合法的？你想搞明白吗？我告诉你，你永远都不会搞明白的！因为，现在这个形势，不会有人去让你搞明白！”

“那我们怎么办？”

“我们自己办！”王秀媛斩钉截铁地说。

“我们自己……怎么办？”罗苏琳摸不着头脑。

“你先把这杯酒喝下去，我就告诉你！”

第二天天没亮，王秀媛悄悄拿去了王秀珍平时挂在宿舍的药房钥匙，去偷避孕套时，被王秀珍发现了。

“我只是想……找一些药品。”

“你可以直接找我……”

“关键是不方便……”

“有什么不方便的？”

“不好说……”

“秀媛，不要再隐瞒了！这一段时间老是有人给我反映丢东西了，我问他们到底丢了什么？他们什么也不说。原来是你在监守自盗啊！”王秀珍看着王秀媛的眼睛说。

“姐，话怎么说得这样难听哪！”

“怕难听，你还做？”

“姐，冤枉人了哦！我才进来，什么还没拿，你就这么武断地把屎盆子直接扣在了我的头上？过分了吧！”

“过分是吧？”王秀珍拿起一本记事本递给了王秀媛，说，“你自己看看吧！想不过分，自己做好啊！”

记事本上，一切记得清清楚楚。

“那……我也不藏着掖着了。你就好人做到底，我怀孕了，你能不能帮我想个办法？”王秀媛看着王秀珍，轻声说。

“这事还用你说，我早就看出来了。”

“那我该怎么办呢？”

“我怎么知道怎么办？这是一个天大的问题，姐真的帮不了你！”

“你还是我姐吗？我给你说实话：我已经怀上了罗苏琳的孩子，我找他了，他没办法，让我来找你……”

“浑蛋！这是害人哪！秀媛。他没办法就算完了？这事往小了说，叫生活不检点，作风不正派；往大了说，可是流氓罪，违法了！他可不能一推六二五，得对这件事负责！”王秀珍急了。

“姐，你能不能现实一点儿，都什么时候了，还谈这个？我给你讲，这个孩子我想把他留下来，你能不能帮我这个忙？如果帮了，我感谢你一辈子；

如果帮不了，我也不怪你，但你千万不要出卖我……”

“出卖你的，不是别人，是你自己。你看看你现在这个腰身，只要有点儿常识的人，要不了多久，都能看出来！”

“姐，我的意思是……我们去找个小地方，悄悄地把孩子生下来，就说孩子是你的。反正你已经结婚了，生孩子是名正言顺的事。”

“我才结婚多久啊？这么快就有孩子了？说破大天也没人相信哪！我早就给你讲过，不要玩火，不要玩火，你就是不听。现在好了，把自己烧着了吧！”

“你是幸灾乐祸，还是看我的笑话？那好，姐，这事我还谁也不找，就找你了，你看着办吧！我现在就郑重地告诉你：我如果完了，你也不会好到哪里去！”王秀媛说完，一甩门，走了！

王秀媛怀孕的事，没有多久就被一些好事的人看穿，消息不胫而走，罗苏琳觉得四面八方都是审视他的眼睛。对他而言，一场暴风雨就要来了！他的思想压力越来越大，他认为有必要向组织交代一切。有了这种心理准备，他的心顿时感到轻松了。就在他刚刚平定了一下心绪，站起来打算去往场部找王玉坤时，保卫科干事带着几个保卫人员出现在了他的宿舍门口。从这一天起，他被宣布：正式逮捕了！

当罗苏琳被戴上冰冷的手铐，在逮捕证上签完字的时候，他的心里反而前所未有地平静了。

在此之前，罗苏琳一方面知道他和王秀媛的事情一旦败露，单位不会放过他，人们的吐沫星子也会把他淹死；另一方面又心存幻想，场里不会棒打鸳鸯，会给他和王秀媛一条出路，予以宽大处理。这两种想法不停地在他的脑海里交替出现，把他折磨得心力交瘁。有时，他正在作画，看见有生人来，就疑神疑鬼地以为是来抓自己的……当他被铐住双手带出宿舍，一切幻想归于破灭时，他反而坦然和淡定了！反正早晚就是这么一回事，总比整天提心吊胆地过日子强多了。

现在，他最放心不下的，就是王秀媛。

恰恰是想不来啥偏来啥，也正应了那句俗话：人倒霉了，喝凉水都塞牙，放屁都砸脚后跟。就在罗苏琳被带出宿舍后，保卫干事为了彰显他的功劳，要求罗苏琳戴着手铐环场部游行一周。这个情势正好被王秀媛瞅见，她不敢声张，想哭又不敢哭出声来，只好蹲在那里任凭苦泪横流。罗苏琳远远见了，心如刀绞……那一刻，他觉得自己真的很无能，既保护不了心爱的女人，也保护不了自己，甚至把自己最狼狈的一面留给了心上人……奇耻大辱啊！他想，如果这次没被整死，自己一定要活出一个人样来！

王秀媛还是不顾王秀珍的极力劝阻，当天夜里，冒着持续飘飞的鹅毛大雪，步行去了比开里斯小城，她要去为罗苏琳买一些生活用品和吃的东西。

从王秀媛离开场部的那一刻起，罗苏琳的心便揪了起来。他知道，从场部到比开里斯小城有 10 多公里路程，其中有几公里就是人畜踩出来的山间小道，路边有许多修公路时取土石的大坑。如果掉进去，就肯定会被雪葬……比开里斯深山里的积雪有的地方可达两米多深，整个世界混沌一片，一个女孩子怎么能在根本分不清河流、道路、山沟的茫茫雪海中，孤身一人行走啊！

透过禁闭室的小窗，罗苏琳不时地向外瞅着，这是一次令人揪心的等待。

时间一分一秒地过去，直到次日傍晚时分，王秀媛才雪人似的回到了场部临时关押罗苏琳的那间地窝子里。

望着装得满满的一大纸箱子牙刷、牙膏、毛巾、香皂、肥皂、洗衣粉，还有不少猪肉和水果罐头，以及七八条“群英牌”香烟，罗苏琳的眼眶湿润了：“你不是不让我抽烟吗？”

“抽吧！谁知道你会被关多久？如果再不让你抽烟，你以后的日子比苦行僧还苦啊！我听说这种‘群英牌’香烟很好抽的，很多领导也只有逢年过节时才抽这种烟。我一打听，才五毛多钱一盒，挺便宜的，就给你多买了几条……”罗苏琳想象不出，身材如此苗条又很单薄的王秀媛，是怎么把这些东西扛回来的？

“我就这么大点儿的权力，对你的关照也仁至义尽了。我不能把你老关在场部，像犯了你这样错误的人，按照相关程序，得把你移交到上一级保卫机关，对你的问题进一步审查。”罗苏琳临押送走的那一天，保卫干事对他说。

“会判刑吗？”罗苏琳说。

“我也说不好。反正你的认罪态度十分关键。”

他们正说着，忽然“嘎”的一声，一辆吉普车在罗苏琳和保卫干事面前停了下来，王玉坤出现在他们面前。

“怎么回事？”王玉坤问。

保卫干事正要附在他的耳朵上悄悄汇报时，王玉坤立刻火了：“有话就大声说嘛，不要这样鬼头鬼脑的，让人觉得很神秘很好奇，这样不好！你通过什么程序了，就把人抓了？你有什么权力随便剥夺一个人的自由？嗯？”王玉坤双眼直视着保卫干事，像要喷出火来。

“这个……”保卫干事支支吾吾地不知道怎么回答才好。

“不要这个那个了，先把人放了。如果不是原则问题，能内部解决就内部解决。现在都什么时候了，大量边民外逃，‘三代’工作进展十分艰难，边境一线人手奇缺，你却在这里抓人、捕人。我说了多次了，一定要在有限的时间内，把我们的农场建设成为一个像花园一样的城市。前几天刚安排罗苏琳在场部围墙上画一片盛开的牡丹，才画了一半，人就被你关了禁闭。剩下的那一半，你来画？”

“我……我可画不了！”保卫干事尴尬地说。

“画不了还不放人？”王玉坤说。

罗苏琳刚刚被去掉了手铐，就被王玉坤直接叫进了办公室。

“你和王秀媛的事，我了解过了。你们就是真心相爱，也要注意影响。你的胆也太大了，在这个地方也敢风花雪月？听说还把人家的肚子整大了。你可真不让人省心哪！你说，该怎么办？”王玉坤用手指着罗苏琳的鼻子说。

“我违反了农场的纪律，辜负了您的关心和培养……但我是真心爱王秀媛的。至于最后事情会搞成这样，我也没有想到……”

“你的意思是，如果你早一点想到后果，就可以逍遥法外？”

“我不是这个意思……”

“不是这个意思是什么意思？你把生米做成了熟饭，让我给你擦屁股？罗苏琳，我告诉你：你的这个行为，说句不客气的话，已经够资格坐牢了。这次念你是初犯，赶紧和王秀媛去民政部门补办个结婚手续，好好过日子吧！从今往后，你给我听好了：把裤腰带给我系紧，若有下次，我把你那玩意儿剁下来喂狗，回去吧！别忘了，把围墙上那幅牡丹图画完……”

走出王玉坤的办公室，罗苏琳心里揣着的那块沉石，终于一下子落在了地上，他重重地喘了一口气。

三

“尼热古丽，咱们还是离开这个鬼地方吧！你看，前一段时间，出了这么多的事，你再待在这里，我们也不放心哪！再说，你的那个男朋友蒋钟勋，如果不是我们发现，及时报案，你现在指不定被他卖到哪个窑子里去了呢，那也说不准。”沙琪玛对尼热古丽说。去境外转了一圈的沙琪玛和尼加提，不知什么时候又回到了比开里斯小城。

“沙琪玛，怎么说话呢？什么窑子不窑子的，不是糟蹋人吗？”在一旁的尼加提听了，很不耐烦地打断了她的话。

“我说的可都是真的！”

“真的个屁！你心里那点儿小九九，鬼都不相信。”

“尼加提，你……”

“舅舅舅妈，我不想离开小城，这里毕竟是我的家……”尼热古丽说。

“你的父母没了，男朋友也已经背叛了你，你还留恋什么呢？”沙琪玛很不甘心地问。

“你不懂！因为你离开这片土地太久了！”从尼热古丽不经意的眼神里，沙琪玛看到了一丝不屑。

对尼热古丽来说，比开里斯小城凝结着她的少女情结。

家乡坐落的小城，是被比开里斯山系环绕着的一处洒满阳光的地方。家是用当地的石头和黏土夯实在一起，砌成的干打垒石屋，冬暖夏凉。门前一条比开里斯河，一年有三季都流着清澈的水；后面的比开里斯山上，长满了黑绿的乔木，尼热古丽的家就修在半山腰上。虽然缺少人文景观，却也建得依山傍水，清晨开门放朝阳进来，黄昏合窗送夕阳远去，很有些古朴、幽雅的味道。房前有条尺把宽的土路绳一样地系着房屋与沟外，起伏陡峭处刨了些地窝子，像远古结绳记事打下的结，小路随之一波三折。

这里的住房是分堂屋和厢房的。父母在的时候，每年都提前做好了一年四季的储备，确保家里的面袋子、奶酪和肉食品是殷实的，但要做到这一点，却非常不容易。年景好的时候，不大有问题，遇到不好的年景，却只有满满的期待。

开春以后，每家每户的大人们把水缸里的水挑满，劈好足够用的柴火，就赶着羊群去了牧场，家里剩下的孩子除了上学，就是去野外捉鸟、夹野兔、赛马，日子过得有滋有味。如果碰上不好的年景，抑或碰上战乱，这时候，兵荒马乱，人心惶惶，稍有不慎，就会给人撞个灰头土脸。自然，生活的质量也会大打折扣。

自从父母出事以后，那种日子仿佛从她的生活中消失了，令她再也快乐不起来了。

尽管沙琪玛磨破了嘴皮想让她离开这里，尼热古丽心里就是一百个不情愿。

“那好吧，不去就不去吧！那我们想同你商量一件事。”沙琪玛只好退而求其次。

尼热古丽睁着水灵灵的大眼问：“什么事，你们说吧！”

“那，我可就说了，说了你可要认真对待。”尼加提舅舅说。

“行，我知道你们是为我好。”

尼加提告诉她：“孩子，我们想同你商量一下你的婚姻大事！”

“婚姻大事？”尼热古丽被这突如其来的商量搞糊涂了。

“舅舅舅妈，你们不是和我开玩笑吧！你们知道，我现在还不想考虑这个问题……”

“是这样的，孩子，请千万不要误会我们。我生意上的一个很好的朋友巴沙尔耶夫的儿子巴沙尔，上次在比开里斯边境口岸见过你之后，一见钟情。小伙子是你舅舅看着长大的，才貌双全，性格温和，也很有礼貌。他马上要被派到中国来，在领事馆任武官。但他的家人非要他结了婚之后再来中国工作，我向他们推荐了你。你想一想，我的外甥女精明好学，又这么漂亮，我们想为你做这个主，让你嫁给巴沙尔，我们想，这样安排，也是为了让你的将来幸福。也不知道你是怎么想的？”

“什么？外国人？嫁给他？舅舅，你知道的，遭受了上次的打击，我已经心灰意冷了。我还想工作几年后再考虑个人问题。再说，我也没有见过什么巴沙尔。”尼热古丽不明白舅舅舅妈为什么要这么做。

“孩子，是这样的：在咱们这里，你现在这个岁数，已经到了出嫁的年龄，又正好赶上这么一个好机会！我希望你以后的路，走得更远一些、更宽一些，那样，无论今后你在哪里生活，质量一定会是很高的，你要相信我今天说的话。”尼加提解释说。

就在尼热古丽煞费苦心地极力回避舅舅舅妈为她安排的婚事时，尼加提和沙琪玛又一次来到了她的房间，只是这一次，没有再提结婚的事。

她记得很清楚，那一天是清明的前一天“寒食节”，舅舅拿了一些糕点给她：“很好吃的！你尝尝。”

尼热古丽顺手拿了一块丢进了嘴里，一尝，味道真的不错。她又拿起一块，准备吃的时候，却突然感到天旋地转，四肢无力。她支撑着想要靠在墙边坐下来，却不料双手根本不听使唤。

她问了句：“舅舅，你到底在点心里放了什么？”

沙琪玛却替尼加提回答了：“放了你的爱情果……你这是敬酒不吃吃罚酒，我们只能这样了！”

很快几个膀大腰圆的汉子冲进了尼热古丽的房间，把她弄进了一个教堂里。一身西装革履的巴沙尔正在那里恭候着尼热古丽。

“婚纱已经准备好了，给她穿上。”沙琪玛对巴沙尔说。

尼热古丽又被人稀里糊涂地穿上了婚纱。

“可以开始了！婚礼进行完，就把她直接带走，免得夜长梦多！”沙琪玛又对尼加提说。

“要把尼热古丽带到哪里去啊？”这时，门开了！王玉坤带人堵住了教堂进出的通道。

“哦，是王场长……我的外甥女今天结婚……”面对突如其来的变故，沙琪玛语无伦次起来。

“结婚这么大的事，我们场里应该派人参加啊！尼热古丽毕竟是我们的职工。你们都邀请了哪些人？”

“这个……”沙琪玛无言以对。

“沙琪玛，尼加提，现在是新社会，提倡婚姻自由，我们坚决反对任何形式的包办婚姻。今天这个结婚仪式，只能是非法无效的。你不会告诉我，这又是蒋钟勋给你们挖的陷阱吧？我宣布，予以取缔！”王玉坤大声说。

“我抗议，这是我的家事，你无权干涉！”沙琪玛咆哮地叫了起来。

“那好啊！你能不能让尼热古丽来表个态？还有，你能把你的真实身份告诉在座的各位吗？你不敢！按血统论，你沙琪玛，也是中国人；尼加提，就更不用说了。这些年，你们都干了些什么？你们心里比谁都清楚。现在，边境形势紧张，边民大量外逃，对国外一些人来说，你们功不可没；可对于你们的祖国，却是祸国殃民！你们伤天害理，助纣为虐，实为民族的败类！来人，把他们送到他们应该去的地方！”王玉坤说完，派人把沙琪玛、尼加提押走了。

四

王秀珍倒下了，她是不应该倒下的！

北纬44度线试栽棉花获得成功，这个消息无异于一颗重磅炸弹爆炸，吸引了边境一线团场的所有目光。

“西北第一连”所在的比开里斯河沿岸，素以干旱风大、土壤贫瘠著称。但是，最近这两年，却发生了难以想象的变化。板结沉睡了几万年的山坡，如今已经变成了山坡良田；就连海拔1480米的地方，也被种上了庄稼。这件事本来没有多少人知道，有一年夏收，连队一台大型收割机在倾斜45度的坡度上工作时，被大风刮翻，收割机翻滚到了山下，才被大伙关注。那时，兵团大部分团场的职工，还都住在低矮的地窝子里。为了防风，那些地窝子的房顶上都压满了石头，因为稍不留神，狂风就会把房顶吹到天上。而在雪暴寒流盛行的冬季，交通断绝，缺吃少穿，人们的餐桌上，常常是土豆、白菜加萝卜老三样。

而“西北第一连”，却已经住进了宽敞的烧炕木屋，菜肴里常常伴有肉沫的香味了。

这个香味随着炊烟，也同时飘进了邻国边防线上那些枕戈待旦的士兵的鼻子里。

但这片土地是中国和邻国争议区最多的地方，也是边境形势最为严峻的前沿。所谓“争议区”，就是中国以前被邻国强占的领土。

棉花试产成功，没能给戴翔南带来多少喜悦。又到了牧群转场的时候，他去场部开会研究完部署，在回来的路上，发现在中国一侧的传统转场牧道上，不但被邻国拉上了铁丝网，而且突然出现了大批荷枪实弹的士兵，甚至还集结了直升机、坦克和装甲车。

同时，中国牧民被告知：军事禁区，所有人员和畜群必须绕行。

“挑衅，这是明目张胆的挑衅！”看到这些，一股血冲上了戴翔南的头顶，“这是在告诉中国：我们祖祖辈辈通行转场的牧道，现在已经变成了他们的国土。简直欺人太甚！”

“把你放在‘西北第一连’，我是做过慎重考虑的。我想，你也一定能够守好那片土地。但切记：处理边境冲突，一定要冷静。这事关国体。处理好了，风平浪静；处理不好，极易引发外交事件，甚至军事对抗。”就在他命令司机停车的时候，父亲戴文涛的话，在他的脑海中回响起来：“儿子，你的性格过于急躁，随我。但有些事情，仅靠急躁是解决不了问题的。要用这儿，”看着戴翔南一脸的疑惑，戴文涛指了指戴翔南的胸口，说，“你的心！”

“我差一点儿误了大事！开车。”司机刚刚把车停下来，又重新启动，车立刻像一只迅速射出去的箭，离弦而去。

他连夜召开紧急会议，商量对策。在会上，戴翔南强调：我们必须始终坚持上级“以民对军，针锋相对，寸土必争”的边界斗争方针，扒开铁丝网，打通转场牧道。

这一年的春天仿佛来得特别早。

几万只牛羊牲畜开始从冬窝子草场向夏牧场转场，戴翔南亲自担任总指挥。

当畜群刚刚踏上牧道，他们就发现对方的军人枪上刺、弹上膛，成分列式地站立在山路的两旁，牧道的中央，驾着几挺轻、重机枪，弹匣手俯卧在一堆已经上好子弹的弹匣旁。

这是戴翔南早已经料到的事。他大喊了一声：“同志们，跟我来！”

大伙挥舞着鞭子，赶着畜群跟着戴翔南继续往前走。刚走到一个山坡拐弯处，前方突然闪出一队横列的邻国军人，端着枪，气势汹汹地向他们大踏步地走来。戴翔南随即向牧民们喊道：“不要怕！他们绝对不敢向手无寸铁的老百姓开枪。我们也组成人墙，向上冲！”

大家迅速手挽起手，肩并肩地组成了人墙，一同大步向前。与对方军人肩碰肩、膀扛膀，推搡、冲撞……针锋相对。无奈之下，对方士兵只好让开了路，畜群滚滚通过。

第二天天还没有亮，为了避免摩擦，戴翔南带着人赶着畜群提早出发了。就在大部分畜群快要爬到坡顶将要下坡时，早已经提前埋伏在下坡路上的百十名对方官兵，猛然站起，齐声吆喝，畜群立刻被吓得一下子乱了起来，回头狂奔。由于路窄畜挤，相互践踏，牛羊死伤无数。

当天晚上，戴翔南连夜打电话给王玉坤，迅速从场部选调了 100 多匹高头大马。第三天天刚微亮，戴翔南把马群作为前部先锋，组织牛羊在后，紧锣密鼓地又赶着上路了。上到坡顶时，他令骑手们对着马匹猛抽几鞭，顿时，马群如同脱缰的野马，顺坡狂奔而下，对方埋伏在坡下的士兵，还没有来得及站起，就被马群冲得七零八落，畜群随着马队顺利地转场而去。

“终于闯过了这道坎。现在想起，觉得真悬哪！”回到场部，向王玉坤汇报时，戴翔南还感到心有余悸。

“虽然这件事过去了，但咱们不能掉以轻心。我们要做好长期斗争的准备。”望着漫天舒卷的乌云，王玉坤若有所思地对戴翔南说。

“坤子，你放心，我已经做好了应对的预案，包括最坏的打算！”戴翔南说。

“那就好，那就好！”王玉坤嘴上虽然这样说着，但他还是有一种预感，感觉最近要出事。他把自己的这种感觉告诉了戴翔南，让他一定管控好分歧，尤其让畜群远离双方争议区，以免被对方打劫。

“好的，我现在就回去安排布置。”戴翔南从王玉坤的话里闻到了一股硝烟味。

尽管做了防范，但是百密一疏，还是出事了。

就在戴翔南抓紧时间驱车赶往连队时，已经担任“西北第一连”畜牧组兽医的尼热古丽，正在为几头“咩咩”待产的母羊接生。不知不觉，天已经接近正午了。她刚刚站起身来，忽然感到一阵眩晕，差点儿摔倒。

“别忙了，休息休息，等明天再干吧！”正在这时，开着手扶拖拉机赶到羊圈拉肥料的噶春正好瞧了个正着。

“产羔这事怎么能等得了啊！你来了，正好帮帮我！”见着噶春，尼热古丽喜出望外。

“好咧！我现在该干什么？”

“你去暖棚里给我接一盆热水来！”

“我这就去！”

噶春二话没说，就走进羊圈，换了白大褂，帮着尼热古丽跑前跑后。

这年四月，正赶上绵羊产羔的旺季。这时天气乍暖还寒，为了保证母羊的安全生产，尼热古丽不但提前为产羔的母羊准备好了产房，而且还用 2% 的来苏水和 15% 的草木灰水对羊舍进行了消毒清理。做完这一切，她觉得该做的工作已经就绪，就等着接生了。但真正到了产羔的时候，她还是忙得有些手足无措。

羊羔出生后，首先要用手掏去嘴、鼻、耳中的黏液，对于那些恋羔性差的初产母羊，还要将胎儿的黏液涂在母羊的嘴上让其舔食；因为春寒，需要立刻用干布将羔羊身上的羊水擦干；产后的羔羊脐带会自然扯断，有的脐带不断，还需要事先掐住脐带根部，把脐带中的血液向外挤掉，扭转脐带，涂上碘酒，再用消毒剪刀在距羔羊腹部 4 厘米处剪断；产后应该立即给羊实时供给温水，再加进少量的麸皮和食盐……待产母羊的饲喂原则上是少喂勤添，定时饲喂；水槽每天清理一次，保证羊只清洁和充足的饮水……

“噶春，你过来，搭一把手……”尼热古丽说。

“好的，我已经把温水里加上麸皮和盐了。”噶春说。

“把剪刀给我，那只黑羊的脐带好像缠在一起了……”尼热古丽这时忙得有些不可开交。

“我现在过去把水槽再清理一下……”噶春说完，又拿起水桶，去井里打水去了。

时间过得很快，当忙完这些工作之后，已经是下午了。

“我把你捎回去吧！”噶春对尼热古丽说，“就是车子有点儿脏，如果你不嫌弃的话。”

“这是哪里话？你就不必客气了！我干的就是这活儿。你先回去吧！我还得把这些羊集中赶到山那边的草地上去，那里的阳光要好些。这些羊过段时间也要转场的。”

“天不早了，我来吧！”就在他们赶着羊群下山的时候，遭到了邻国一队士兵的围追堵截。

噶春一看情形不对，便对尼热古丽说："你先回去报告，这里有我呢！"

"你一个人行吗？"尼热古丽担忧地问。

"你快走！再不走，咱们谁也走不了！"噶春督促道。

就在尼热古丽离开没多久，她就亲眼看着那些士兵把噶春推倒在地，继而用绳子捆了。

那天，王秀媛刚下班回到家中，突然从场部的大喇叭里听到了噶春被邻国士兵绑架、羊群被抢走的消息。

噶春在北纬44度线搞出了棉花，这个消息令邻国如坐针毡。他们知道，如果中国人大规模地在比开里斯河一带垦荒造田，那对他们来说，无疑是一场噩梦。他们思来想去，最后决定：绑架噶春！这样一举两得，如果噶春屈服，可以为他们所用；如果不为所用，就杀了他！

"把噶春抢回来！"大家义愤填膺。不等戴翔南发话，职工们纷纷拿起铁锹和锄头，向着出事地点跑去。

王秀媛拿起一把铁锹，正欲出门，被及时赶到的王秀珍拦住了："你有孕在身，怎么能跑得动呢？我去！"

"那怎么行？上次那事，我误解你了，这次算我给你赔不是……"

"别扯那些老黄历了。在家等着我……"王秀珍话没有说完，就拎着铁锹跑出去了。

边境上，人们组成了一道道人墙，和邻国的士兵对峙着。

这时，人群里有人喊道："这里，本来就是我们老祖宗的地，我们在自己的国土上想干什么就干什么，天经地义。招谁惹谁了？"

对方一个军官模样的人立刻把话打断了："这不是你们的土地，你们没有权利在这里开垦、放牧，这是我们国家的地方……"

"简直是无稽之谈！你们国家的地方？你拿得出证据吗？没有，是吧？可我这里有。"

王秀珍扒开人群，站在了这位军官的面前："1871年，你们出兵侵占了整个比开里斯，直至《比开里斯条约》签署，比开里斯复归中国后，你们仍然在鼓动士兵到比开里斯一带烧杀掠抢……第二次世界大战，造成了你们人口锐减，急需补充公民。除了威逼东北、上海、天津等地的侨民以外，你们还将争取侨民的重点集中在了新疆，利诱中国边民加入你们的国籍……现在，中华人民共和国成立了，你们知道我们的中亚语言翻译奇缺，又利用我们的充分信任，在我们的学校里，照搬你们的语言课本对我们的孩子进行教育，这在一定程度上，直接导致了当地的不少青少年对国家认同感的混乱和缺失……1960 年 2 月，你们的边防军出兵占领了额尔古纳河上属于我们管辖的克鲁赤纳岛；4 月，你们的边防人员又在我们的博孜艾格尔山口驱赶中国牧民，并绑架中方人员。中方保持克制并试图修复与你们的关系。因为没有取得进展，导致双方的互信度进一步下降……”

“1962 年 4 月 22 日凌晨，数十名拎着行李、拖儿带女的边民，来到比开里斯口岸，要求乘坐国际公共汽车前往邻国。但因当天无车运营而与边防战士发生口角，其后数千名手持侨民证的边民来到口岸并发生了肢体冲突。

“这个时候，随着一股浓浓的巨大烟尘，一大批汽车从邻国的方向蜂拥而至，边民们迫不及待地开始爬车、装行李，这个情势一直持续了三天三夜。

“在此过程中，中方自始至终坚持‘不开枪、不动武、不与群众发生冲突’的原则，紧紧地控制着事态的发展，没有造成流血伤亡事件。

“自从军区副参谋长阿斯列娃和军分区司令托罗马斯基来到比开里斯，又在邻国接待了非法越境的中国边民之后，原本可控的局面，被打破了！

“在新疆的各个边境口岸，出现了数以万计的逃离者，带走牲畜 30 余万头，使得 40 多万亩农田撂荒弃耕。许多公社、农场及其下辖的基层组织一时陷于瘫痪。”

“这些摆在眼前的现实，你们最不应该说不知道啊！”王秀珍直视着对方的脸。

“我不懂政治，作为军人，我只懂得服从！”对方的这位军官毫不示弱。

人群开始骚动起来。

“放了噶春！”

“惩办肇事凶手！”

一时间，喊叫声此起彼伏。

“你们再不要往前走了，再走，我们就开枪了！”这位军官从腰间拔出了手枪。

“你想干什么？难道还想在光天化日之下杀人吗？”

就在此时，对方的机枪“突突突”地响了，王秀珍不幸中弹，倒在了血泊中。此时，王玉坤带着民兵连赶到了，当场将刚从碉堡里蜂拥而出的对方三名官兵就地击毙……

旋即，对方两名飞行员驾着一架战斗直升机迅速升空，超低空飞行，越过争议区，深入中方国界一侧，直接压向正策马而来的戴翔南和他带来的兵团边防骑兵队。戴翔南对空连放两枪以示警告，对方未予理会。随着第三声枪响，戴翔南手起枪落，打爆了油箱，飞机被迫降落在离“西北第一连”连部不远的一处山岗上，两名飞行员被擒。

“王秀珍事件”顿时震惊了全国。紧接着的一段时间里，中国与邻国之间，各自在边境上陈兵百万，战争一触即发。

站在“西北第一连”的连部向前望去，不远的争议区就像一块飘逸的丝绸在风中飞舞；而自己所站的地方，则恰似一只伸出待握的手……

从地理位置上来看，比开里斯农场“西北第一连”位于祖国版图的西北之北。隔着一片茂密的白桦林，邻国的边境小镇清晰可见。国境线外，沿着绵延伸展的铁丝网，对方的国旗迎风招展，格外醒目；国境线这边，除了勘察记录边情、驱离抵边牲畜、维修边防设施外，没有悬挂一面五星红旗。对此，戴翔南很郁闷。他沉思良久，决定就在自己现在站的位置，修一座边防站瞭望哨。哨所前，用桦木做一根旗杆，每天早晨，让国旗迎着太阳升起。

戴翔南记得十几年前，自己背井离乡，过河西走廊，走星星峡，不远千里万里来到新疆寻找父亲，他真的没有想到，“西北第一连”会成为他这辈子最终留守的地方。

他从连队来到场部，又从场部来到比开里斯小城，跑遍了所有的地方，就是没有买到一面国旗。

回到连队，戴翔南想起父亲戴文涛临终前，曾给他留下了两床将来结婚用的红被面。他灵机一动，便回到宿舍，干脆把两张红色的被面缝合在一起，连夜做成了一面国旗。第二天，又组织人手搬了些石头在他选定的地方，垒了一个升旗台，栽起一株高高的白桦树干，并在树干上挂起一根尼龙绳，在边境线上升起了五星红旗。

升国旗是一件神圣的事。

升旗那天，当戴翔南看着五星红旗冉冉升起时，他激动的心情无以复加，眼泪“唰”的一下夺眶而出。多少年了，他压抑已久的心绪终于可以表达了。面对在风的吹拂下猎猎作响的国旗，他端正军姿，将身挺直，庄重地行了一个军礼，高呼：“祖国在我心中，中国万岁！”

他告诫全连的职工：“从现在起，每天都要升国旗，国旗升起的地方，就是祖国的领土。”

戴翔南指着东侧的一座山说：“这座山叫‘眼睛山’，它的背后是黄沙梁。虽然山上的那两颗眼睛是由几棵爬地松长成的，酷似人的眼睛，但是，谁能说，每到黑夜，它的眼睛不是睁开的？”

让他没有想到的是，多年以后，他升旗的地方，会成为一个红色旅游景点。每到夏秋季节，络绎不绝的游客都会来到这里，参观瞻仰“戴翔南升旗旧址”，体悟他当年的那一份爱国之情。

第八章　寻找大山的记忆

王秀珍埋葬的地方，朝阳，很静。

一

王秀珍埋葬的地方，朝阳，很静。但撒满戈壁的原野，多少让这里显得有些苍凉。

“她是一块界碑，应该埋在这里。连队已经决定了，就在王秀珍牺牲的地方，建一座小白杨哨所，让我们的后人，永远记住她！”戴翔南拍了拍蒋钟勋的肩膀，说，“你再陪陪她吧！她一个人在这里，会感到寂寞……”戴翔南呜咽着说不下去了。

蒋钟勋在王秀珍的墓前，整整守了一宿。

“秀珍，对不起。那天我不在家，等我回来，你已经走了！你走得是这样匆忙，甚至……没有来得及和我告别。这里很快就要建一个哨所，专门为你建的。如果……如果你在那边有什么事，就给我托个梦，我一定会给你办好……一定的……”

那一晚，坐在王秀珍的墓前，蒋钟勋也不知道自己到底说了多少话：“我们为什么没有早一点儿遇见？我们若是早一点儿相识，你可能已经做了母亲，我也做了父亲，我们的孩子应该像你，善良、仁厚、漂亮、勇敢……按规定，每 10 年就可以休一次探亲假。不是说好了吗？到时候，我们带着孩子一块儿回去……我曾经向你承诺，一定要完成比开里斯水库的修建。虽然他们撤走了专家，水库建设暂时遇到了一些困难，但我相信我们中国人的智慧，没有化解不了的难题。安息吧！水库建成那天，我会再来看你……”

墓碑无语。

一夜之间，他的胡须长得老长，他的眼泪，是那一天哭干的。

比开里斯农场，位于比开里斯小城东边一片茫茫戈壁滩上，是整个比开里斯山最干旱的地方。按照兵团成立之初不与民争利的要求，农场选址最后定在了这里。尽管当时戴文涛采纳了蒋钟勋提出的“北水南调”的设想，在戈壁沙漠中挖出了一条150公里的大渠，将高山雪水引到了农场，结束了这里常年用水困难的历史。但从长远的发展形势来看，没有一座上规模的水库，农场未来的前景仍然不容乐观。更何况，兵团已经明确要求，加快水利的勘测设施建设工作，一旦条件成熟，兵团将参照比开里斯农场的规划模式，沿边境一线，再开发兴建十多个农牧团场。

此刻，比开里斯水库的建设，再一次摆在了刻不容缓的位置。

“一座水库，合理的库址十分重要。我还得再上山踏勘。”为了在比开里斯河上游找到理想的库址，蒋钟勋已经带队住进了“西北第一连”，因为从这里上山，有一条捷径。

“我和你一起去。”戴翔南说。

“现在连里还有那么多的事，你已经焦头烂额，就不要再跟着掺和了。你给我选上三两个身强力壮的助手就行……”

“要什么助手？我本来就是你的徒弟嘛！更何况，我还协助你参加了前期的准备工作，更了解具体情况，做你的助手是最合适的人选。”戴翔南强调说。

“那行吧！准备好御寒的帐篷和衣物，山里的气候就像女人的脸，说变就变。闹不好，还会让我们留宿几日。”

果然，当他们刚刚翻过海拔4800多米的冰达坂时，天气突然变得阴沉起来。早晨出发时，在山的那边，还风和日暖，阳光明媚。接近正午时，风还是凉爽宜人的，但阳光依然灿烂，只是风儿吹在身上感到了寒意。现在，仿佛一下子又回到了冬天，高山深谷中，已经有人开始打起了哆嗦，披着皮大衣蹲在朝阳的地方晒太阳了。

“抓点紧哪！今天算是一个好天气，还可以再干一个小时。一小时后，咱们就下山。现在开始对表！”蒋钟勋对戴翔南说。

一个小时后，不出蒋钟勋的预料，方才还万里无云的蓝天上，逐渐堆积起了大片大片的蘑菇云团，有的在聚集中渐渐变黑，顷刻之间黑云密布，旋即飘起了鹅毛大雪。

通过多次考察、现场踏勘和论证，以及掌握的地质、水文和气象资料，蒋钟勋认定，比开里斯水库大坝的修建，已经到时候了。

库址最后确定在玛热苏拉。

有人提出异议：玛热苏拉太小了，在中国的地图上，甚至找不到它的位置。

听了这些话，蒋钟勋笑了："玛热苏拉虽小，但却很精致。这，就是它的价值。"

这里的阳光和雪山，晶莹剔透，圣洁鲜亮，空气中流泻着一种青草的味道，环境自然古朴，清新优雅，间或伴生的高山草甸、流水、平原，像一首动情的诗，引领着人的神思去往远方。

雪山下的玛热苏拉，像个动植物世界的自然王国。河滩中生长着芦苇、芨芨草和蒲草，山涧深谷的阴坡面，漫山遍野的土尔条、野玫瑰、山楂、枸杞子、蔷薇、白梭梭、红柳、铃铛刺、灰毛柳以及山杨、柳树、杨树、榆树、白蜡树、桦树，在蓝天下显得色彩缤纷。

"目前，在世界上，水库是广泛采用的防洪工程措施之一。在防洪区上游河道的适当位置，兴建能调蓄洪水的综合利用水库，利用其库容拦蓄洪水，削减进入下游河道的洪峰流量，可以达到减免洪水灾害的目的。水库对洪水的调节作用一般有两种不同方式：一种是起滞洪作用，另一种是起蓄洪作用。玛热苏拉两面环山，水源来自四座大山中的三条河流，且水面宽阔、透明，非常适合筑坝截流。"

蒋钟勋说得很淡然，但却是戴翔南喜欢的一种方式。蒋钟勋身上所表现出的那种坚毅和执着，不小心触碰到了戴翔南内心最为脆弱的东西，他为之感动，却搞不清自己到底在感动什么，但这种感动又实实在在地在他的心灵间蔓延。大抵是这份恬静让他想起了有关欢乐和幸福的东西来："也许有一天，时间会证明，今天我们的所有付出，都是在给后来者铺陈欢乐和幸福。虽然，在现实中，我们这个理想正在被忙碌和疲倦掩盖，我们需要提醒幸福，不是吗？"

这里的平实，在戴翔南看来，就像是他一个人静静地坐在这里，在读一段已经远逝的过去，在看一段缓缓流淌的河水……潇荡的风，冰凉的雨；田园牧歌，自己的世界！

此刻，雪山下的玛热苏拉，历经了一夜的雨，在晨曦中变得更加清纯，如同一颗清澈的水滴，晶莹剔透地挂在了窗前。窗外，树木正绿，鲜花正艳，那圆润的小水滴，恰似一粒粒珍珠镶嵌在鲜花和枝丫间，越发显得清亮。

他想，人这一辈子，应当有些停靠站，在每一个站台，都有一盏雾中的灯，为他们这些向远方出发的人领航……

三条发源于不同山巅的河流，齐聚在玛热苏拉，然后，相互牵着手，向大山的出口处奔泻而去。蒋钟勋眼望着那咆哮、喧腾的水花从他的眼前汹涌流过。

他不能容忍这些河水无视他的存在。他一定要在这里修建一道面板堆石坝——将这脱缰野马般的河水牢牢牵住！

在驱车前往玛热苏拉 400 多公里的行程中，蒋钟勋居然没有看到一滴水！走马看沙，满目苍黄，偶尔能看到的胡杨上却鲜有黄叶。那胡杨在风沙经年的吹打和折磨下，已让黄沙埋到了半腰，伸入苍穹的虬枝，干渴地向着大沙漠发出了绝望的呐喊。

蒋钟勋沿着玛热苏拉向下游行走，发现了这条源自于比开里斯的河流本来就有着的原始野性。流至中游就如躁动的母腹，下游更似要分娩出的一匹匹四蹄狂奔的马，频频改道，南北摆幅达 130 公里。这条河自 1921 年最后一次为比开里斯送去了充盈的淡水，近 50 年后，它又弃另一个尾闾湖而去，便再也无力回首了。从此，这条总干流长达 1500 余公里的河流，最后缩减了近三分之一！

在近百年间，环绕比开里斯盆地周围约 800 公里的土地再次沦为荒漠。其中，比开里斯河中下游地区的沙漠面积已从 40 年前的 12% 扩大至 52%。

这些写在沙漠与绿洲之间巨大的惊叹号，在蒋钟勋的心里留下了一洼泪痕。

对蒋钟勋而言，要想人逼沙退，征服自然，挑战风沙，进军荒漠，他手中的王牌只能是水。

在水利工程建设中，依据不同的环境和条件，水库的坝型选择是不同的：有混凝土重力坝、拱形坝、黏土心墙坝……而比开里斯水利枢纽工程，选择的则是一种新型的砂砾石混凝土重力坝。

这种坝型，既不同于老祖先们惯用的黏土心墙坝，也不同于国外的现代化混凝土重力坝，而是就地取材，挖取下游河床冲积覆盖的砂砾石材料堆砌而筑的大坝。

这种技术在国内外是近20年才发展起来的，由于时间短，操作流程一般技术人员还难以把握。因此，在我国水利建设史上，比开里斯水利枢纽工程所选用的这种坝型达到百米以上，当属一次大胆的尝试和探索。

用砂砾石堆砌大坝，在解决强大的水压下的防渗问题上，存在着许多高新技术方面的重大难题。

比开里斯水利枢纽工程建设指挥部在极其艰难的筹备中，终于成立了。

临离开场部，蒋钟勋专门嘱托：靠近比开里斯河下游的那片长满灌木的树林千万不要砍伐，因为那是一片水源地。

但他的一腔热血被一个叫作“人定胜天”的概念给偷换了。很快，那片灌木被砍掉了，开垦成了一片片油菜田和庄稼地，河床边上也不知什么时候挖开了一个很大的缺口，被架设上了一台抽水机，水泵日夜不停地叫着，将白白的水花送进了地里，这些水继而沿着筑好的沟渠，蜿蜒流成了另一条河。

又是秋天，戴翔南从“西北第一连”回到场部，还没有踏进家门，远远地就望见场部门口那棵白桦树下站着一群人，好像还伴着推推搡搡的叫骂声。于是，他三步并作两步冲了过去，推开人群一看，蒋钟勋正被一群人绑着要带走，王玉坤在前阻拦着，双方僵持不下。

正在这时，他眼见王秀媛的儿子罗卓，跳上了场部门口的一处台子上，向来人大喝了一声：“不许把我姨爹带走！”

“你这小家伙，关你什么事？”人群中立刻冲出一个膀大腰圆的毛头小伙，将罗卓从台子上踢了下来。罗卓被这横飞过来的一脚踢出了很远，一条胳臂摔折了。

“孩子，我的孩子……你怎这么了？”王秀媛几乎是扑着冲向罗卓的。娘儿俩的哭声没有留住蒋钟勋，他还是被带走了。

把人带走的理由很简单：还是因为玛热苏拉建水库的事。

上面有人说，玛热苏拉不适合搞大型面板堆石坝！即使搞，在外国专家全部撤走的情况下，技术也不成熟。如果坚持搞，势必劳民伤财……比开里斯农场的经济由于内外交困，已经到了崩溃的边缘，甚至有人要求，暂停比开里斯水利枢纽工程的开工，将已经拉上工地的炸药，全部原封不动地运回封存。

蒋钟勋据理力争：“我们花了这么多年的时间调研、论证，已经取得了实质性的进展。现在突然宣布工程下马，不但前功尽弃，而且将来再重启这个项目，就难了！”

“我们也是按上面的意思办，你就不要坚持了！”抓人的队伍里，也有人很婉转地把这句话告诉了蒋钟勋。

“既然是上面的意思，就请把相关的文件拿来，我们按文件的精神办！”蒋钟勋表达了自己的态度。

工程开工的时间到了。可是上面要求工程暂停施工的文件迟迟没有下达。

“我坚信，比开里斯水利枢纽工程的修建，是一项功在当今、利在子孙的事！历史会证明这一切！”

随着蒋钟勋的一声令下，“轰隆”一声，地动山摇，事先填埋好炸药的十多条呈蜈蚣状的洞室，同时被爆炸装置引爆，比开里斯水利枢纽工程正式宣布动工！

工程启开大幕，是天大的事。当蒋钟勋的车刚刚在场部停下，还没有来得及向王玉坤汇报时，就被一伙说是从师部来的人围住了。

蒋钟勋被带走的时候，是一个阴天。

在被投入牛棚不久，紧接着，他又被送入大牢。

由此，王秀媛一家受到了牵连，她家的生活也因此发生了翻天覆地的变化。先是王秀媛被剥夺了工作的权利，成了全职家属。紧接着，罗苏琳被立案隔离审查。

在学校，罗卓成了另类，因为生活困难，在穿戴上就可以判断出他和其他孩子的不同；因为姨父曾经在农场的影响力，决定了他们和普通老百姓的区别。没有朋友，没有亲人，没有父亲，日子就这样一天天地过着。

王秀媛没有去顾及周围那些疑惑和不解的目光。她带着罗卓来到“西北第一连”找到了戴翔南，处境也已经很艰难的戴翔南，冒着风险，给她安排了一份副业队的杂活。她每天早出晚归，几乎把所有的精力都用在了养家糊口上。慢慢地，她的眼眶开始凹陷下去。一天，罗卓刚放学回家，忽然发现正在劈柴的母亲昏倒在了家门口，叫来医生一问，才知道是因为贫血导致营养不良所致。

一些人来了又走了，走了又来了。他们只有一个目的：让王秀媛趁着还年轻找个人走吧！至于孩子，没有人说起归宿。王秀媛很坚决地把他们从家里请了出去。

没过多久，罗卓的外婆从湖南来到了西北，仅仅来了几天，她看了看骨瘦如柴的外孙，只仰天叹了一口气，什么也没说，便决定带着王秀媛重返故乡。

“孩子呢？”忧心忡忡的王秀媛问。

“我也不知道该让这个苦命的孩子去哪里。听天由命吧！”外婆说完，一行泪水潸然而下，“我还会有什么办法呢？你是我的女儿，我只有能力管你一个人……”

“那……我明白了。您走吧！恕女儿不孝，我不能跟你走。如果我走了，罗卓……这孩子他该怎么活呀？”外婆和王秀媛抱头痛哭。

看着罗卓，外婆没有再说什么，只是不停地叹着气，头也不回地自个儿返回故乡了。

再后来，王玉坤也因为不理解上级领导意图，被发配到了“西北第一连”“老牛班”强制劳动改造。第一眼见到罗卓，他便吃惊了：“怎么浓缩成高粱秆儿了？就你现在这身板，风一刮，就会被吹上天。孩子，最近都在忙什么？要多吃饭哪！”

“多吃饭？我们家现在是吃了上顿没下顿，怎么多吃？我妈妈已经饿昏过好几次了！”见到王玉坤，罗卓一下子扑倒在他的怀里，哭了！

此情此景，让戴翔南感慨万千：“我们快要看不见太阳了！”

“只要活着，就有希望。太阳总有升起的时候！”王玉坤说。

“是啊！我不想死！但有活下去的希望吗？我不知道明天还会发生什么，甚至怀疑自己是否还有未来。”罗卓说着说着，眼泪就扑簌簌地往下掉。

“千万不能这样想啊！孩子，人这一辈子，哪能不碰到几道坎呢？要挺住啊！一定要想办法挺过去。咱们是什么呀？是男人，是男子汉！男人站起来是一座山，倒下去是一条路。没事的时候，想想爸爸，想想妈妈，想想今后我们还有很多快乐的事要做。这样想着，日子就会一天天好起来的！”

那一天，王玉坤、戴翔南两人拿出自己所有的细粮定量，给罗卓烙了一摞香喷喷的煎饼。就是这一天，在罗卓心中站成了永恒。因为从那一天开始，他觉得自己长大了！

二

在路上颠簸了十几个小时，直到深夜 9 点多钟，罗苏琳才被带到了距离比开里斯农场近 30 公里远的看守所。他被值班管教领进监舍，同室的狱友费了好大的力气，才给他腾出了一个勉强能躺下去的铺位。

这是一栋坐北朝南的监舍。铁门的上方，有一个专门查看室内人员活动情况和递送饭菜的小窗口。进门的墙角里，放着一个尿桶，每天除了 15 分钟的放风外，其他时间，被羁押在这个监舍里的人，都在桶里大小便。尿桶的前方，是一个火炉和贴着墙垒砌起的一面火墙。后墙和左边的山墙下，是一个丁字形的两排通铺。这间不足 20 平方米的监舍，已经关押了十几个人，铺位和铺位之间十分拥挤，好像只有 40 厘米宽。

镣铐加身的罗苏琳，被安排在了监舍靠近尿桶一端的墙角里。一连好几天过去了，他就像一个根本不存在的影子，蜷缩在那里，无人问津。

罗苏琳知道，他之所以被抓到这里来，不仅仅是因为场部里的某些人，嫌他画在墙上的那些猪瘦了，说是诋毁社会主义制度的优越性。更重要的是，在蒋钟勋的问题上，他那直言秉性惹了祸。但这些罗织的罪名，却是不能见阳光的。所以，他很坦然。

在一次放风的间隙，一个同监舍的犯人悄悄地把一团小纸塞进了他的口袋。当他警觉起来，那人已经蹲在离他十多米远的磨盘下晒太阳了。他趁机转过身去，快速将纸条从口袋掏出，扫了一眼。只见上面写着："欲加之罪，何患无辞？人家认为你在公开场合发表的言行，是攻击政府，对现实不满。甚至有专门针对某些领导的故意……这是对政治犯的定义。别硬扛了，趁着夜色，跑吧！"

罗苏琳赶紧把纸条揉成团，塞进了嘴里，使劲地咽了下去。随即他转过身来，向四周望了望，周围除了一丝冷风飘过，似乎并没有什么人在注意他。他刚才还紧绷着的神经，顷刻之间便放松下来了。

继而他又想："那个人是谁？他怎么知道自己？我又没有犯错，为什么要跑？如果跑了，那逃犯的罪名不就真的坐实了吗？"想到这里，他刚刚有些放松的情绪又紧张起来了。

罗苏琳懂得最起码的生存法则，那就是弱肉强食。在已经失去自由的一方空间里，如果没有绝对的把握，他是绝对不会跑的。因为，他知道，上天不会再给他第二次机会。

在禁闭室被关押了5天之后，他被安排到煤矿去挖煤，那是一个主要靠人工采集的小煤窑。

这种小煤窑，工作面十分狭窄。一般先从地面上斜着向下掘进出一条运煤的主井筒，然后贴着主井筒，挖出一个可以供人上下的人行道。待挖到煤层后，再在靠近主井筒的地方，修建一个堆积煤的车场。邻着车场，分别又在左右方向再往里面挖掘一条运输巷。运输巷的上面，再同时开挖一条人行巷和一条副巷。三条平行的巷道，根据采煤能力而定其长度。在这三条平行巷道开挖的同时，又从运输巷到人行道、人行道到副巷往上挖洞，并一直将其打通，这个洞叫上角，一般每隔50米挖一个。

上角挖好后，等于把深埋在地下这一水平面上的煤，进行了一定的分割，最后再从里到外把已经分割的一段段煤层挖出来，运到地面，这叫回采。

掘进是往里打洞子，回采则是把大面积的煤挖出来，所以说，回采肯定要比掘进危险得多。

回采工作面从下往上长20多米，先由人用两头尖锐锋利的小十字镐把煤挖出来，扒到人行道上后，再通过人行道拉到运输巷，装到矿车上，运到井下车场，然后再提升到地面。

煤回采出来后，等于将上下岩石中包裹着的这层东西掏空了，挖空的地方需要用矿柱把采空处支撑起来。按照规定，矿柱前后左右应该保持60厘米的距离，待采远了，再把后面支撑顶板用的矿柱退下来。

退矿柱是一个险象环生的活计，稍不留神，就会把命搭进去。

那天早上上班后，罗苏琳和七八个狱友，每个人发了一把小十字镐，被分配到了采煤的工作面上。他们干了没有多长时间，就发现一个名叫狄青的狱友离开了回采面，一个人跑到了他前几天刚采过的一个煤柱前独自挖掘。

"太危险了！我得让他赶紧过来。"带班组长连喊了几声，狄青仿佛没有听见，仍然一个人待在那里继续操作。

那天，按工作排列顺序，罗苏琳待的地方，是第六个位置。离上面两三米远，就是副巷。副巷口上，另一个狱友和狄青脾气不对付，狄青被组长叫过来后，他本应该站在罗苏琳的上面，恰恰是那一天，那个和他一见面就干仗的狱友，就挨着一个空位置挖煤，空位置的后面，是罗苏琳。按理说，狄青过来后，他正好填补了那个空位置。

“老罗，你往上挪一下。”从下面上来的狄青对罗苏琳说。

罗苏琳立刻明白了狄青的意思，他很随意地向上跨了一步，把自己的位置让给了狄青。

没想到，罗苏琳的这一步，便把狄青推向了深渊。

狄青很感激地看了罗苏琳一眼，悄声说了句：“条子是我写的。你考虑一下吧！这样下去，谁知道哪那天才是尽头……记住：留得青山在，不愁没柴烧……”正在这时，突然“轰”的一声巨响，罗苏琳的眼前一片漆黑……

等他再睁开眼的时候，回采面上已经一片混乱，他自己被塌下来的煤埋到了胸部，动弹不得，砸坐在身后的一根矿柱前。

他尝试着呼了一口气，还好，没感觉什么困难，说明自己的身体要件没有受到重击。

当组长拖着哭腔爬到罗苏琳的跟前，才发现狄青不见了！

“快，赶快扒一扒，老狄肯定在下面！”

狄青被从煤里扒了出来。他的额头已经被砸得塌了进去，鼻子和嘴里还向外淌着血……

罗苏琳感觉自己从阎王那里捡回了一条命。

从上面坍塌下来的煤层，被罗苏琳身后的矿柱挡了个正着，可是巨大的冲击波还是把他砸坐在了矿柱前，泻下来的煤渣没有完全掩埋他，但他头上的安全帽檐，却被砸开了一个大口子。如果不是这顶安全帽，罗苏琳的脑袋这时肯定被砸成了碎片。

想到这里，罗苏琳吓得出了一身冷汗。

因为狄青的死，煤矿上专门召开了一个会。

会议上，主持工作的邓冰副队长专门强调：“狄青虽然犯了法，但他也是人，家里还有父母、兄弟姐妹和妻子儿女，他们都盼望着他能够早日改造好思想，回去与家人团聚。但现在出了人命，这也是没有办法的事。今天开会的目的，就是好好查找原因，更好地搞好生产，不许扣帽子，打棍子，上纲上线，实事求是地阐述对这次事故的见解和看法，避免今后再发生这样的事故。”

因为有了这个前提，轮着罗苏琳讲的时候，他几乎想都没想，就说出了自己的观点：

“大伙说的都有一定的道理。可我觉得吧，最主要的还是在比、学、赶、帮上出了问题。”

他的话刚一出口，原本吵吵闹闹的会场，一下子沉寂了。大伙都不说话了，用眼睛直勾勾地看着罗苏琳，似乎很期待他接着把话讲下去。

“邓队长……我是说，开展劳动竞赛，本身并没有问题，只是在方式、方法上太不讲究。比如说吧，上面要求出 100 斗煤，如果哪个班没完成任务，回来开会找差距的时候，都是相互指责。到底是尖子手没有把煤挖出来？还是扒煤的没有把煤扒到溜煤槽？是推矿车的没有把煤推到车场？还是车场出了问题？没有人真正去弄清这些问题，我们在下面干活，组长只是要求大干快上。如果我们上个班拉了 101 斗，组长便催着我们拉 102 斗；如果哪个班拉了 103 斗，我们就被要求拉 105 斗，以此类推，这样就恰恰忽视了安全隐患。况且，井下有多处的照明灯已经坏了很久，至今仍然没有更换。就在昨天，井口的卷扬机坏了，装好的煤拉不上去，组长急得跳蹦子，井上井下跑了好几个来回找人修机子，直到下班了，修理的人也没来。可下面干活的人并不知道上面的情况，还在埋着头不停地掘进，导致挖出来的煤大量积压，不能及时运回车场……”

罗苏琳的话，如同一记重锤砸到了地面，会场上顿时鸦雀无声。

“安全是为了生产，生产必须安全。今后，井下不管需要什么材料，都如数发放。”邓冰副队长在听完罗苏琳的发言后，不但这样强调说，而且直接宣布了一个让所有人都意想不到的决定：“既然拉 50 吨煤有困难，从你们这个班开始，定额降为 40 吨，就是一斗煤不拉，也不能再死人了！”

“今天的会开得很好，大家都说出了心里话。不过，有个别人在发言时，把矛头直接指向了政府。”临离开会议室，邓冰冷不丁地说了这样一句话。

刚刚从桌子前站起来的罗苏琳，心里紧紧地抽搐了一下。邓冰看到了他的这个表情，笑着走到罗苏琳的跟前，说："今天，你的发言很好，很具体。"说完，便背着手走了。

他走的时候，罗苏琳感到一股透心的凉风从脸上拂过。

"看来，自己要倒霉了！"他想。

果不其然，这个会开过的第三天，邓冰陪着从上面开会回来的指导员径直地来到了他的监舍。

看着躺在铺上养伤的罗苏琳，指导员欲问又止，叹了一口气，拂袖而去。

几天后，主管后勤生产的另一个副队长也来到监舍，告诉组长：通知罗苏琳上班。

"罗苏琳这次伤得不轻，也不让送医院，只是在矿上的医务室里做了简单的包扎。他的胸口现在疼得连喘气都困难，怎么还能下井？能不能再宽容几天？"组长告诉那个副队长，"煤层垮下来的时候，煤炭已经埋在了他的胸口……如果不是那根矿柱，他肯定和狄青一样，报销了！"

副队长看了组长一眼，很不情愿地说了句："那就再等几天吧！"然后，摆了摆手，走了。

两天后，邓冰来了。

"罗苏琳，伤口还疼吗？"

"疼得厉害。"

"那我给你联系一家医院，再复查一遍？"

"无大碍。再休息两天就好了！"

"时间一晃，十多天过去了。你老这么躺着，也不是个办法。起来活动活动筋骨，可能恢复得要快一些。"

"我也想起来活动活动，可一站起来，就觉得眼冒金星，胸口上像是堵了一堵墙，气都喘不上来。"

"我们刚建农场那阵，讲的是轻伤不下火线。其实呢，就是患了重病，还是坚持在工作一线。这里不是比开里斯农场，写写画画，讲小资情调的地方。难道得一点儿小病，都要在床上躺上十天半个月的？那还搞不搞建设了？我看你一天到晚躺在床上，哪顿饭也没有少吃！"邓冰的一席话，让罗苏琳无言以对了。

"不就是干活嘛！那好吧！邓队长，就听您的，我现在就去！"

头两天，罗苏琳被分配到砖厂码砌土块，第三天就直接被安排到砖工班和泥打土块去了。

这种土块长 30 厘米、宽 15 厘米、厚 10 厘米，晒干后重量为 7 公斤半，是兵团农场专门用来建房的。每个人每天的定额是600块。600块土块的概念，就是把体积为 2.7 立方米、重达 4.5 吨的土挖出来，和成泥，再装到 3 块一个土块模子里倒 200 次，等土块半干时再码起来风干。

连续干了两天之后，罗苏琳挺不住了，第三天没有完成指标。

邓冰便在全队劳教犯人大会上公开点名批评了他。第四天一早，罗苏琳被通知在小组会上做检查，其他犯人以帮助罗苏琳找差距的形式，对他展开思想教育。

会议开始的时候，大伙你看看我、我看看你，好像没有什么要说的。

可是随着邓冰的一句话，很快会场的情绪被调动起来了："我知道，能来到这里的人，都不是等闲之辈，多多少少有点儿憋屈，但多多少少也有些问题。有则改之，无则加勉嘛！谁敢说自己从来没有犯过错误？我说呢，犯了错误不可怕，改正了就是好同志嘛！我还是坚持我的原则：言者无罪，闻者足戒……我们今天开这个会，就是帮助那些后进者尽快地赶上时代前进的步伐……"

邓冰的这个点拨，使会场这个原本烧温的水，开锅了！对罗苏琳的思想教育升华为展开斗争。由开始的个人发言，迅速升级为揭发批判。继而，又上升到以小组为单元的全面声讨。

"队长，我想撒尿……"已经站在会议室中央近两个小时的罗苏琳举手报告说。

邓冰斜睨了他一眼，扔出了一句："再坚持坚持！要虚心接受群众的批评……"

"邓队长，我坚持不住了！"

"你的意思是，坚持不了群众的批评了？"

"我不是这个意思……"

"不是这个意思，那是什么意思？"邓冰火了。

"我只是想尿尿，憋不住了！我尿完就回来……"

"这是开会，不是游乐场！由不得你想怎么样就怎么样……"

邓冰的话没说完，罗苏琳就像一头被激怒的狮子一样，说了句："我操你妈！"随即疯了一样从会场跑了出去。

"快，快拦住他……"当邓冰反应过来的时候，罗苏琳已经出了会场。

结果不言而喻。

从那天起，一条"攻击政府、对现实不满"的罪名给他坐实了。从此，他的脚上，比别人多了一副镣铐。

按规定，当时从事井下挖煤等重体力劳动者，每人每月的粮食定量是54斤，但到了罗苏琳他们手里，就变成了48斤。没办法，总不能饿着肚子干活。他们只能偷偷地拿一些白面和当地的百姓换些粗粮吃，这样分量要多些。

谁知道这事又被邓冰搅黄了，罗苏琳和他大吵了一架之后，干脆把罗苏琳单独关进了一间监舍里，说是要对他"特别关照"。

两天前的一个中午，邓冰下班回家，不小心打翻了放在桌子上的煤油灯，煤油洒了一地，一部分洒在了垛在旁边的一袋白面上。

"怎么搞的，干事总是这么毛手毛脚的？你看，这面还怎么吃啊？"妻子闻声从里屋出来，劈头盖脸地数落了他一顿。

"嚷什么嚷？难道你吼两句，那煤油就会自己再回到灯里去？真是大惊小怪。这样吧，你把这袋面粉提到食堂去，换一袋回来。这袋就留给他们吃吧！"说完，邓冰向监舍方面努了努嘴。

这袋被煤油污染了的面粉做出来的馒头，不但气味十分冲鼻，且难以下咽。但是，不吃，肚子又饿……没办法，罗苏琳那天只好就着半水桶水煮的烂白菜勉强充饥。吃着吃着，他情不自禁地怒从胆边生，冲着食堂的窗口大喝了一声："狗日的，这是成心不让人活啊！"

他的那一嗓子，换来的是一副脚镣背铐。

在管教所所有的刑具中，戴背铐是最折磨人的一种。

双手从后面用土铐铐住，夜里基本上无法睡眠。如果仰面躺下，用来连接铐子的那根钢筋，正好顶在腰椎上；若是脸朝下爬着，心脏则难以承受身体巨大的压力，只能侧身而卧。但这个卧姿，被铐在背部的手臂正好压在了地上，全身的重量聚集在这只胳膊上，不一会儿就会被压得又酸又痛。他只能转动着身躯，不停地变换着睡觉的姿态，当他用尽力气转过身来，另一只胳膊又被压在了身体下面……一觉睡不了5分钟。罗苏琳终于尝到了长夜难眠、生不如死的滋味。

每天，监舍那个紧锁着的铁门，除了放风和押进来新的犯人打开一下外，一天 24 小时都是锁着的。四周是高高的围墙，荷枪实弹的哨兵在四角的岗楼上，不停地游动着，像是一群幽灵。夜间，值班的管教还时不时地查夜，打开镶嵌在门上的小窗户，往里瞅几眼。

罗苏琳不知道自己还要在这里关多久。他听人说，关在看守所里的，都是未决犯，虽被逮捕但尚未定案。今后怎么判，判几年，是他最关心的事。就在他绞尽脑汁地想把这些事捋出一条头绪来的时候，那扇一直关着的厚重的铁门，“哐啷”一声打开了。

“罗苏琳，出来，去会场开会！”管教冲着监舍喊了一声。紧接着，几名狱警持着枪，齐刷刷地站在了他的门口。

“开会？什么会？”

“不明不白地关了这么久，终于有结果了，对你可能是好事。”听了管教的话，罗苏琳的脑海里闪过了一丝希望：“或许，自己没查出什么问题，快要重见天日了？”他在心中默默祈祷。

“还杵在这里干什么？走吧！”看着身着重镣的罗苏琳犹豫不决的样子，狱警有些不耐烦了。

当他拖着镣铐走进会场，便傻眼了：十多个曾经和他一起在小煤窑挖煤的狱友，被一群士兵押着，立在主席台上。此刻，所有的高音喇叭都在反复播放着：“捣乱，失败；再捣乱，再失败，直至灭亡……”和“凡是反动的东西，你不打，他就不倒……”

他的心一阵狂跳。

紧接着，开始点名。当点到他时，他清晰地记住了每一个字：“由于对抗改造，拒不认罪，企图用绘画和语言恶毒攻击政府……判处罗苏琳有期徒刑三年，即刻执行”，罗苏琳刚开始的侥幸心理，立刻被那张一纸判决书撕得粉碎。

狱警命令他跪下，他却直直地站在那里，目不斜视。两个彪形大汉冲过来，按住他的头，让其认罪服法。但任凭他们怎么按，罗苏琳始终倔犟地抬着头，用几乎要喷火的眼睛怒视着会场……

这时，人头开始攒动。忽然，一个孩子挣脱一个女人的手，冲到了罗苏琳面前，一把抓住了他：“爸爸！你这是怎么了？你不是出远差了吗？他们为什么要抓你？我不让你走，你跟我和妈妈回家……”这个少年铿锵的声音，像划破长空的闪电，使空气顿时凝滞了。

“这不是罗卓吗？”人群中有人窃窃私语。

“滚开！这是谁的孩子？立刻把他领走。否则，按照扰乱社会秩序论处。”站在主席台右侧的一位军人模样的人说。

“我没有扰乱什么社会秩序，我只想让我爸爸跟我回家！”罗卓一字一顿地说。

此时的罗卓，像一个小大人：“我只想问：我爸爸到底犯了什么罪，你们要判他的刑？就因为他说了几句真话？就因为他不愿意一直生活在谎言里？”

“啪！”一记脆响的耳光打在了罗卓的脸上。

“儿子，你们别动我的儿子……”也就在这个时候，王秀媛从人群中冲了出来，她一把抱住了罗卓。

“秀媛……”还没有等罗苏琳缓过神来，一只硕大的皮鞋踢向了王秀媛。

“都是这个婊子、破鞋做的孽！如果不是这个狐狸精勾引罗苏琳，他肯定还在比开里斯农场安静地过自己的小日子！这怪不了谁！”

不安和躁动渐渐在人群中弥漫开来：“再怎么着，也不能打人哪！”

“是啊！他还只是一个孩子！”

“还有那女人，真可怜……”

会场秩序大乱。

“把他们押走！全部押走！”那个军人模样的人看上去像要疯了，他的整个脸，抽搐着几乎已经变了形。

“老子跟你拼了！”这时，正被押着半跪着的罗苏琳，突然从地上站了起来，一头撞向了那个军人模样的人。

实在太意外了！那人始料不及，被撞翻在地。

“他妈的，反了！反了！”那个人从地上爬起来，用手指着罗苏琳，歇斯底里地说，“罗苏琳，别忘了，你和他们不一样，你已经被判刑，是犯人，不再是监督改造分子，不要忘记了自己的身份。我现在让你死在这里的心都有，不要逼我！”

“我逼你什么了？这里的一切都是你说了算，连一个孩子都不放过，我怎么逼你？”

罗苏琳为他的这句话，付出了惨痛的代价。

傍晚，罗苏琳被打之后又被拖回了牢房。

“苏琳，苏琳……”王秀媛见此情此景，不禁泪如雨下，“苏琳，是我害了你……”

“别说了，没事的，过两天就会好的。今后，不管发生了什么，什么都别说，说了也白说，没用的。今天发生的一切，明天大家都会知道是怎么回事。要好好的啊，要好好的啊……”

第二天，罗苏琳被宣布拒绝改造，被绑在了排碱渠旁一棵干枯的树桩上，那个军人模样的人再次出现在了现场。

“我告诉你们啊，谁也不许给他松绑。这可是立场问题！”他说完，独自一人返回了附近的帐篷。

王秀媛来了。她一不做、二不休，上前三下五除二地把绑着罗苏琳的绳子解开了，顺手把带来的棉衣披在了罗苏琳的身上。

“呵，挺恩爱的哦，你说放开就放开了，难道没有王法了？王秀媛，我告诉你，你一个大老娘们儿不要掺和这里的事！国有国法，家有家规，谁坏了规矩，谁就得受惩罚……来人，把罗苏琳绑回去！”几个五大三粗的青年冲过来，不由分说地拉开王秀媛，把罗苏琳重新绑到了树桩上。

“你这个浑蛋！罗苏琳和你前世无怨，后世无仇，他到底犯了什么法，你这样待他？”为此，王秀媛愤愤不平。

“我也不想这样，我也不想和他结梁子，这样对我、对他都不好。现在只需要他低头认个罪，我和他一切都好办。”那个人说。

“认什么罪？这些都是摆在桌子上看得见的事，是栽赃陷害。你……必遭天谴……”罗苏琳清醒过来，昂起头颅。

“看到了吧，不是我不帮你，是他气焰太嚣张了！这不能怪我，是他自己要给自己掘墓！”

这一幕，全部被噶春看在了眼里。

王秀媛拖着疲惫的身躯回到家的时候，已是午夜。

罗卓还没睡。他看着妈妈很累的样子，赶紧走上前去，将王秀媛扶到了床上休息。

“妈妈，我想问你一件事。”罗卓忽闪着大眼睛问王秀媛。

“什么事？你问吧！”王秀媛说。

“我是从哪里来的？”

“妈妈生的呀！”

“妈妈怎么生的？”

“爸爸把一颗种子放进妈妈的肚子里，然后发芽、开花、长叶、结果，瓜熟蒂落，就生了你。”

“那……妈妈，你可不可以让爸爸再给你一颗种子，放在你的肚子里？”

“干什么呀？”

“再给我生一个弟弟！”

“可以呀！”

“那，那……妈妈，你咽这颗种子的时候，一定要小心，不要用牙齿碰疼了它……等我和弟弟长大了，就不怕坏蛋欺负了……”

那一夜，听了罗卓的话，母子俩相拥而泣。

三

“我们可能已经遇到了农场成立以来最大的困难！这关乎农场今后生死存亡的问题。许多同志不明不白地被抓，甚至一些人被关在哪里，我们都不知道。这里面有不少科技人才，对农场的发展至关重要，我却无力保护他们……我说不清楚到底发生了什么？起码到现在为止，我也搞不清楚是哪里出了问题！”

其实，哪里出了问题，王玉坤心里很清楚，他不能说，也不敢说。他能说什么呢？

农场的工作几乎处于停滞状态。不得已，王玉坤在老领导方有钰的直接干预下，被临时放出了牛棚。这时的方有钰虽然官居农垦局局长，但他对很多问题也力不从心。因为，在方有钰的办公室及所有的走廊上，王玉坤看到了遮天蔽日的大字报和在“方有钰”三个字的名字上打着叉的海报。

方有钰看上去有些苍老，他的脸上堆起的许多笑，一看就是勉强装出来的。他告诉王玉坤：“无论发生了什么事，人总是要吃饭的，牲畜也不例外。对于你我，时间可能不多了，我们一定得抓紧。想想办法，只要把粮食和畜牧搞上去，农场就有希望。”

望着方有钰那张刚毅的脸，王玉坤郑重地点了点头。

农场场部，王玉坤张罗着大伙坐下来开会。

他说：“现在，恢复生产是第一要务。大伙积极参加社会活动的态度是好的，应该予以支持。但生产于我们大家，目前是最重要的问题。嫁汉嫁汉，穿衣吃饭嘛，家里没有了油盐酱醋，巧妇也难为无米之炊啊！绝不能让老一辈军垦战士辛勤耕耘出来的土地，撂荒在我们手里！咱们既然是农牧团场，就应该想方设法在农牧业的发展上下大功夫。前几年，我们成功地在北纬44度线种出了高产棉。现在，我们可不可以在畜牧业上做一些文章呢？”

“场长，你的这个想法倒是提醒了我。最近这一段时间，我也在想，我们是不是应该利用这里得天独厚的自然条件，加大草场的载畜量呢？这样，有了肉食的补充，粮食的缺口就补上了！”坐在一旁的尼热古丽说。

但也有人表达了顾虑：“如果我们搞出了成果以后，最终被当成尾巴割了，岂不是又前功尽弃了？”这句话，让会议的气氛一下子又沉闷下来。

“这是一条前人没有走过的路，我们只能摸索着前进。我想，凭着大家群策群力的力量，我们一定能够克服困难。因为，我们已经到了没有任何退路可走的地步了。我打算成立一个畜牧科研攻关小组，由尼热古丽负责，先拿出一个初步方案，然后根据实际需要，再作调整。尼热古丽，你还有什么要补充的？”

“我的确有个设想……”

“谈谈看！”王玉坤急不可耐地说。

“我们现在就应该着手牛胚胎移植、牛羊胚胎库的建立和应用项目的研究。牛胚胎移植，就是通过用外源激素对优良母畜进行超数排卵处理，并将获得的多数胚胎分别移植给生产性能较差的受体母畜，使这些母畜生产出更多的优秀后代，从而挖掘优良母畜的繁殖和遗传潜力、扩大种畜的利用价值，并运用胚胎冷冻技术，保存牛、羊的胚胎，扩大应用范围……只是，只是……

我担心自己干不好，会前功尽弃，打乱您对农场今后的总体部署……”尼热古丽忐忑地说。

“这确实是一个不错的金点子。要我说呀，干不好也不要紧！算是交了学费买经验嘛！谁也不是生而知之。只要大伙团结一心，我相信，就没有攻不下的困难和堡垒。在任何情况下，办法总比困难多！但有一条，你要谨记：遇着问题，一定要多听听同事们的意见和建议，这样可以少走弯路……”

看着王玉坤的眼神，尼热古丽知道，从这一天起，自己将背负着许多人的期待，独自远行。

她很清楚，在她翻阅过的大量关于畜牧业书籍的生产史上，让一头土杂种黄牛产下一头纯种的荷斯坦牛，让一只哈萨克粗毛羊产下一只纯种细毛羊，让一头种畜在一个繁殖周期内产出十几头纯种后代，这在许多牧民眼里，简直就是“天方夜谭”。

可尼热古丽坚信，路，是走出来的。

她把自己的宿舍搬进了实验室，这样既远离了世俗的喧嚣，又让她有了更多的时间来从事科研。

平素十分讲究清洁的尼热古丽，现在床上和办公桌上却杂七杂八地摆满了各种各样的研究资料和书籍；简陋的实验室，也被各种试管和器材占去了大半个空间。整个房屋，显得凌乱而没有章法。

当戴翔南推开她房门的时候，竟然没有落脚的地方。

“这是干什么呀？怎么搞得像个羊圈？乱七八糟的！我帮你收拾一下……”

“别，千万别动，我求你了！我要的就是这个效果！”尼热古丽连忙阻止了他，“你看，我现在持续在做一个试验：就是根据家畜生殖生理的变化规律，在供体母畜发情周期的适宜时间，利用促性腺激素进行超排处理，促使多个卵泡发育成熟，并按预定时间发情、排卵，同时进行人工授精；当受精卵发育到一定阶段后，然后用非手术法和手术法冲卵采出的多枚胚胎，再经过质量鉴定和选择后，分别移植给数头同期发情的受体母畜，使品质较差的母畜代替优秀母畜怀孕……”

尼热古丽接着说：“按照常规，牛、羊在正常的发情周期，一般只有一个卵泡发育成熟，排出一个卵。但在卵巢里有一批有腔卵泡也在发育，因为没有足够的促性腺激素的支持，最终这些有腔卵泡只能闭锁和退化了。现在，我采取促性腺激素对它们进行超排处理，就挽救了这些卵泡，使几枚、十几枚甚至数十枚卵泡发育成熟并排出。在胚胎移植过程中，再利用配种的母畜与未配种的母畜在发情期子宫内环境变化相同的特点，和早期胚胎在透明带内处于游离的状态，我就可以将供体牛和受体牛用孕激素或前列腺进行同期发情处理，或选择与供体同期发情的受体，充分保证移植胚胎的附植、着床和受胎……”

“太奇妙了！真是不可思议！”面对眉飞色舞的尼热古丽，戴翔南听得有些入迷了。

“我说你这一段时间怎么神龙见首不见尾？原来你在鼓捣这玩意儿呢！”戴翔南感觉尼热古丽在自己的眼前，摆的就是一片迷宫。“还别说啊，你搞的这个东西，我还真不懂！”

“玩意儿？太不严谨了！这个，你应该懂！你不会说你不想懂吧？我告诉你：这可是畜牧发展的一场革命。如果搞成了，不但产量可以在现有的基础上成几何比例地增长，而且肉质也比传统条件下鲜嫩味美得多……”

“真的有这么邪乎吗？”

“什么邪乎？这叫科学。你智商太低了！”

“我智商低？那好啊，你教吗？帮我提高一下？”看着散落在实验室不同角落里的那些瓶瓶罐罐，戴翔南心里还的确有些发怵。

“教呀！为什么不教？我这里正缺帮手呢！就怕你不学。”尼热古丽看了戴翔南一眼。那一眼，让戴翔南感觉尼热古丽好像整个变了一个人。

“我跟你说啊，这些东西只在实验室里做，只能得出理论数据；得把这些总结出来的理论放在实践中去检验……我正愁着没地方检验呢，这不，你一来，有了！”尼热古丽冲着戴翔南诡秘地笑了笑。

“笑什么笑？你的意思我真没有听懂！”

“没听懂好哇！走，跟我去一趟你们连队，你就懂了！来，咱们亲兄弟，明算账，你得先代表你们‘西北第一连’和我们课题组签订一项技术服务合同，然后我说的话，我就让你懂！”

“摆谱？挖坑？是吧！我才不上你的当呢！你不说清楚，谁敢和你签合同啊！这白纸黑字，到时候赖账都没地儿说去！你把我卖了，我还得帮你数钞票，对吧？”

“对什么对？小肚鸡肠！实话告诉你吧！你们那里地处偏远，技术水平落后，要开展牛羊冷配工作，很多人还不理解。再加上气候条件的影响，受胎率能达到实验结果的多少，我心里还没有数。好在你在那里主事，有困难你一定会帮我的，是不是？”

“既然你把话说到了这个份上，我也就明白了。咱们明人不做暗事，把事情说在当面：你现在搞的这个项目，条件和环境都不是很成熟，完全是王场长不得已而为之，他的压力很大。如果搞失败了，他的前途堪忧；如果搞成了，会不会被一些别有用心的人当把柄呢？”

“什么把柄？”

“就是封、资、修那一套呗！”

“农场要生存，社会要进步，这是历史发展的必然。我看现在就是有些人无所事事，才无事找事，我们无须理他。当然，如果你有顾虑，我可以选择其他连队……”

“扯淡！你把我看成什么人了？不过，不管你把我看成什么人，最后试验的果实，得留在我们连队……”

“真是有其父必有其子！铁算盘，吃不了一丁点儿亏！”尼热古丽说完，自己先笑了起来。

远山，近丘，在平坦如砥的草原上，抹上了一层淡淡的绿。这是一年中难得的好光景。在不到一年的时间里，戴翔南已经和尼热古丽的课题组把和“西北第一连”的技术服务合同，由两个签到了四个，累计移植荷斯坦、西门塔尔牛近 200 次，产犊 80 头，年均获益 100 多万元，科研投资年均每元投资的纯收益达到了 16.25 元，仅牛胚胎移植就累计获得了近百头良种牛。

“为了这项繁殖技术的研究和推广，你费心了！”看着满头大汗仍然精神饱满的尼热古丽，戴翔南由衷地说，“真是没有想到啊！你一个纤弱女子，在不到 70 个小时的时间内，在崎岖的山路上又颠簸了 1800 公里，竟然完成了 330 多头牛的直检，奇迹！如果不是亲历，说给别人听，肯定没有人相信！”

“这有什么？老场长现在还健在的话，说不定还不止这个数。”尼热古丽笑了笑。

“擦擦汗吧！休息一会儿。”

“不累！”尼热古丽接过戴翔南递过来的毛巾，在额头上擦了擦，头也不抬地说，“有了这些实践成果，我们就可以从育成牛、青年牛、成年牛，以及配种后的母牛、妊娠 3 个月的牛体中，提取卵母细胞，实施体外受精。一头牛平均采卵母细胞可以达到一周 5 枚，通过活体穿刺，采卵率可以达到 53.4%。为提高胚胎移植技术的效率，我们必须采取以鲜胚移植为主的战略，认真选购一批西门塔尔种牛，在你们连队先建起一个小型种牛场和实验室，组织受体牛群，把超排采卵和移植工作开展起来。你觉得怎么样？”

“这当然再好不过了。”听了尼热古丽的话，戴翔南有些兴奋。他想，如果这项成果搞成了，加在王玉坤头上那些莫须有的指责一定会不攻自破。

但他没有把这个想法告诉尼热古丽。

“西北第一连”所处的位置，地处亚欧大陆腹地，位于新疆西北部，在准噶尔盆地西缘。旧为准噶尔策妄阿拉布坦游牧地。在新疆这个地方，显得有些小气。面积不大，山也不高，西、北、南三面环山，中间是喇叭状的谷地平原，连队辖区像一片海棠叶，周边山脉的最高点，海拔高度仅有 4569 米；最低处，海拔仅为 189 米。除此之外，这里还有点草原的影子，可以算是一个典型的边陲之地。

这里有十多条被南北和东西走向的山泉溪流切割成的风光独特迥异、各具奇趣的山谷。

据说，这些山谷 2.3 亿年前还是海底，由于火山爆发，岩浆堆积而形成花岗斑岩。1.9 亿年前，那场空前绝后的地壳运动，历经沧海桑田之后，变化成为陆地。这里大部分地区岩石裸露，怪石嶙峋，象形会意，鬼斧神工。

刚出道那年，尼热古丽就在这里工作。那时给她的印象，像是在读一首断续的诗歌，苍恒而辽远，如同情思深处的悸动，给她留下了丰饶和神秘。

这里的宁静、高远、秀丽，能够让所有来过的人，体会到生命的从容和恬淡。这里的山和水，以及虽小但很精致的村落，或者随意点缀在村中老屋栏栅旁的树木，或金黄，或翠绿，在晨光和夕阳下，营造着家园的温馨，释放着一种生命独有的暖意。

“西北第一连”附近有一座已经废弃的古城，坐落在两条河交汇处的黄土台上，整个古城被一条东南——西北走向的干枯河分为两部分。东部遗址沿河岸布局，长约 1000 米，宽约 300 米，这部分遗址现在是连部的一部分，偏南的地方仅有三间房屋建筑，遗址北侧是墓葬区。

古城略呈矩形，四周城墙大半犹存，黄土夯筑，一般高约 5 米。南墙中段辟城门，宽约 4.5 米，高 4 米。北墙中段残存马面一座。东墙因紧邻民居，破坏较为严重。城内文化堆积层厚约 0.6 米。

谁也不曾想到，眼前这座古城，毁灭得如此彻底，只剩下了几段土墙和残存的城堡及松散的骨架。

攀上城墙，伫立高处远望，一些城墙已经被一些新修的房屋或院墙替代。

没有史料记载这座古城毁于战火。是不是因为发展所致，人们已经不需要再用一堵墙来护卫自己的生活？这似乎是一个难解之谜。

太阳静静地踱出西北大戈壁的地平线，那顷刻之间开始的威严，像火炬引燃了天空一般，漫延着辉煌。光泽，在白云的裙裾上，潇洒地，点彩。

浩渺的光气一旦蔓延到比开里斯农场，就化作无边的透明。

戴翔南把连队的小型种牛场和实验室，选址在了这片古色古香的山谷里。

搬过去没几天，尼热古丽就觉得浑身像散了架似的，无力，且始终发着低烧。她没有在意，而是一直坚守在实验室里，观察着每一项实验结果。直到周末，戴翔南来到实验室的时候，才发现她已经半蹲着斜靠在桌子的一角，额头上全是虚汗。

戴翔南赶紧跑过去，扶起了她："你怎么了？"

"没……没什么。就是觉得头昏，浑身无力。是不是感冒了？你去桌子旁边的抽屉里看看，那里有一个瓶子，瓶子里有药，你拿出来两片，麻烦给我倒杯水。吃了药，可能感觉会好些……"

"你还撑什么呀？再耽误下去，会出大事的！"戴翔南说完，抱起尼热古丽，径直向着连队的卫生室跑去。

经过检查，门诊医生胡艳从耳朵上取下听诊器，看了尼热古丽一眼，悄悄地对着戴翔南耳语了几句，戴翔南便跟着她出去了。

"看上去不像是发烧，也没有感冒的症状。说也奇怪，就是持续低烧。像是传说中的布氏杆菌病……但也不一定，我也说不好……"

"如果是，这个病严重吗？"戴翔南焦急地问。

"那当然，"胡艳神情凝重地说，"布氏杆菌病又称波状热，是由布氏杆菌引起的人畜共患的传染病。我们这里条件有限，我建议马上送往农场医院……”

“那好，我现在就安排车送她去场部医院！”

一觉醒来，场部医院门口那一片片绿地已经被雨水淋了个通透。屋檐下，那些还悬挂在半空的水滴，在清晨的微风中，猝然而落，落在地上，发出一阵很清脆的响声。

此刻，尼热古丽的心，也似这点点水珠，泫然欲滴。看着斜靠在床边睡得正香的戴翔南，她的那颗封闭的心，复苏了。

护士走进来几次要叫醒他，都被尼热古丽用手势制止了。此刻，她不想打扰他的好梦。尼热古丽知道，这一段时间，戴翔南太累了，他早就应该好好地休息一下了。

看着戴翔南熟睡的样子，尼热古丽忽然有了一种心疼的感觉。她的脑海里，开始幻化出和戴翔南相识的每一段场景。

几只雀儿，几点菜花，几汪清水，几缕炊烟，就那么漫无边际地在她的思绪中飘来飘去。在这里待过的每一天，就如同一叠印刻着岁月发黄的老照片，不停地在眼前一张张翻过。

尼热古丽想起第一次来西北第一连，老场长戴文涛把那匹陪伴了他戎马半生、浑身上下一片炭黑的汗血宝马交给自己的时候，那马眼神里流露出的眷恋，深深地打动了她：它眼里饱含着泪水，前蹄腾空而起，扬起鬣鬃，引颈长啸，回头看了一眼戴文涛，然后撒开四蹄，飞奔而去。那天，尼热古丽总有一种错觉：似乎风儿撵着自己在走。走了很远，她仿佛仍然能看到老场长那一头已经漫过鬓角的白发。这时，她的情感里，那根紧绷的弦，便立刻有了一种冲动，她觉得那个情景里，有一种挥之不去的东西，有一种难舍难分的情愫。以至于以后见着戴翔南时，她从他的表情里，看到了同样的东西。

这到底是一个什么样的东西，她说不清楚；但却能让她时不时地就想起。那种温暖，让她离不开，也不能离。

想起王秀珍出事那天，戴翔南手持步枪，打落了那架侵入中国领空的飞机，至今她还心有余悸。她不知道那时他在想什么，也许什么也没有想，他既不想标新立异，也不想出风头，而是凭着自己的信仰，就那么平平淡淡地做了。时过境迁，他犹如平常，从不向任何人提及。

最近这一年，她和课题组背包串户，深入到每一户牧民家里，查排牲畜的存栏和健康状况。尽管她说得口干舌燥，几乎磨破了嘴皮，该说的话全说了，该解释的一点儿也没有剩下。然而，面对一双双麻木狐疑的眼神和一副副无动于衷的表情，她觉得自己一下子被孤独包围起来，仿佛在一片茫茫的大海里，自己就是一叶扁舟，无论她怎样执着地向着彼岸划行，但却怎么也无法漂出那片宽阔的海域。最绝望的时候，她甚至想到了放弃。后来，戴翔南来了，一切都迎刃而解。他做得看上去很轻松。

这应该是怎样一个男人哪！他身上的神秘把他的磁性一圈圈地放大，让尼热古丽那颗本来很平静的心，躁动起来。

倚在窗前，尼热古丽的心思飞了很远。她想，该不该把自己的身世告诉戴翔南？

去往新疆南疆的路上，沙漠连天，胡杨参差。

漫山遍野的胡杨林在沉寂的秋风中低吟着，其间伴生的芦苇已经发黄。深秋的凉意把这些芦苇黄花吹得快要冬眠。芦花纷飞，浩荡无垠的芦苇塘把每一颗静静守望着荒原的胡杨都围成了一个个清心寡欲的世界，这小小的世界因此便显得静谧和辽远。

沙漠、沙丘、沙梁，在波澜起伏的塔克拉玛干随处可见。一片片茁壮挺拔的原始次生胡杨林在万顷瀚海上，撑起了一座清凉的华盖。那千姿百态的造型、雍容典雅的气节，笑傲着沉寂的荒原，形成了一道道大漠奇观。

古墨小镇静静地矗立在这里。小镇的中央高台，撒落着的许许多多的当地老百姓的民居，如同迷宫般的古老小巷纵横交织，曲曲弯弯，古老的民宅依崖而建，错落有致，在夕阳的余晖下，略显神秘。巷内有“过街楼”“悬空楼”“楼上楼”等民族特色浓厚的住宅建筑景观，四五百年的老宅尚有多处。

精疲力竭的李汉城双手抱着一个女婴，已经在干枯的河床上走了很久。当远远的古墨小镇出现在他视野里，他的泪水情不自禁地夺眶而出：炽烈的骄阳就要把他烤成木乃伊的时候，上苍却向他伸出了一只援助的手。恍惚间，他看到了一位牧人向自己策马而来，之后就昏了过去，什么也不知道。待他醒过来，已经躺在了一家陌生人的炕上。

“这是什么地方？”李汉城挣扎着想要爬起来。

“千万别动！兄弟。你太虚弱了，需要休息……”站立在他身旁的一位中年妇女惊喜地说。中年妇女的话立刻惊动了正在门外炖羊肉的中年男子。

“你已经昏睡了整整两天两夜。上天保佑，你终于醒了！”中年男子说。

“你们……”看着床边的两个陌生人，李汉城很惊诧。

“哦，我叫买买江·托乎提，”买买江·托乎提又用手指了指站在他身旁的女人，说，“她叫阿依古丽，我的妻子！你别害怕，这里是我们的家，很安全的。”

“我的孩子呢？”提到孩子，买买江·托乎提才猛地拍了一下自己的脑袋说：“你看，你不提，我还差点儿忘了这么大的事！放心，你的女儿现在很好！她就在我的母亲房里，母亲正在给喂羊奶呢！小家伙看上去很可爱。”

“哦！”李汉城若有所思地点了点头，但他紧蹙的眉头里似乎藏满了心事。

“大哥！你怎么了？为什么不开心？女儿好着呢！”买买江·托乎提说。

“这可恶的战争！”李汉城自言自语道。

经过了解，买买江·托乎提夫妇才知道，李汉城带着女儿是从战乱的一处边境口岸跑过来的。

“路上一定吃了不少苦吧！”买买江·托乎提小心翼翼地问。

“何止是苦？命都差点儿没了！”李汉城叹了一口气说。他告诉买买江·托乎提：自己本来是来南疆投奔在这里当兵的堂兄的，由于战乱，他一路走来，一直没有找到关于堂兄的任何下落。后来听一位从部队溃退下来的同乡说，堂兄已经死了。他现在也不知道自己该去哪里。

“如果没有地方去，就先住在我这里吧！家里的条件虽然一般，但住得宽敞，可以管你天天吃饱，不饿肚子。等你有了消息，再做其他打算。你看这样行吗？”买买江·托乎提说。

“权且也只能这样了！只是苦了你们。”

“都是老百姓，只要你不嫌弃，我们就做个朋友，好吗？”

“那当然，那当然！”李汉城一颗悬着的心，落地了。

因长期贫病交加，李汉城的身体每况愈下。没过多久，他的胃突然出现大出血状态，眼看不行了。临终前，他一手拉住着买买江·托乎提的手，用微弱的声音说道：“我中年得子，就小琴这一个女儿，她的母亲生下她就过世了。你看我这身体，恐怕不久于人世。小琴不到两岁，我求您能收养她……”

“兄弟，别说了，我们永远是亲兄弟。你的女儿，就是我的女儿。我和妻子反正没有生育，小琴来到家里，给我们带来了很多欢乐……如果你不介意，我们就叫她‘尼热古丽’吧！‘古丽’在我们的语言中，是‘花’的意思……”此时，李汉城已经热泪盈眶，不能说话了。这句话，成了买买江·托乎提和李汉城最后的别言。

渐渐长大的尼热古丽，起初，性格很孤僻，也不愿与人交流，总是一个人蹲在房屋的角落，若有所思地望着远方。

后来，买买江·托乎提搬家去了比开里斯小城，尼热古丽在父亲和已经做了邻居的蒋钟勋聊天时，才隐隐约约地知道了自己的身世。

春天已经来了，谁能拒绝春天呢?

到今天为止，尼热古丽自己也说不清楚，心中心仪已久的那个白马王子，竟然会是戴翔南?

不知什么时候，戴翔南醒了。

他醒过来，才发现，尼热古丽那双长着长长睫毛的大眼睛，正目不转睛地望着他。

戴翔南被看得有些不自在了：“我脸上有什么吗？”

“一个人心中有什么，看到的就是什么。”尼热古丽“咯咯咯”地笑了起来，“我们是朋友吗？”

“当然。否则我就不会帮你。”

“选择一个朋友，就是选择一种生活方式。有些朋友会一直刻在记忆里的。即使忘记了他的声音，忘记了他的笑容，忘记了他的脸，但是每当想起他时的那种感受，是永远都不会改变的。”

“你今天说的话，听起来怎么怪怪的？”戴翔南看着尼热古丽说。

“我一直以为山是水的故事，云是风的故事，你是我的故事，可是我想知道，我是不是你的故事？”尼热古丽用眼睛直勾勾地盯着戴翔南，一字一顿地说。

“别扯一些乱七八糟的，我听不懂！我告诉你一个天大的好消息！想不想听？”

“什么好消息？”

“我们连批量胚胎移植，已经获得了成功！冷配受胎率达到了70%以上……经过多次试验和论证，你搞的这个项目，被国内知名专家鉴定认证为，供体牛头用胚、产犊率、一头供体牛在337天内超排次、平均可用胚枚数、一次超排可用胚五项内容，创下了全国最好的成绩；同时，还创造了一头供体连续8次超排获100枚有效胚胎的全国最高纪录，这些项目的技术操作和理论研究，均达到了国际先进水平。”

尼热古丽自己也没有想到，这个项目会进展得这么快。她简直有些欣喜若狂了！

“就要离开‘西北第一连’了，你不送送我吗？”临离开时，尼热古丽对戴翔南说。

“送当然要送的。但送君千里，终有一别。欢迎你下次再来！”

“下次，是什么时候？这里真是一个好地方。我不想有下次，我想留在这里。”

“你的心思我懂！我也希望你能留下来，但这不现实。我老爹是什么人？玉坤哥是什么人？你比我明白。一切为了前线，一切为了农场的未来，我们必须要有所舍弃。我这里的这扇门，始终都为你开着！”面对尼热古丽，戴翔南捂着自己的胸口说，“两情若是长久时，又岂在朝朝暮暮？”

那一夜，尼热古丽把初吻给了戴翔南。

第九章　打造巨人的权杖

他的家，已经变成了杂乱无章的工作室。

一

“老是这么待着，什么时候是个头啊！你总得让我出去工作吧！王场长，你是军人出身，前几年，你是撵着我们出成果。现在好了，直接把我晾在这儿了。我就是想不通，怎么说变就变了呢？”在家里赋闲了半年多的蒋钟勋待不住了，来到了场部找王玉坤。

“谁也没有不让你工作，对吧！家里同样可以工作呀！”王玉坤对蒋钟勋挤了一下眼，说，“只要想战斗，哪里都是战场。对吧！”然后把一杯水递到了蒋钟勋面前。

“你的意思是……”蒋钟勋不解地看着王玉坤。

“天机不可泄露。我可什么也没有说啊！”王玉坤“嘘”了一声，用手指了指门外。

蒋钟勋领会了，隔墙有耳。王玉坤现在也不自由了。

“我们可能是这个世界上最后一批伟大的理想主义者，一群现代的堂·吉诃德。如果我们放弃了当初来兵团的选择，都想着待在一个好的地方，去找一份好的工作，都把安乐享受当成生活的目标，谁来守国门呢？这里，毕竟还有面积几千平方公里的土地和邻国存在着争议……”站在已经停工的水库引洪导洪排沙洞工地上，蒋钟勋忧心忡忡地对王玉坤说。

“你完全可以按照自己设计的思路去走啊！没有人想把你困在家里。你是大知识分子，想问题不能靠嘴，应该靠这里……”王玉坤用手指了指脑袋，“明白了？”

“明白了。”

“真明白了？”

“真明白了。”

“那就走呗！我这里还有一大摊子事呢！就不留你了。”

“那我走了？”

王玉坤朝蒋钟勋挥了挥手，大声说了句：“回去好好反省啊！”

蒋钟勋又上山了。和以往不同的是，以前是几个人同行，现在只有他一人。他按照自己起初勘测的路线，来到了比开里斯山的纵深地带，测试水的流量、深度以及在最靠近公路和便于交通的地方下桩取样，获取第一手的水文地质资料。

由于强烈的紫外线照射，蒋钟勋白皙的脸上剥落了一层皮。开始，他只觉得脸上丝丝地生疼，继而泛起了一层薄薄的、形如蝉翼般的表皮。显然，这表皮是因为完全脱干了水分而逐步坏死的细胞。没过几天，那皮便可以整张整张地从鼻梁中间剥落了。当他用手去撕扯这些坏死的表皮时，还可以听见“呲呲呲”的响声，新生出来的皮肤已经明显地变黑了，太阳把太多的黑色素植进了他的表皮里。

他不能一直待在山上，这样会引起别人的疑心。他每隔几天，就上一趟山，待在库区选定的坝址上苦思冥想，一张张设计草图画完了又被撕掉，然后重来。

蒋钟勋是为水而生的。他知道，水，就是老百姓的命。他记得很小的时候上山砍柴，他感到非常热，回到家里，拿起水瓢，兜头淋了一瓢。恰好被父亲看见，二话没说，劈头盖脸地揍了他一顿，揍完气还没消，直接把他关进了柴房，饿了一天一夜。

事后，他嘟着嘴对父亲说：“不就是一瓢水吗？犯得着发这样大的火吗？”

“真是不当家不知柴米贵！你知道吗？咱们这是啥地方？水比油贵哩！一缸水，你妈要从十多里外的山里挑三天哩！这不是一瓢水，是你妈的血汗！你不知道这水是怎么用的吗？洗脸的水用来洗脚，洗脚的水，用来浇树……这么大了，一点儿也不让人省心！犟起嘴来还一套一套的！还杵在这里干什么，走，干活去！”

那件事，让他刻骨铭心。

来到比开里斯，他跑遍了整个小城，没有看到一座合格的水库，也没有见到一座永久性的水利设施。看着一片片饱受干旱、风沙和洪水蹂躏的土地，看着乡亲们“半年桑杏半年粮”的悲苦生活，他的心十分沉重。

后来，解放军来了，成立了比开里斯农场，戴文涛把他叫到场部，专门安排他做水利工作。他当时的心情，不亚于戴文涛交给了他一根可以撬动地球的杠杆。

蒋钟勋根据当地的实际情况，很快制定出了一整套引水与蓄水结合、引水与防渗结合、改进灌溉方法与平田整地结合的“三结合”治水方针。很快，以改造旧灌区为主要内容，以提高水的利用率为主要目标的大规模农田水利基本建设，在比开里斯农场轰轰烈烈地得以展开。

不久，他就带着一些水利工程人员，沿着比开里斯河，进入了人迹罕至的沙漠腹地，勘察比开里斯河下游的情况。连绵起伏的座座沙丘，伴随着热浪和黄沙扑面而来。素有“沙漠之舟”之称的骆驼顿时止步不前。

“这老天下火啊！太热了！”

“找个地方休息一下吧！再走，就把人烤焦了！”

人群中有人窃窃私语。

“大家千万不要停下来！这方圆百里寸草不生，没有人烟，停下来会中暑的。再坚持一会儿，前面就是一片树林！把多余的辎重卸下来，以减轻骆驼的负重。”

蒋钟勋一语“望梅止渴”，果然取得了意想不到的效果。大伙振作精神，继续上路。风沙中，蒋钟勋顶着烈日，牵着骆驼，一直走在队伍的最前面。那一次，他们风餐露宿近半个月，记录下了近 10 万字的勘察笔记。

三个月后，比开里斯河上游第一座水库开建。蒋钟勋结合冲沙淤田的原理，提出了省钱、省力、省时的“引洪冲沙淤坝”的方案。

对此，不少人持有异议：这座蓄水 1500 万立方米的山区水库，犹如悬在比开里斯农场头顶上的一个“大水盆”，一旦蓄水后大坝出了问题，谁能负得起这个责任？

面对众多疑虑的目光，蒋钟勋没有犹豫，斩钉截铁地说：“这个方案经过论证，可行。出了问题我负责！”

“你负得起这个责吗？”还是有人不放心。

“蒋钟勋一向注重调查研究，决策慎重。早在水库建设筹划初期，他不但把水库周围的地形、地质和淤沙情况摸了个透，还特意请人将比开里斯河的淤沙，拿到省城做过力学试验。他的决策是有科学根据的，我们大家应该相信他！”戴文涛的一席话，为蒋钟勋解了围。

两年后，以比常规方法提高20倍速度建成的比开里斯首座水库大坝，山一样地耸立在人们面前。

他的家里，已经变成了杂乱无章的工作室——尽管这杂乱无章对他来说是有章可循的。整间房屋完全被一堆堆凌乱的废纸堆包围着，那里面的平面图、草图、剖面图、立体图和效果图挤满了空间。进入他的房间，稍不留神，可能就会碰翻哪一叠图纸。

面对那一摞摞图纸，他感到一阵阵疲倦正向他袭来，眼睛沉重地快要抬不起来了，他索性坐了下来，继而平躺在图纸上睡着了。

睡梦中，他觉得自己来到了山里。

山区内，植被非常茂盛，雪豹、赛加羚、黄羊、马鹿、棕熊、雪兔、盘羊、石貂、猞猁以及白鹳、黑鹳、金雕、玉带海雕等珍禽异兽，随处可见。

在山的出口处，一座大型水库巍然耸立。在通往水库的道路两旁，阳光明媚，天空湛蓝，地毯般的草坪和山沟里已经长得郁郁葱葱的树，一路上在向他招摇。连绵不断的青山倒映于水中，如同一幅美丽的画卷展现在他的眼前。库区河水清澈透底，从崇山峻岭中萦绕迂回，一路欢腾放歌而来。

库区坐落在群山环绕之中，水面宽阔、透明。沿着左岸走进正在建设中的施工工地，便看到一川泓流映入眼帘，这川河水来自四座山峦之中的三条河流。周边，是抽芽绽绿的漫山树木，高高耸峙的山峦，还有蓝天白云，以及间或隐匿于山顶上施工的挖掘机、铲车和各种运输车辆，在挤挤挨挨的自然构思中，更像是在写生一幅壮阔的山水图。

站立于山巅，他看见一只飞鸟正扑闪着翅膀从天空中飞过，很怡然自得的样子。这里的天好蓝，白云轻盈地飘浮在空中，把人的思绪也扯得遐想乱颤。工地上，正在作业的是一张张那么年轻的脸，脸上带着憨厚的笑。

那种淡然，是他很喜欢的一种生活方式；那种执着，不小心触碰到了他内心最为脆弱的东西，他为之感动，却搞不清自己到底在感动什么，但这种感动，又实实在在地在他的心灵间蔓延。大抵是这份恬静，让他想起了有关欢乐和幸福的东西来："也许，我们本来应该有的欢乐和幸福，在现实之中，已经被忙碌和疲倦所掩盖，我们需要提醒幸福，不是么？"

在山间一簇簇山花和蓝天雪山的衬托下，水库两岸青山叠翠，如诗如画；河中水光潋滟，鳞浪层层，河床中，一株株硕大的百年老榆，挺立于没有水草的湿地上，与河面上水的波澜互为依存，气势恢弘可见，库区的下泄处，水天一色，蔚为壮观。

忽然，他被一种嘈杂声惊醒了。他发现，在他家那处长满苹果树的四合院院落的每一堵墙上，贴满了颜色各异的大字报，家里也被翻得一片狼藉，一些图纸被贴大字报的人席卷而走。

他独自一人待在家里，入眼的是一张张空荡荡的墙壁和书柜、写字台、床。

王玉坤来了。面对蒋钟勋的遭遇，他既同情又无可奈何，倒有一种兔死狐悲的感觉。他对蒋钟勋说："一个人守着这么大一间房屋，很寂寞的。不如咱哥俩搭个伙，搬我家来住吧，我还可以陪你喝两盅，怎么样？"

蒋钟勋苦笑了一下，道了一声谢谢，还是回到了自个儿屋里。他知道，自己其实并不怕寂寞。记得才读高中时，他曾经为了一个承诺，一个人到很幽暗的密林中去采一束兰花；曾经为了小时候的一个梦，他一个人翻过几座山，想证实那边不再是山。

夜，悄无声息地盖了下来。他捧着一本小说，坐在床头静静地读。他很投入，几乎与书中的人物同哭同笑了。但当他的眼睛从书上移向那扇半开闭的窗户，望着黑洞洞的外面，望着夜幕里的苹果树时，他才发现，这屋里仿佛孤独得只剩下了寂寞。自己真的不怕吗？他抬起头，望了望用报纸糊成的天花板，那些报纸上，清晰地留着年轮的脚印。他静静地望着，只感到内心忧郁得像一片秋风中飘落的黄叶。不经意间，一串泪水滚落下来，冲破了平常掩饰得很好的防线，缓缓地流进嘴里，很咸很咸。

二

罗青云离开了西藏，却没有回乡务农，他想到了他的老战友戴文涛。他想，哪里的黄土不埋人？比开里斯农场可能更需要他。他认为，可以毫不夸张地说，现在在那片土地上生活的人，对中华民族的贡献，早已超越了时空，哪怕再过多少年，后世子孙面对着一座座立在国界旁的坟冢，都会给它鞠上一躬，因为，正是这些普普通通的兵团人，为中国人守住了国门。

很长一段时间，罗青云没有像今天这样对自己充满了自信。

举目远眺，远远近近各家各户的灶间已经升起了袅袅炊烟。已是暮秋时节，清凉的晚风送来阵阵麦秸燃烧的味儿，夹杂着清纯的草木香味儿，间或还有鸡犬之声传来。偶一回头，他发现在渐暗的天空中，在榆树和青杨的枝丫间，正托着一轮磨盘大的夕阳，艳丽的橘红色，完整而清晰，像静静躺在碗底的蛋黄。雪花儿开始飘落起来，纷纷扬扬地落在大地和树梢的上面以及牲畜的圈舍顶端，很快便积了一层厚厚的雪被。

站在雪野上，罗青云顿时有了一种久违的情结。

眼前这片土地，深深浸染着他和戴文涛浓浓的战友情，让他们每每想起，便有许多温馨留在心头。

至今，他还清楚地记得，那一年他和王玉坤换防后下山来到比开里斯农场场部时的情景。

戴文涛几乎是跑着出来迎接罗青云的。

“败军之将，何故如此？”罗青云受宠若惊。

“两军没有交战，何以言败？”戴文涛握着罗青云的手说，“你能带着部队接受和平改编，就是人民的功臣！”

“我是为国守边，不存在接受谁的改编！”罗青云心里很不服气。直到来到比开里斯农场，他都一直没有弄清楚，怎么就稀里糊涂被收编了？

“你的主子和国民政府已经搬去台湾了，独独把你们搁在了这里。这算不算被遗弃了呢？”戴文涛说。

“这不存在遗弃不遗弃的问题。不管谁来，国家的边境总得有人来守……”罗青云说。

“这个问题，你说到点子上了。咱们为了一个共同的目标，走到一起来了！”戴文涛笑了，罗青云也笑了。

那一天，他们在一起谈了很多，谈得很默契，像久别的老友。

可能，对罗青云而言，秋天就是一种心情。

他想起一件事：那还是他和戴文涛争着谁去西藏的时候，由于当时争执得很激烈，以至于两人闹得不欢而散。可是到了第二天，事情突然出现了转机。戴文涛拎着两瓶酒来到他的住处，说是为了给他饯行，不醉不归。

罗青云纳闷了："这演的是哪一出？"

"演戏？我给你演戏？拉倒吧你！你给我演戏还差不多。"看着罗青云一脸莫名其妙的表情，戴文涛瞪了他一眼，说，"这可是正宗的老白干，你说，喝不喝？"

"酒是好酒，可你这肚子里装的是什么心思，我就搞不明白了。"在罗青云的印象里，戴文涛看上去像个粗人，可心思比头发丝还细。如果当年他不是采用欲擒故纵的策略，自己也不至于栽在他的手里。

"我知道你心里不服！但不服有什么用呢？你最终还不是败在老子手里了？你应该感谢我，当年如果不是我，你现在不知道还在哪个战俘营待着呢！"

"你能不能不翻旧账？我们现在已经是战友了！"

"战友？真是战友？那不就得了吗？我把存了好几年的陈酿拿出来给你喝，你还给老子挑三拣四的？老子是和你对脾气，看着你要去西藏了，谁也不知道猴年马月才能见面了。所以，才专门拿出来，给你饯个行，你还不买账。真是狗咬吕洞宾，不识好人心！"

之后，两人开怀畅饮。

酒至酣处，戴文涛瞪着猩红的眼，附在罗青云耳朵边悄悄地说："去打仗，当然是好事。要不然，咱当兵干什么？去西藏，自然很光荣，可老子争不过你！不过，你也不要得意得太早。等你从西藏回来，比开里斯这个在你眼里兔子都不拉屎的地方，老子就把它建成一个大粮仓了！你信不信？告诉你吧，你知不知道？农业，才是国家的命脉，国民经济的基础，直接关系到国计民生。农场是经济社会全面发展的……什么……重要载体，没有农场的发展，就没有国家真正的繁荣昌盛；农场的富裕程度，是国家全面建设的关键指标。没有农民的富裕，就没有全社会的富裕……这可是上面文件上说的……"

"你说的是真的？"

“当然是真的！文件上还说，农业还是‘四化同步’的短腿，农村还是全面建成现代化社会的短板。中国要强，农业必须强；中国要美，农村必须美；中国要富，农民必须富……”

“文涛兄，你可能太乐观了！在我们中国，尤其在新疆兵团，农业是长期累积的发展弱势行业，存在着深层次的困难。再加上连年的战争，使我们难以在短期内，从根本上改变总体的落后局面。粗放式的开垦，种植效益总体偏低的问题，依然在一定的时期内，影响农场的发展。今后的农场，谁来种植？怎样种植？这个问题还没有一个完整的答案。一些新成立的农场，依然是我们今后发展建设的难点弱点，农场职工收入一旦偏低、消费偏弱，人心就会出现动荡……你一定要有这个思想准备……”

“就今天的农场职工收入而言，已连续几年实现了较快增长。现在越来越多的职工，正在成为拥有一技之长的‘职业农民’，新型农业经营主体发挥的作用日益扩大，多种形式适度规模经营，以及扩大农民财产性收入的探索，为职工增收致富提供了新的途径。我才不信你那一套呢！现在你就是请我跟你一起去西藏，我还不去呢！”

“原来你在这儿等着我呢！”罗青云恍然大悟地说。但他还是隐隐约约地觉得，农场成立和推广的速度一旦进入深水区，融入全国，乃至全球市场的程度也将会越来越深。如何在当前的形势下，让比开里斯农场深化改革创新，经济持续走强？这真是一个简单而又复杂的问题。但是，面对兴趣正值高涨的戴文涛，他不好再说什么。在戴文涛跟前，罗青云不得不承认，他真的有些发怵。

那一天，罗青云和戴文涛在相互调侃和骂骂咧咧中，喝得酩酊大醉，喝得沉醉不知归路。

第二天，戴文涛把自己一直珍藏了很久都舍不得穿的一件翻毛皮大衣送给了罗青云：“带着，去西藏山高路险，用得着！”

罗青云再三推辞，戴文涛把眼睛一瞪，说：“在我跟前，就不要假客气了！上面太冷，小命可是你自己的！”

一场来得有些迟的秋雪把大地变成了一片茫茫，那些还没有衰退的黄叶，在风雨的挟持下纷纷飘落地上，天空顿时清澈了许多。透过高远的蔚蓝色，几片浮云在罗青云的眼前悠然飘动，一副很随意、很惬意的样子，把淡淡的芬芳写成了秋色。

走进比开里斯农场，没有人认识他。

这里自然的物象和独特中的古朴，让罗青云在感受静淡的同时，也体会到了寂寞在风中伴舞的滋味。仿佛一串串走远又走近的时光，醒来时变得更加深刻。从时光的变迁中，他看到了岁月那张既富思想又显沧桑的脸。时间的刻痕，在眼前这片土地上极具张力地留了下来之后，又沿着时空的流动，缓缓地走到了他的面前。恰似静泊在天空下的湖泊，漂着一轮秋月，一半明媚，一半忧伤，对着能够倾听的人倾谈。

比开里斯农场在罗青云的眼里，曾经是一个很庞大的存在，它很丰富，而且很像有些时间感，又自然形成的一处山水，转眼间就隐入到一片连绵起伏亘古如卧的丘陵之中了。他的幻觉中，戴文涛或许会在一座半截矮墙或炊烟的一角里，等着他。

然而，这里操着各种各样工具的人，以及那个正在坡地上用手扬着土粪的农工，甚至没有闲暇多看他一眼，他仿佛就是这片广阔而持久的丘陵上，一个匆匆的过客。那种不动声色的安静，让罗青云在平淡中品出了一种异样的味道。那到底是一种什么样的味道，他说不准。但他总觉得这种安静的深处，藏着点儿什么。

"请问，戴文涛场长在吗？"他向一个经过的路人打听。

"死了！"

"死了？什么时候？"

"有几年了！"

"怎么死的？"

"累死的！唉！这年头，好人不长寿啊！"来人说完就要走。

"喂！等等！再麻烦问一下，你们这里有一个叫罗苏琳的吗？"

"有啊！怎么了？"

"我想见见他。"

"恐怕见不着了！已经进去了。"

"他去哪儿了？"

"抓起来了，监狱。"来人说着，看了罗青云一眼，匆匆走了。

罗青云一头雾水：这才几年哪！出了这么多的事？

这个不会因为任何人离去或到来而失去什么，也不会因为谁的出现而多出什么的地方，它以自己的方式，自己的时间感，以及自己的逻辑存在着。它就像一个性格内向的人，从诞生那天起，就始终如一地守护着自己的内心。如果没有人的指引，要在广阔的原野上，轻而易举地找到戴文涛的墓地，或是打听到罗苏琳的下落，肯定相当困难。

“这倒很像戴文涛的风格。”罗青云想。因为比开里斯农场的存在，完全没有章法。它隐藏在丘陵的深处，以至于根本无法依靠经验，判断它究竟坐落在什么地方。

正在这时，他在一面坡地的台坝上，看到了一群人。那些人有的站在路上，有的站在田埂上，在听一位女人说话。他连忙凑了过去。

她正在宣讲“养殖经”：“大家千万不要小看这450亩饲料基地，苞谷、秸秆种植，牛羊、鸡禽的养放、青贮，全部得靠它。我们对从圈舍内清理出来的污物、粪便、剩余饲料等残留物，进行发酵处理利用，作为有机肥上到地里，以增加土地的肥力；然后，再用这些地上种出来的苜蓿、苞米等饲物来养殖牲畜，这叫‘农牧互养’……大家放心，这些地里我们不会施一粒化肥，牲畜养殖也不会添加一颗含有工业元素的饲料，出栏的牛羊和鸡禽，我保证，绝对是绿色、无公害和营养俱佳的食品！”

女人讲得津津乐道：“最近几年，我们不但研发出了‘美丽奴军垦细毛羊’，让我们的羊毛出口到了国外，而且还从外地引进了一种名为‘德美’的种羊，这种羊出肉率高，一般可以达到100斤左右，同时这种肉羊病害少，抗病能力强，生长快，肉质鲜美，是未来餐桌上急需的上品……”

女人一转身，发现了罗青云：“是你？”她一脸惊讶。

“尼热古丽？”罗青云也认出了眼前这个女人。

尼热古丽见过罗青云，那还是罗青云和戴文涛比武的时候。

秋天，把田野染成了一片灰色的金黄。去往比开里斯农场的马车、牛车、拖拉机，在公路上扬起的灰尘，不断把树叶“沙沙”地打落下来，落下的秋叶即刻挤满了阡陌小道。迎面而来的，是一抹晚秋的景象。天空上，一只鸟儿不经意地飞过，像是一个被凉风吹远的背影。

田野、牛舍、羊栏、小溪，背靠着比开里斯山脉，悠闲地散落在高低起伏的梁或塬上。那些粗犷的原野，以及已经洗去铅华的秋叶，和倒映着斑斓色彩的小溪，灰蓝色的河水，把这块土地渲染成一片静静的秋色。秋日的阳光里，似乎可以唤醒许多熟睡的东西。恰似白居易在《暮江吟》里感受的那样：“一道残阳铺水中，半江瑟瑟半江红。”

一切都显得悠远而宁静。罗青云来的时候，始终保持的那一种平静的心态，忽然变得不能平静了。

“无论是为戴文涛，还是罗苏琳，我都得留下来！”罗青云对尼热古丽说。

“戴场长是您的战友，我能理解；可为什么要为罗苏琳？”尼热古丽问。

“他是我的儿子！”

“您的儿子？真是您的……儿子？”罗青云的话，让尼热古丽有些猝不及防。

“怎么，不像？还是太意外了？”

“哦！是……也不是。”这时，尼热古丽感觉脑子里有点儿乱，她听得云里雾里。回答问题时，也显得语无伦次。

“长风几万里，吹度玉门关。作为军人，既然选择了边关，我就选择了在这里终老。老戴走了，儿子关了，我要在这里陪着他们！”站在田野上，望着被收割后的麦田里，留下的一株接着一株麦秆的底茬，罗青云说。

夕阳收住了最后一丝余晖。天，完全黑下来了，只有月光，静静地洒在路面上，笼罩着这片静谧的田野。

秋天的忧伤，写在了罗青云的脸上。

三

门前那条小河，在潺潺的流动中，把山拽成了一片影子。

望着眼前一座座烟云缥缈的山峦，噶春痴痴地想：山的那边会有什么呢？他没有去过山的那边，也一直渴望着知道，山的那边和这边，到底有什么不同。

不远处的铁丝网冷冷地将山的这边和那边隔离开来。

噶春在这里开了两亩多地，因为地就在边境争议区内，很多时间，他只能一个人悄悄地来，悄悄地走。他读过书，也查阅过不少资料，发现江南和内地很多地方，农作物都是一年两熟或是两年三熟。可在比开里斯农场，为什么就一定是一年一熟呢？甚至有时候赶上年景不好，一年才半熟。这多坑人哪!

噶春就是想破这个常规。可他不敢把这个想法告诉别人，他怕别人知道了，笑话他。

于是，他就悄悄地找到了这个地方，自个儿做起了试验田。他在家里找了块塑料布，在农场还没有开春播种的时候，提前将种子撒进了地里，然后，用塑料布盖上保墒。半个月后，果然如他所料，种子已经发芽，蹿出了头。

正在他撅着腚，喜滋滋地闷着头捣鼓他的棉苗时，听到了一声很异样的叫声。他抬起头来，声音却消失了。当他刚刚蹲下身来，一声更大的叫声传进了他的耳鼓："哎哟！你把我弄疼了！"

"啊，有人！"噶春立刻惊慌失措起来。

当他再探过身去，发现两个赤条条的一黑一白的影子在扭动。

"这么冷的天，会是谁呢？"噶春想："这里是边境线，会不会是那边的人呢？"他凝神定气地盯着前方，喘气声越来越粗。

林间又一阵窸窸窣窣的响动声。

这是一片静得出奇的白桦林。林间的这一声响动，会立刻引起人的警觉。这时，一只松鼠从他的眼前纵身跃过，吓了噶春一身冷汗。当他再一次竖起耳朵听，什么声音也没有了。

"西北第一连"来了个副连长，叫邓冰，听说是从一个监狱煤矿上调来的。每次开会，他都自觉地坐在一个角落里，戴翔南邀他坐主席台，他总是很谦卑地说："开会嘛，坐哪儿都行，这儿挺好，挺好……"戴翔南不好再说什么，只好由着他。

连里搞春播，邓冰是最积极的一个。每天骑着自行车，把大包小包的种子驮到田间地头。在农工眼里，他是一个和蔼可亲的领导。从连部到邻里的连队，恰恰要经过离噶春搞试验田不远的那条河，邓冰建议在那条河上建一座桥，以方便来往行人。戴翔南却觉得不妥，因为那条河和界河连在一起，如果挖松了土壤和植被，到了汛期，山上泻下来的洪水，就会不断冲刷已经松动的堤岸，把“西北第一连”一侧的泥土大量带走。到时候，辖区就会离边境线那片争议区越来越远，再想掌控那片土地就很困难了。

但邓冰却有他自己的道理：“修桥嘛，就是为了方便老百姓的利益。我们讲国计民生，不就是为了老百姓嘛！当然，戴连长刚才说的问题很重要，应该引起足够的重视。等桥建好后，在开挖处用浆砌片石加固，一切问题都迎刃而解了。”

“那行吧，就按邓副连长说的办，先出图纸，择日施工！”戴翔南说。

桥建好了，像模像样地杵在那里，如同一只刚出土的汉简。

戴翔南带人过来看了，觉得很好：“邓副连长行啊！搞得不错。这样一来，方便多了！”

“喂，那是什么？”望着林间新盖起来的小木屋，戴翔南有些诧异。

“哦，是这么回事！既然修了桥，来往的行人一定会逐渐多起来，难免混进一些闲杂人等，这里毕竟是国境线，提防一下总是好的。我们是兵团连队，亦兵亦农嘛。这几间木屋，紧张时，用于战备值班；平时放些暗哨，以备不时之需……”邓冰说。

“看不出来啊！长得五大三粗的邓副连长，心还真细啊！好，这一块就由你来负责吧！你在这里，我放心！”戴翔南拍了拍邓冰的肩膀说。

噶春像以往一样，每隔几天就要去他的试验田看看，可是自从桥修好以后，每天傍晚都可以看见一个飘忽的身影从桥上走过，稍纵即逝。他感到很奇怪：这人是谁呀？这么晚了，去桥那边干什么？有时他又觉得自己是不是有些神经过敏，管他是谁呢！一点儿也不关自己的事。虽然事后噶春听说有人偷偷越境的事，但说的人讲得挺玄乎，很离奇，仿佛小时候听人讲评书，噶春也没有往心里去。

这座桥虽然不长，却有二三百米，方圆几十里就这么一座桥。桥那边不远，“西北第一连”与邻国在毗邻的隔离带上，各自拉了一道铁丝网。离铁丝网不到一里的地方，有一个邻国的村庄，破旧的几间毡房，零星地散落在一片草原和林区之间。牧群是那片土地很精致的点缀。每当牧群自天边移来，成片成片的，就像天上的云。据说，牧羊女是一个叫美丽菲亚的姑娘，如同她的名字一样，很漂亮。但是，没有多少人见过她，也就是在修桥时，噶春隔着铁丝网远远地窥视过她的侧影。自从桥修好以后，那个影子就再也没有出现过。

棉苗长到 3 厘米高的时候，噶春去试验田更频繁了。他担心过快的长势如突遇不期而至的冷空气，会遭受损失。那几天，他在试验田待得都很久，回去得很晚。当他沿着小路蹒跚着下山时，一个熟悉的身影闯进了他的眼帘：那不是邓冰吗？这么晚了，他上山干什么？出于好奇，噶春悄无声息地跟了过去。

邓冰在很隐蔽的那间木屋前停了下来。他很警惕地朝四周看了看，确定没人跟踪，便闪进了房门。

一盏昏暗的灯，顷刻间亮了。

“宝贝，我来了，想死我了！等急了吧！”

“臭美死你了，我才不呢！每次都这样提心吊胆，我好害怕……”床上，一个女人忸怩的声音。

“怕什么怕？这是我的地盘，我说了算。”邓冰不以为然地说。

“老这么偷偷摸摸的，时间长了，肯定会被人发现。你看，我这肚子都翘起来了，是不是已经揣上了你的娃？”

“才几天哪，你就揣上了，骗谁呢？”

“跟你开玩笑呢！”

“我也是。”

……

这一切，全部被噶春看在了眼里。他心里一慌，“哐当”一声，不小心踩翻了垫在脚下的石头。

“有人……”美丽菲亚刚喊出一声，嘴便被邓冰用手堵住了。

“谁？”邓冰很惊恐地问。

门外，什么声音也没有，就是蝉声，也仿佛遁去了。

“不行，我得回去了。这两天，我的眼皮直跳，担心要出事！”邓冰慌慌忙忙地穿起衣服，推门要走。

“我怎么办？”美丽菲亚也慌了。

“你沿着原路先回去。这地方反正我不想待了，今天我就过去。”邓冰对美丽菲亚说。

“这次你说话一定要算数啊！”

“算数，一定算数。即使过去，我也得准备些东西。前几天，我在场部抄家时，在蒋钟勋家里发现了不少关于比开里斯水库的图纸，一定很有价值。我把这些图纸带过去，权且就当见面礼吧！”

“我只需要你这个人，你拿那些东西干什么？会出大事的！”

“臭娘们儿，真是头发长见识短。你懂什么？我就这么光屁股一个人过去，谁要我呀！没有进身之阶，我过去喝风啊？放心，过一会儿我去找你。”邓冰说完，迅速从小木屋中溜出，遁迹在林海中。这次，他没有走桥，而是选择了河道上游一处浅滩，涉水而过。

噶春感到了事态的严重，抄小路赶回了连部，把情况报告给了代理连长罗青云。

邓冰觉得这几天自己倒霉透了！

早在调来“西北第一连”之前，上面就说戴翔南有问题，许诺让他接替当连长。来了之后，却给了一个副连长；当戴翔南被带去了场部接受调查，连长一职刚空下来，又来了一个听说还是老资格的罗青云，被任命为代理连长。

不仅如此，才结识不久的邻国少女美丽菲亚，把他搅得神魂颠倒。当他魂不守舍地回到家里提出离婚，老婆竟然歇斯底里地对他吼道：“只要你敢提，我就把你那些下三烂的破事，全部抖出来！”

美丽菲亚这面，他又不愿意放弃。如果这事让上面知道了，自己的前途可就全毁了。

邓冰决定铤而走险。

他回到宿舍，拿起步枪和图纸，趁着夜色，钻进林子，想溜之大吉。

“谁？站住！再往前走，就开枪了！”在林间没跑多远，忽然，一束耀眼的光，照在了他的脸上。

罗青云和噶春带着民兵班挡住了他的去路。

“别……别开枪，是我，邓冰。”邓冰说着，悄悄地拉开了枪栓，将子弹推上了膛。

“你要走？去哪儿？”罗青云高声问道。

“这不，换岗哦！”

“和谁换岗？即使换岗，你走的路线也不对呀！再往前走，就出国了！”

“哦，哦，我走错路了。对不起！”邓冰说完，转身欲向相反的方向走去。

“邓冰，我们都不要打哑谜了！对面就是国境线，你要充分认识到问题的严重性：跨出这一步，就是叛国！你现在醒悟，既往不咎；如果一定要走，我也不拦你，但把不属于你的枪和图纸留下……”

“你说的是真的？那好！大路通天，各走一边。后会有期！我们还会见面的。你要的东西我就放在这儿了，你自己来拿吧！”

就在这个时候，枪响了！子弹划破了夜空，击穿了罗青云的左胸。

邓冰携枪夺路而逃。

“不要管我，拦住他！那份图纸事关比开里斯水库的建设，意义重大……”罗青云一只手捂着胸口，一只手拎起手枪，把子弹射了出去。

邓冰腿部中弹，但还是连滚带爬地蹚过了河流，翻越过铁丝网，闯入了邻国。

枪声立刻引起了邻国边防军的反应。

当邓冰拎着枪冲进一处民宅索要食物时，被邻国边防军团团围困。他拒不缴械，在与之对峙时，被对方扔过来的一枚燃烧瓶烧为灰烬。

这件事引发了极其严重的外交事件，经过了很多年，才得以平息。

第二天天亮，噶春发现，由邓冰督建的那座桥，处于“西北第一连”一侧下游的桥墩处，根本没有按照图纸标明的要求回填和加砌片石。桥墩边上的植被，已经被河流切去了一半，裸露出了原始的地表。

躺在医院里，罗青云从来没有感觉自己的思维像现在这样清晰。他对医生说：“别抢救了！没用的，这是宿命，也是军人最好的归途……”

当王玉坤、戴翔南、尼热古丽赶到医院时，医生告诉他们：“他伤得很重，恐怕已经没有生还的可能，现在是回光返照……我们已经尽了最大的努力……”

来到罗青云床边，戴翔南紧握住他的手，说：“罗叔，你要坚持住，不会有事的！”

罗青云没有回答他的话，只是看了他一眼，说了句：“如果当年，我……

不是到了西安，而是到了……延安，后半生会……不会，是……今天这个样子？”然后溘然长逝。

罗青云走了，带着满心的遗憾走了。他临到死，也没见到自己的儿子罗苏琳。

“点燃蜡烛，为他照亮回家的路！”临离开病房，王玉坤说。

第十章　一段走远的故事

当罗苏琳被抬回监狱时，已经不省人事。

一

当罗苏琳被抬回监狱时，已经不省人事。

他得了严重的肺结核，据说已到了晚期。

“完了，彻底玩完了。这可是很厉害的传染病哪！大伙最好离他远点儿！”监狱长一句话，吓得狱警没人敢靠近罗苏琳。

“那怎么办呢？他这么大一堆，躺在这里，终究不是个事啊！”值班狱警说：“我说啊！干脆把他送医务室得了！”

“找死呢，你说得倒轻巧！送过去你照顾啊！谁还敢去医务室？”监狱长说。

“不送，死在这里怎么办？”

“你过去看看，还有没有气？”监狱长给狱警使了一个眼色。

狱警跑过去，用手在罗苏琳鼻子上晃了晃，说：“好像不喘气了！”

“抬出去，埋了！”监狱长说。

“埋了？人还活着呢！”

“你想这里死更多的人吗？”

“好咧！我知道了。来几个活的，给他抬出去！”

罗苏琳被抬到了一个乱坟岗子，草草地葬了。

不知过了多长时间，他被一阵凄风冷雨淋醒了。他不知道自己在这片杂草丛生的地方昏睡了多少个小时，地上湿漉漉的一片，散发着雨后泥土的气息。不远处，几个裸露的骷髅孤零零地散落在那里。

罗苏琳用手使劲地揉搓着自己那双干涩的眼，脑海里一派混沌。他搞不清楚自己为何躺在了这片乱坟岗子上。焦灼、困惑、彷徨和绝望，在他的脸上刻下一层难以琢磨的表情。

他抬头望了望天空，雨后的苍穹蓝得连一丝云彩也没有。他环顾四周，用舌头舔了舔干涩的嘴唇，然后艰难地支撑着身体站了起来，向着远处的一个泥塘走去。他实在太渴了，看见泥塘里的水，罗苏琳急不可耐地俯下身子，把头扎进泥塘里，喝了个半饱。

当他抬起头来，愣住了：一个女人在静静地看着他。

“你是谁？”

“我……从这儿路过，渴了，想找些水喝……”几乎已经虚脱的罗苏琳大汗淋漓，欲言又止，他不知道这是什么地方，也不敢说出自己的名字。

“不对，你在撒谎！你是从那边跑出来的，对吧！”女人用手指了指监狱的方向。

“跑？我没跑。我也不知道我怎么就在这儿了！”对自己怎么会出现在这个荒山野岭，罗苏琳也很困惑。

“不想说，是吧！那我只好把你交给村里了，到时候你千万别说我没有帮你哦！”女人说。

“天地良心，我真的没有说谎！”

“你看着我的眼睛。”女人说。

罗苏琳慢慢地抬起了头。从罗苏琳眼里，女人看到的是一汪清澈的水。

“又是一个活死人！”女人自语道。

“什么活死人？”罗苏琳不解地问。

“你虽然活着，但在所有的花名册上已经死了！你看，那片乱坟岗子，专门埋死人的地方，你就是从那边跑过来的。幸亏碰见了我，算你走运。走吧！你得换个地，重新做人。如果他们发现你还活着，就惨了！”

“你叫什么名字？”

“就叫我翠萍吧！大伙都这样叫。”然后，翠萍把一块饼扔在他的面前，说，“拿着，先吃了，咱们就上路。”

罗苏琳没有再说什么，拿起饼，狼吞虎咽地吃了起来。吃完后，他顿觉精神好了许多。

“走吧！”翠萍在前，他在后，来到了一处很偏远的小村庄。村庄位于一片绿洲上，很幽静。

"就待在这儿吧！这里没有人认识你。但你也不能在这里白住，村前那条路，两天不下雨，就尘土飞扬。你每天拉上水车，给路面洒水，早晚各一趟。不许偷懒！你先休息两天吧，到时候我来看你。"翠萍说完，头也不回地走了。

几天后，罗苏琳成了乡村公路上唯一的养路工。

他拉着水车，一路小跑，每天早晚各干四个小时。干得累了，就把车停下来，放在路边一处遮风处，靠在车边，从兜里摸出一张拆好的报纸，又从另一只口袋里摸出一小撮烟，放在纸上卷起来，将卷好的纸筒在嘴唇上轻轻滑过，报纸的结合部便粘在了一起。然后，用牙咬去烟前端拧紧的纸头，"嚓"的一声，划着火柴，津津有味地吸了起来。这样的情景，是他一天最美好的时光。

寒暑易节，时间渐渐进入了隆冬。只要在空气中哈口气，很快就会凝成冰霜。他抽着抽着，像突然想起来什么似的，站起身来，在盐碱成堆的沙丘上捡回一堆干柴，点起一堆篝火。又从水车旁取出挎包里一包用纸袋裹好的东西，回到原处坐下。他向四下张望了一阵，站起来把纸袋细细打开，露出两块苞谷面和着白面蒸熟的馒头，在火堆上烤了起来。没过一会儿，那甜丝丝、香喷喷的气味直往他的鼻孔里钻，他便抓起一块，连吹带擦地抹去馒头上的灰垢，狼吞虎咽地吃了起来。

吃着吃着，他便觉得不对劲了。抬头一看，一个满脸灰垢、把大半个脸藏在皮帽子里的人，正用一双饥饿的眼睛，虎视眈眈地看着自己。他一慌神，连忙把火堆上另一块已经烤得焦黄的馒头迅速地抓在了手中。那架式，像是有人要跟他抢似的。

罗苏琳站起来，那人却后退了两步。

"你想干什么？"罗苏琳警惕地问。

"我……我饿。"来人怯生生地说，"能给我一块馒头吗？"

"这……这不行呀！兄弟，我一天就这两块馒头。给你了，我晚上吃啥？"罗苏琳很有些于心不忍。

"我已经好几天没有吃饭了。现在，天已晚了，我也不知道该去哪儿。"来人说着，眼神里装满了哀求。

罗苏琳仰脸看看天，又看看眼前这个用棉袄裹得严严实实的人，紧紧攥着馒头的手慢慢地松开了："既然碰着了，我也相信一个'缘'字。同是天涯沦落人，相逢何必曾相识。你看这样好不好？这一块馒头，是我的晚餐，如果现在吃了，晚上我只能饿肚子。现在我分给你一半。吃完了，就赶紧走吧！”说着，罗苏琳爽快地把那块焦黄的馒头一掰两半，拿出大半块给了来人。

来人很快吃完了，又眼巴巴地看着罗苏琳。罗苏琳急了：“不行，不行！我还得养路呢！不吃东西，怎么干活？如果完不成任务，回去是要挨罚的。真的不能再给你了。”罗苏琳的头摇得像拨浪鼓。

来人没吱声，眼泪却流了下来。

罗苏琳心软了，只好又把剩余的另一半递给了他。来人一边吃着，一边说：“我也不会白吃你的东西。这年头，谁不知道吃比命还重要呀？我也没什么别的东西送给你，就只有这身子了……”来人说着，就一屁股坐在了罗苏琳的身边。

“你干什么呀？一个大老爷们儿……”

“谁大老爷们儿？俺还是黄花大闺女呢！”

“你是女的？瞧我这眼神，怎么没有看出来呢？”

“你啥记性？真的不记得我了？”

姑娘一席话，把罗苏琳说愣了。

“你谁呀？我不认识你。”

“不认识？你仔细瞧瞧，半年前不是我，你早在乱坟岗子喂狼了！”

罗苏琳恍然大悟：“原来是翠萍姑娘啊！我真是有眼不识泰山，感谢救命之恩哪！”

“哦，想起来了？”

“想起来了！就是你刚才这一打扮吧，我还真把你当小子了！”罗苏琳悻悻地说。

“唉！”翠萍长长地叹了一口气。

“看你这行头，是要出远门哪！”罗苏琳问。

“谁想这样啊！这不被逼的。”翠萍说。

“你摊上事了？”

“摊上大事了！如果不跑，我非栽在里面不可。”

“我能帮你吗？”罗苏琳一听，急了。

“你？拉倒吧！一个活死人，连自己都帮不了。”

罗苏琳听了翠萍的话，羞愧地把脑袋垂了下来。

“不过，也不是一点儿帮不了。”翠萍盯着罗苏琳说。

“你是我的救命恩人。你说，只要我能做的，我一定赴汤蹈火，在所不辞……”

“得得得，别弄一些洋词，我听不懂。来点儿实惠的，行不？”翠萍给他挤了一下眉眼说。

那一眼，看得罗苏琳心里一阵狂跳。

“你娶了我吧！这样，我哪里也不用去了！”翠萍一字一顿地说。

“你说啥？娶你？开玩笑吧！”罗苏琳苦笑了一声。

“谁跟你开玩笑？我说的是真的！”

“这哪成呢？你不是拿我开涮吗？你能看上我？别说笑话了。我是什么？是老黑，是群众监督的对象。别人躲还来不及呢！你一个姑娘家，怎么就……唉，讲了你也听不懂。你还是赶紧离开这儿吧！天马上要黑了，我再拉两车水，也该收工了。”

“那……你看不上，嫌弃我？”

“这哪和哪呀！翠萍，根本不是你说的那回事。馒头算给你白吃，还不成吗？”罗苏琳走到水车旁，向翠萍挥了挥手，架起车子准备走。

“大哥，你行行好，我给你跪下了！”翠萍说着，“扑通”一下，跪在了罗苏琳面前。

“你这是干什么？起来说，起来说。这荒郊野岭的，你这一出怪吓人的。说实话，我也想帮你。可我没辙啊！”罗苏琳一脸无奈地说。

“我本来不是这地方的人。家乡闹灾荒，爸爸饿死了，妈妈跟人走了。我一个人，谁管哪！临来新疆的时候，只听爸爸说，我有一个大伯在这里。我只好扒火车、搭汽车才辗转来到了村里。前两年还好，大伯在村上当会计，给我安排在村里的小杂货店当销售员。谁知村长死了老婆，看上我了。三天两头逼着大伯牵线搭桥，想成就他的好事。开始大伯还找了很多托词加以拒绝，后来那个糟老头不干了，直接带着人抢上门来。大伯和他论理，被活活打死……这一个多月来，我东躲西藏，吃了上顿没下顿的。大哥，我看你是个好人，就收下我吧！我不管你是不是活死人，只要能和你在一起过日子，我就心满意足了……”翠萍说着说着，就哭了。

“唉，咱们都命苦，算是一路人吧！是应该帮她一把……可是，这事要是让村里知道，该怎么得了啊？”罗苏琳陷入了两难境地。

“翠萍哪！嫁汉，嫁汉，穿衣吃饭，这是天经地义的事。就我这身份，也不适合你。我不瞒你，我已经是有家室的人了，当然不能娶你，但我可以给你指个去处。”罗苏琳说。

“安全吗？只要能离开那个糟老头子和这个鬼地方就成。”

“非常安全。你去比开里斯农场找王玉坤，他一定会帮你的！”

“王玉坤是谁？”翠萍迟疑地问。

“他是一个好人！他肯定会帮你。到时候，你就告诉他，是我让你去找他的。现在天快黑了，路上没人，你就走吧！记着，一直往东，不要回头……”

看着翠萍的身影渐渐消失在夜幕中，罗苏琳才深深地叹了一口气。慢慢地拉起水车，向村子里走去。

二

翠萍走了有一段时间了，一丁点儿音信也没有。回到村里，罗苏琳虽然有意无意地听到了一些传闻，但他不敢打听。生怕哪一句不小心的话，会让翠萍再次坠入噩梦。

他想起了父亲罗青云的那句话：“人的一生没有什么放不下的，因为时间会慢慢地改变一切。”现在，他觉得，这话说得对，也不完全对。因为不管时间如何改变，有些东西真正是放不下的啊！

噶春偷偷摸摸搞的棉膜试验田，到底还是让戴翔南发现了！

那块地位于前山和后山之间，藏得很隐秘。如果抄近道，攀援的石阶很陡，像是要斜刺着插入云霄。地的选址很特别，悬半空而建，朝阳。在靠近山体的一侧，修有一座黄土和草泥抹成的土屋，泥墙上稀稀拉拉爬满了牵牛花和铃铛刺。粗糙的纹理上，犹如走着远古的马蹄印和原始的车辙，一条一条，如从土中刚挖出的古董。穿过窄窄的山道，纵深处还留有一段未覆膜的地块。

在这里，噶春着手试验的地膜棉和残膜回收技术，不但取得了成功，而且在棉花生长调节剂缩节胺技术的研发上，也取得了重大突破。这个技术，不仅能够抑制棉株的营养生长，同时能够促进其生殖生长，确保增产和早熟。

站在山坡上，他把一泡憋了很久的尿泚了很远。

“哎呀，这泡尿都快给老子憋爆了！”就在噶春自言自语享受着下身一吐为快的快感时，一个声音从他的身后传来：

“尿得高！你给谁当老子呢？”

噶春转身一看，是戴翔南。

“我说这大半年你咋神神叨叨的，神龙见首不见尾。原来你在这里给我玩卧底，深藏不露啊！”

“这不是怕弄不成让你见笑吗？”

“见笑？有吗？”戴翔南假装一本正经地虎着脸说。

“你不是经常教育我们说：‘科学上没有笔直的大道，只有不畏艰险地沿着坎坷道路前进的人，才有希望达到光辉的顶点。’”

“别胡扯了！那是我说的吗？是马克思说的。”

“对对对，是马克思，是马克思说的！”

“严肃点，这就对了！玩那些花花肠子有个屁用？我刚才看你尿得那么高，想必已经有结果了！”

“那不是我噶春尿得高，不是吹的，没有金刚钻，敢揽这瓷器活？连长，你可不能小看我噶春！”

“小不小看，得看东西。别藏了，拿出来吧！”

“好嘞！这是初级阶段。如果连长高抬贵手，再给个一亩二分地，我保证让产量翻番。”噶春信心十足地说。

“此话当真？”

“千真万确。我们可以利用地域性差异，把沙漠腹地的长绒棉引到天气较为寒冷的比开里斯农场来试种。仅这一项，每年就会创造几百万元的经济效益。如果我们拿出一些土地搞海陆杂交棉试种，同时利用地膜技术，就会比陆地棉增产 30%，这种杂交棉，纤维强力断长可以达到 270 毫米，绒长达到 37 毫米，这些数据在全国都属于领先水平。我想过了，为了获得更多的杂交种子，我们还可以采用‘雌雄麦管隔离花前预授花药法’，将棉花授粉的时间拉长，提高工作效率，节约劳动力。这样，人均每天授粉可达2000多朵花……在棉花育种上，新产品的选育非常难。新品种不但要求高产、早熟，而且要品质好、抗逆性强。”

“太好了！我现在就给你200亩地，由你来主导棉花的选育和推广……”

戴翔南自己也没有想到，正是他的这个大胆设想，让整个连队彻底改变了模样；正是缘于王玉坤经请示上级发布的一道特殊命令，比开里斯农场上千名职工，背起行囊，再一次沿着北纬44度线的沙漠地带北进南拓，东西延伸，经过几年生生不息的不懈努力，不但把昔日狼狐出没、蒿草丛生的戈壁，变成了稻菽飘香的沃野，而且还发展成为街道纵横交错、绿树成荫、城市功能齐全的边境小城镇。

这里，毗邻邻国仅有一条界河之隔，边境线长22公里。照王玉坤的话说：“多年前，我们是‘扶犁惊戈壁’；现在是‘把剑镇国门’。”新崛起的“西北第一连”，让希望一步一步漫进了田野，漫进了界碑旁初春的风里……

没过多久，在美国发行的一张影响力很大的报纸上，刊出了一则新闻：“在中国的西北新疆，美国的一颗人造卫星在绵延浩瀚的沙漠腹地，奇迹般地发现了一个绿色的半岛。联合国派出考察团实地考察后，不觉惊叹：这竟然是兵团职工逼退沙漠60公里，开发出的一片绿洲！”

站在父亲所走过的路上，戴翔南感觉到，这条逶迤绵长的道路，它无痕而来，却又踩着凶险有痕延伸。应该说，这条路，本身就是一张比任何风景更加具有诱惑力的戍边卫士的军人的脸。

可是，当时他骑马而来的那条路，已经找不到了，连痕迹也无存。茫茫大山和戈壁荒原，满目粗砂，举步劣石，哪一把黄沙曾经是父亲踩过的见证？

曾经行军的路被湮没了，但沿着那条路，踏出的忠诚却留了下来。这是何等的壮举啊！面对眼前的一簇簇绿色，戴翔南心潮澎湃，思绪万千。他想，父亲可以瞑目了！

来到戴文涛的墓前，戴翔南一个人坐了下来。

老远，他仿佛还能听到老屋屋角的那棵老胡杨，在风中轻轻摇摆着树叶，发出如鸽哨一样悠扬的清脆声。

“爸爸，我回来了。”戴翔南风一样地跑回家中，却看见父亲戴文涛正抱病在床。

“爸爸，你怎么了？”

“刚从地里回来，劈了一些柴，就感到有点儿头昏，晕倒了。不碍事，也许累了，躺一会儿就会好的。锅里有中午的剩饭，你自己热一下吃吧！稍好一些，我就起来给你做。”瞧着父亲日渐消瘦的脸庞，戴翔南犹如看到了家徒四壁的老屋。

老屋的门，不需开锁，不要推，只要兴高采烈地叫一声：“爸爸，我回来了！”就可以看到父亲魁梧的身影从屋里飘出，就可以看见屋顶上飘起了袅袅炊烟。

戴文涛总是把最好吃的东西分为两份，一份留给戴翔南慢慢享用，另一份不知藏在哪里，任凭戴翔南找遍所有屋角，也不知所踪。不管怎么折腾，父亲一直也没有告诉他。戴翔南就想，父亲会把这样东西藏在哪里呢？到底留给谁呢？他百思不得其解。直到有一次他病了，他才发现，这些东西不论父亲吃过或没吃过，他都精心地保留起来，在他需要营养的时候，拿出来给他吃。

“原来，这些东西是留给自己的啊！”想到这里，他禁不住热泪盈眶。

如今，父亲走了，老屋依旧。

戴文涛很安静地躺在比开里斯农场那块朝阳的墓地里。

戴翔南看着墓碑，抚摸着墓碑想和父亲的脸贴近，情不自禁地鼻子一酸，眼泪就流了下来。他真想对父亲说：爸爸，你睁开眼好不好？再看一眼你的儿子吧！你不是说我长大了，已经长成一个大小伙子了，再不需要你操心了吗？记得刚来新疆的那年冬天，你用你那双男人粗糙的手，给我改了一件新棉衣。我换上时，却不让你用手摸一下，爸爸，你当时是多么渴望自己也能拥有这么一件称心如意的棉袄啊！可是，你手一伸过来，我就直往后躲，生怕你那双手碰到我。我一边躲，一边大呼小叫：爸爸，你的手是带齿的锉刀，会弄破的。你搓着手，翻来覆去地看：哈哈，瞧不上爸爸这双布满老茧的手了！现在想起来……

戴翔南把双手扶在墓碑上，像是触摸到了一块没有翻耕过的泥土，那是怎样的一双手啊！整个手掌被老茧和血口凝成了一道道裂缝，又被一块块胶布紧紧地缠住，没有一处完整。那不是手，也不是带齿的锉刀，那是一块碾碎的土壤，是一片新植的新绿，是棉田里一朵朵盛开的棉花……

父亲的双手和枪杆子、农具打了十几年交道。在戴翔南的记忆中，父亲自从没有了马，就是骑着那辆破旧的自行车，驮着铁锨和锄头，早早地出去，晚晚地回来。

家境最困难的时候，家里的桌椅板凳、洗漱用品、学习用具，无一不是父亲的创造。

有一次，父亲说家里的地上应该铺一些红砖，这样收拾起来要方便许多。父子俩说干就干，父亲当大工，又专门找来两个小罐头盒，做成两个小水桶让戴翔南当小工。他的鞋上洒满了泥浆，他的衣服多处被砂浆蹭破，父亲说他有办法。于是，戴文涛就找来小刀把鞋上的砂浆刮去，找来胶布把衣服上的裂缝粘好。于是，父子俩又重新有了干净的鞋子和完好的衣服。在戴翔南的印象中，父亲总是顶着夜色带着他走很长很长的路。

天已渐渐黑了，戴翔南在父亲的墓前点燃三炷香，轻轻地叩了三个头。袅袅的青烟中，他感情里涌出了太多的辛酸。他记得父亲出殡的那天早晨，穿着一身新衣服的戴文涛看上去很安详，他的嘴角微微地向上翘着，像是在含笑。

父亲真的很欣慰、很轻松吗？戴翔南真的怀疑那些老人对他所说的一切。他知道，父亲不再和他一起来巩固这个家，他已经走了，从亲手建起的农场走了，从一块一块土壤中解脱出来，带着满心的疲惫永远地走了。

一阵凉风吹过，停留在脸上，有一种痒痒的、舒缓的感觉。门前那条界边围堰里的鱼塘，更显得清悠和宁静。

月光下，白天的喧嚣和浮躁隐去了。剩下的，只有黑黝黝的山峦和峰峦叠嶂的暗影，只有隐隐约约的小路和心跳的声音。

三

“什么？罗苏琳死了？”赶了一天一夜的路，累得精疲力竭的王秀媛来到监狱煤矿探监，却被告知了这样一个消息。

“不可能！他走的时候还是好好的，怎么突然就……”王秀媛很不甘心地问。

“来的时候也是好好的，我们怎么知道他会死呢？人吃五谷杂粮，哪有不生病的？他得了重病，没有抢救过来……”狱警告诉她。

“人埋在哪儿？”

“这个……我也不太清楚。听说是肺结核，接触的人都会传染。所以，就把尸体隔离了，埋得很远，是一片乱坟岗子……”

王秀媛听了，按照狱警手指的方向，疯也似的跑了起来。

在罗苏琳埋藏的那片乱坟岗子，王秀媛不停地用手挖着、刨着，她的十根指头已经出了血，但她却没有找着罗苏琳的尸体。

偶尔有人路过，看着她失魂落魄的样子，很同情地问。王秀媛说了她的遭遇，说到伤心处，潸然泪下。

“别找了！恐怕永远也找不到了！”

“为什么？”

“现在人饿得都开始吃树皮了，更何况是狗？或许早被野狗拖出去吃了！”

来人“唉”地长叹一声，走了。

王秀媛一脸惘然，然后恸哭起来：“天哪！这到底是为什么呀！”

回到农场，还没进到家，她却被一群学生堵在了家门口。

“扫帚星，狐狸精！”大家齐心喊着。

“孩子们，我没招谁没惹谁，你们这是干什么呀？”王秀媛很吃惊地问。

“罗苏琳死了，你为什么还活着？”

“原来你们早知道啊，就瞒了我一个人？”

“装什么装？罗苏琳那是死有余辜。他人虽然死了，可事情还没有完。”

“什么事？”

“你说，罗卓是不是你和罗苏琳的野种？”

“你们这些孩子哪！谁这样教你们的？太缺德了！”王秀媛痛心疾首地说。

“你敢骂人？”一个学生冲过来，拿起棍子，当头给了王秀媛一下。

“不准打人！”这时候，不知什么时候回家的罗卓从家里冲了出来。

“你这个野种，也敢横哪！”人群中，两个年龄稍大的中学生跑过来三下五除二地就把罗卓摁在了地上暴打一顿。

“不要打孩子……”王秀媛歇斯底里地一把抱住罗卓，任雨点般的拳头落在了她的身上。

“孩子，快回去，这里不关你的事！就是天塌下来，妈也能顶住……你不懂啊！妈妈已经没有什么可以指望的，再也不能失去你了……”王秀媛母子相拥的时候，她的眼泪像断了线的珠子一样流了下来。

罗卓哭泣着说：“妈妈，别说了！你说的这些，我都懂！但我不知道自己到底错在哪里？在学校，我拼命地学习、读书，想方设法把事情做得更好。然而，这些努力是徒劳的。无论我怎么做，做得多么好，我永远只是一个另类，换来的只是伤害。他们在我的课桌上写了一个大大的‘黑’字……”

罗卓正说着，他的后衣领便被人揪了起来，他回过头来，还没看清对方是谁，后脑勺上就被人狠狠地打了一拳。他踉踉跄跄几步，没有站稳，一头栽进了面前的大水坑里，浑身上下全部被水打湿了。当他抱住坑上站人的木板，又被那人一腿踢来，罗卓气不过，一把抓住了那人的脚，使劲向下一拽，那人“扑通”一声被拽进了水坑里。

最终，那些人也没能放过王秀媛，拉着她游街，游了近两个小时，王秀媛才疲惫不堪地被放回了家。

罗卓眼巴巴地看着这伙人登上一辆老式卡车，走了。他不知道父亲到底犯了什么法，甚至不知道他的父亲是干什么的。即使父亲犯法，妻子和儿子就一定要遭受连坐吗？他带着太多迷惘，百思不得其解。

从这以后，他家门前那条路，很少再有人来。尘土，很快盖住了以往坚硬的砂石，在路上沸沸扬扬。

“这是天意，是命运的安排吗？”躺在床上，王秀媛想。

她和罗苏琳，就像天上的两朵云块，因为飘浮，走在了一起；又走散了。

她说不清现在该做什么，心里只有一种无名的创伤感。她不再去想罗苏琳，也没有再奢求白头偕老的事。王秀媛收拾好房间，静静地把整个房间环顾了很久、很久，然后，把那条自己亲自织给罗苏琳的白围巾，整整齐齐地叠好，放在了床头的枕边。

做完这一切，她换了一身干净的衣服，走出了家门。

“有人跳河了！”傍晚，噶春从试验田回来，看见一个身影纵身从桥上跳进了河里。他一边喊着，一边脱去上衣，随后也跟着跳了下去。

人被救上来的时候已经奄奄一息。

是王秀媛。

“这是干什么呢？不想活了？这很简单哪！跳进河里死了，算是把自己交代了。但你想过没有，你的孩子、亲人、战友，他们怎么办？难道就让他们一直生活在失去的痛苦之中，你忍心吗？人这一辈子，会有很多道坎，只要走过去，就是一片天。谁不会遇到一些烦心事呢？对我们这里的所有人来说，日历一翻就是十几年。人生能有几个十几年哪！当我们在路上，把自己从一个童年、少年，走成了青年、中年之后，就会发现，以前和我一起行走的人，很多不是无果而终，就是走向了阴阳两隔，更多的，则走得杳无音信、无声无息。我要告诉你的是，无论怎样，都要挺住……”把王秀媛救起来的时候，噶春对她说。

“我现在这个样子？活着还有什么意思？人们会拿什么眼光看我？想当年，参军来新疆的时候，那时的我，对未来充满了憧憬。现在，那种很古朴、很真实的感觉已经没有了，满眼充斥的，是一种拒绝和陌生；走到哪里，这种感觉浸入骨髓。那一张张冷峻的脸，把人性全部锁在了麻木的表情里，我想打开里面的亲情、友情和温情，但是，我没有钥匙，无法打开它。我的心好凉……”王秀媛哽咽道。

“看到的，不一定就是全部。人情世故，是要在走一段很长的路之后，才会顿悟。别再干傻事了！我相信你！不哭了，好吗？”

那一刻，王秀媛感到心里好温暖。她破涕为笑，猛地从地上站起来，抱着噶春的脸，狠狠地亲了一下，跑了。

噶春用手摸了摸王秀媛刚才用嘴亲过的地方，一下羞红了脸。

在一切都安静下来的时候，王秀媛在一处朝阳且植满青松和绿地的地方，为罗苏琳做了一个衣冠冢，让他的灵魂得以静穆和安宁。

四

罗苏琳费尽周折，回到比开里斯农场的时候，正逢噶春和王秀媛举办婚礼。

“你真的想好了，要和王秀媛结婚？”王玉坤在接到噶春打的结婚报告之后，把他叫进了办公室。

“这段时间，她的情绪一直稳定不下来，需要有人照顾。”

“太快了吧！要不然，你再考虑考虑？照顾人嘛，可以有很多种方式。”

“场长，其他的事，我都听你的，但这件事，不行。”

“为什么？”

“因为你没有结过婚，甚至连女人都没有碰过，不懂这个。”

“笑话？我不懂！如果不是战争，如果不是我娘逼着我来新疆找我爹，我现在孩子都一大炕了！”

“吹，接着吹！孩子可以有，但得有女人哪！没有女人，谁给你生哪！就你自己，瞎掰！”

“哟，长成小大人了，可以给老子上课了？”揭到短处，王玉坤火了。

“那倒不是。简单说吧！女人需要爱。爱是什么？爱就是阳光雨露，能使一颗枯萎的花慢慢复苏，恢复美丽的容颜；太冰冷的环境，极容易让她绝望。男子以刚强，女子以柔胜，这是千古不变的真理。女人对待男子，笑一笑的力量，比吵骂千万次的力量还大，任凭他是威加海内的英雄，声名盖世的豪杰，杀人的强盗，越狱的凶犯，也担不住她这种天赋的特长。凡是一个女人，就应当有一个丈夫。否则就如同不装裱的图画，不镶镜框的画片。”

“别给我扯这些酸不溜秋的东西，我听不懂！你给我听好了：和王秀媛结不结婚，那是你们两个人的事。只要符合条件，我不会反对。但这里面的关系，你要搞明白。罗卓还小，你一定要善待这个孩子；还有，蒋钟勋是罗卓的姨父，他对我们很重要，整个比开里斯水库离不开他。如果把他的情绪搞乱了，我可饶不了你……”

“放心吧！场长。秀媛又不是蒋钟勋的妻子，充其量只是他的小姨子。结婚后，我俩就是担挑了，还要互相照顾呢！”噶春说。

“既然想好了，就选个日子把事办了吧！”王玉坤笑着对噶春说。噶春这几年在地膜棉的研究上成绩有目共睹，说心里话，王玉坤打心眼里还是很喜欢他。

罗苏琳回来的时候，穿着一件很旧的已经洗得发白的黑布衫，脸上的清瘦把额头上的青筋暴露无遗。从他的眼神里，看不出来任何沮丧和失落的情绪。

他被封闭在那个小村庄里已经太久太久了，以至于外面的世界发生了什么，他几乎一无所知。他居住的那个地方，是一处高悬的砂岩岩层。岩层上，被凿成了上百个大小不一的洞室，洞室的墙壁上，画满了形态各异的僧侣和佛家弟子的肖像，每幅画像又程度不同地给他讲述着一个个鲜为人知的故事。

在一个快要坍塌的洞室里，他捡到了一本书，是古罗马思想家奥勒留的《沉思录》。书里这样一段话深深地打动了他：

“虽然你打算活三千年，活数万年，但还是要记住：任何人类失去的不是什么别的生活，而只是他现在所过的生活；任何人所过的也不是什么别的生活，而只是他现在失去的生活。最长和最短的生命就如此成为同一。虽然那已逝去的并不相同，但现在对于所有的人都是同样的。所以那丧失的看来就只是一段单纯的片刻。因为一个人不可能丧失过去或未来——一个人没有的东西。”

这仿佛在对他预示着什么。

能预示什么呢？

这些年，罗苏琳庆幸自己避开了一些非人的折磨。作为养路工，他的任务，就是在道路旁预先挖好的水坑内，用水桶将双轮车改制成的水车上的水箱装满，然后沿着公路洒水。每天的里程是 20 公里，一天两趟。他先是用钢钎、铁钳，在汽油桶上面切割出一个方孔，在油桶的尾部，套上一节双轮车胎剪成的管子，用铁丝箍紧，制作出一个水车。然后，便马拉松似的开始了每天的沿公路赛跑。

起初，他还有些不习惯。拉水车这行当，需要有些技巧，不会拉，不仅累得要命，而且工作效率极低。慢慢习惯了，他倒觉得这是一个非常不错的工作。只要干完一天的活，晚上还可以点着煤油灯看书，真是一举两得。

时间长了，沿途的一些农民和他交上了朋友。每逢夏季，农民们把自家种的甜瓜、菜瓜和西瓜送一些给他，罗苏琳被他们的纯朴和善良感动着，每次也就非常乐意地收下，但他不会白要这些东西。在他养护的路段，两旁有许多芦苇裹着的湖，湖虽不大，但水美鱼肥。他常利用闲暇时钓些鱼来，送给当地的老乡。钓的多了，他就去挖一些土制盐，把鱼腌制起来，待到冬天来临，再把这些腌制品送给当地人做冬储食品。

日子虽然过得有滋有味，但他还是想家，想回到比开里斯农场去。如果不是翠萍早早地给他打过“回去就是一个死”的预防针，可能在这个时候，他早在比开里斯农场了。

王秀媛和噶春结婚，让他始料不及。

“这下可糟了，罗苏琳还活着！”第一个知道这个消息的，是戴翔南。

“罗苏琳肯定会闹！”戴翔南找到王玉坤说。

“闹是难免的。你想想看，一个大活人，说死就死了，而且还闹得满城风雨！现在，恰恰在这个时候，又回来了。这是什么事嘛。真让人犯难哪！”王玉坤叹了一口气说，“罗苏琳也太不容易了！如果要闹，就让他闹吧！宣泄一下，可能对平复他的情绪有好处，但一定要掌握好尺度……”

尽管做了各种各样的猜测和准备，但到了罗苏琳真正地出现在他们面前的时候，大伙谁也不想去碰这个尴尬的话题，还是罗苏琳先开了口：“我没有想到，出去了几年，变化这么大！以前以为，我一直在为自己努力，现在才知道，我是在为别人打工……”

“照你这么说，你很委屈？但我要问你：你懂女人吗？这么多年来，我朝思暮盼，苦苦等着你，等得心烦意乱。可是，等来等去，等到的，却是你的死讯！如果不是噶春，我现在就和你的衣冠冢做伴去了！姐姐走了，除了儿子，我还有什么？作为一个女人，我需要温存，需要爱情和家庭，这些，你给我了吗？曾经，我是多么渴望你能撑起这个家啊！我只能说，从一开始，我们就犯了一个共同的错误。根本就不应该走到一起，也根本不应该组成这个家庭。因为，你给予这个家庭的爱，实在是太少了。我是女人，女人，你懂吗？而你，只图一时快活，你想过你还有家吗？”

这苛刻的语言，是罗苏琳和王秀媛结婚以来，从未有过的表达方式，即使是在他蹲牛棚、坐大牢的时候。

罗苏琳一言难尽。可以说，王秀媛的话，对他不公平。是他罗苏琳不想有个完整的家吗？是他不懂得珍惜他们之间的爱吗？那么，就在王秀媛苦苦哀求他留在她身边的时候，他不也是数十次地跑到有关部门办理手续，结果总是由于这样或那样的问题无功而返吗？直跑得他精疲力竭、囊中羞涩。这些，王秀媛当然不知道。

可能，这个世界上真的如毕达哥拉斯所说，女子有两种眼泪，一种是悲泪，另一种是诈泪。王秀媛现在的这副眼泪，到底属于哪一种，他已经搞不清楚了。其实，他也不想搞清楚。

出乎所有人的预料，罗苏琳不但没闹，而且还专门摆了一桌酒，宴请噶春和王秀媛。

“从内心讲，我不愿意离婚。人生一世，草木一秋，这一把年纪了，应该图一个家庭团圆。但命该如此，就不说了。拜托了！秀媛跟着我受了不少苦。希望今后你能让她幸福。请善待我的儿子，我会感激你们的。”酒宴上，罗苏琳对噶春和王秀媛说。

一艘船，静静地停泊在深秋行将干涸的河边上。芦苇摇着褐灰色的头颅，荻花飞絮悄然散尽。这里已经空旷得几乎见不着行人。

罗苏琳把一顶帐篷扎在了一片密匝匝的林间，傍着一弯池水。那是河水暴涨时，从低矮的垭口涌泄而来的，自然形成的一个很大的湖区。湖区沿一处长满灌木的高地环绕流动，久而久之，这高地便成了一方小小的孤岛。湖的四周，长着芦苇和蒲草，很幽静、安闲的样子。

他就这么孤独地坐在湖边垂钓。仿佛在冷峻中审视自己，又像是在反思自己所走过的路。

自从罗苏琳回到比开里斯农场之后，戴翔南再也没有见他笑过。他整日面无表情，每天除了上班之外，一日三餐，然后就是钓鱼。他钓鱼的方式很特别，常常是夕阳西下，日暮黄昏，提着一小罐鱼饵，拿着自己用十号铁丝打磨而成的鱼钓，上面穿着长长的鱼线，来到湖区一处长满芦苇的平台边，抛钓、放线、定竿，做完所有的工序，最后就从口袋里掏出烟卷上，有滋有味地吸起来。

没有人走进他的内心，谁也不知道他每天在想什么。他孤身一人，基本上是独来独往。

坐在湖边，他的背影便显得苍老，但眼光却始终有神。

广袤的河谷平原上，平沙莽莽，那灰褐色的沉默、浩瀚和凝重，袒露着西部永恒的主题——荒凉，无边无际的荒凉。

五

“场长，听说比开里斯要修一条口岸公路，现在正在招人，有这回事吗？”

忽然有一天，罗苏琳跌跌撞撞地来到王玉坤的办公室，问道。

“有这么一回事，还是一个大工程。我们一个农场干不了，但需要组织一些人上线。你消息挺灵啊，这才刚刚有点儿风声，你就知道了。”王玉坤感到很意外，自从回到比开里斯农场之后，罗苏琳基本上再也没有找过他，他一个人独来独往，仿佛有很重的心事，一直藏在心头。王玉坤很理解他，谁碰着这事，心里没有疙瘩？他想，随着岁月的流逝，一切都会好的。

“我想去修路！能不能给我这个机会？”罗苏琳直言不讳地说。

“说说你的打算。”王玉坤没有再说什么，而是请罗苏琳坐下来，谈谈他的想法。

“咱们这个地方，位于祖国版图的最西端，地理位置十分重要，素有‘五口通八国，一路连欧亚’之称。不但是东西方交通的咽喉枢纽和经济、文化、文明的交汇点，也是国家发展战略的桥头堡。我算过一笔账，从首都北京出发，到这里需要飞行 3700 多公里，历时 7 个小时，这个时间比往返北京与朝鲜半岛最南端的距离还要长。如果开车，一路需要行使 4300 多公里。你想想看，这该是多么长的一段距离？参建这条路，沿途一定可以看到许多震撼内心的壮丽景色，同时，也可以听到不为人知的筑路故事。您也知道，我是搞艺术的，这些素材对我今后创作很有用。”罗苏琳诚恳地说。

其实，王玉坤也知道，罗苏琳讲的不是真心话，只是他不想留在比开里斯农场的一个托词罢了。王玉坤想，与其这样，倒不如送他一个顺水人情。他只是担心他的身体，能不能参加高原作业？那里海拔 4000 多米，风力常年在七八级以上，荒僻寒冷，最低气温达零下 40 多摄氏度，常年无夏，终年冰雪，含氧量仅为平原区的50%，生活单调，物资匮乏，很多人因此患上了脑水肿、肺水肿等高原疾病，素有“血谷”之称。

“这条公路要翻越16座冰达坂，最高的海拔6700米，横渡44条冰河，经过漫长的无人区，整条公路在平均海拔4500米以上的高原行进。我担心你的身体是否撑得住。”王玉坤十分忧郁地问。

“身体绝对没有问题，你放心！”罗苏琳拍着自己的胸脯自信地说。

“那好吧！你回去准备一下，过两天就出发。”

接到通知后，罗苏琳很快随着施工队伍出发了。他所在的连队，被分配住在比开里斯河边上一个羊圈里。施工队伍很庞大，人数最多的时候，达到了2700人。工地上，虽然天寒地冻，但在施工现场，却处处涌动着劳动的热潮。他们每月都要进行一次劳动竞赛，先进个人戴红花，先进班组得流动红旗。挑灯夜战的场面比比皆是。

上线以后，罗苏琳才体会到，王玉坤跟他说的，绝非危言耸听。这里原来只是一条崎岖的山路，且经常被泥石流、雪崩、岩崩、洪水等地质灾害所阻断。

公路一期工程施工时，因为许多施工地段处于海拔3000—4700米之间，工地驻地空气稀薄，狂风、暴雪、岩堆、雪崩时常光顾。水烧不开，饭煮不熟，大多数人高山反应强烈，鼻孔出血，水饭不进，浑身无力，举步维艰，严重者下车即晕倒在地……工程器材和生活物资全靠翻山越岭，人背肩扛。

一次，工地筑路指挥部忽遇10000多立方米的雪崩，把正在卸货的一辆大货车推出了数十米，继而翻入河滩……同年7月，比开里斯河谷上游两处爆发洪水，平时水宽几米到几十米的河面，一时陡涨到100—200米，19天不见减退，致使交通断绝40多天。沿线刚刚架起的7座钢架便桥，一夜之间被摧毁了6座，数十公里路基被冲毁，施工队伍被分割成数段，1500余名筑路员工断粮、断柴，只能砸铺板、烧板凳、喝生水、吃稀饭……

搞二期工程，那真是“白天一把锁，夜间一片灯”。

为了抢工期，施工队利用罐头盒土制灯具，昼夜施工，抢工期、抢进度，每10天一休息，每天工作超过10个小时。

施工中，其中有一段200多公里长的饼干状山体片石堆积地段，一丝风吹即有流岩飞滚。一天，罗苏琳亲眼看到两辆拉着推土机的黄河载重汽车和一辆吉普车遭遇“饼干山”岩崩，顿时车毁人亡。当地有歌谣曰：“饼干山，片石飞满天，削不上脑袋，帽子也要削半边。”

闯生死关，对罗苏琳而言，不是第一次。那还是他刚上工地的第二个夏天。

随着“轰隆”一声巨响，一阵排炮响过之后，炸起的碎石顷刻之间散落到了新路基下方的老路基上。老路作为施工通道，一定要保持畅通。罗苏琳立刻带着几位工人冲到了老路上疏通清淤。正在这时，他所在位置的老路基两侧突然垮塌，他伸出手臂刚刚抓住一块路基基石，基石随即崩裂，他随着这块基石一同摔下了老路基下面一处凌空30多米的山坡上，双脚悬空。他当时所处的位置再往下80多米处，就是水流湍急的一条大河……他既看不到其他人，其他人也看不到他。他费尽全身的力气向上攀援，想呼救，却喊不出声来。

10多分钟后，一起清淤的一个小伙子发现了他，立刻大喊：“快来人啊，罗苏琳掉下悬崖了！”

他一边大声呼喊着，一边绕下老路基来救罗苏琳。他赶到罗苏琳的上方，伸出手想拉他，发现还有些距离，他的手够不着。没过多久，又有一个工人赶了过来，两人联手想把罗苏琳拉上去，还是没有拉动，却又不敢松手；直到第四个人来，才把他拉了上来……

后来罗苏琳想起这段经历，还心有余悸。

他说：“‘一川碎石大如斗，随风满地石乱走’，是当时修路时的真实写照。在悬崖峭壁上抡大锤打眼放炮，因绳索磨断摔下深谷的，被突发洪水冲走的，被泥石流掩埋的，被塌方砸死砸伤的工伤事故时有发生。在‘鬼门关’那一段施工时，一场10级大风把山上一块近3吨重的巨石吹下山沟，当场砸死1人，砸伤3人。我们二支队五中队在那次施工中牺牲了三名职工，一个是在放炮后扒碎石时脚崴断了，送到医院后死亡；一个在打炮洞时遇到塌方，被砸中头部，还没等送到医院就死了；还有一名炮工晚间作业时摔下了几十米深的悬崖……”

“整个工程基本上全部靠筐背、担子挑、小推车推来完成。路基高50厘米、宽8米，我们给它起的名字叫战备路。当时的生活也不太好，半个月甚至一个月见不到丁点儿蔬菜的影子。那时，拉粮食和蔬菜的车，从比开里斯小城到工地，要走两天两夜，走的又是临时便道，即使再新鲜的菜，到了工地上，也都烂掉了。好在主食管饱，但馒头只能蒸到一半熟。生馒头放到蒸笼上时多大，出笼之后还是多大，一咬一个牙印。喝的水，是从几十公里外的比开里斯河拉来的……工程队实行军事化管理，早上吹起床号，早饭后出操，半小时的军事训练，晚饭后还有半个小时的擦枪时间。一个月有两天休息时间，出门必须三个人以上结伴。营地的四周是戈壁滩，连草也见不到一根。等修到了边界才看到石头山，但那些山也是光秃秃的，与我们相伴的动物只有牦牛、山羊等少数耐高寒动物。山里的气候变化无常，夏天白天头顶出现一片云，到晚上就会下雪，半夜里经常被冻醒。”罗苏琳坦言。

后来，公路修通了，却有 180 多名筑路工人永远长眠在了这条公路上。

第十一章　时光毕竟东流去

戴翔南咬紧牙关，精神像要崩溃到了极点。

一

经过考察、勘测、论证、立项、上马、停建、再上马几番折腾之后，比开里斯水库又一次被提上了建设日程，蒋钟勋被任命为总工程师。

戴翔南骑着他家那辆“车在路上跳、人在车上跳、心在肚里跳”的“三跳”自行车，一路打着铃铛在辽阔的旷野上，沿着那条崎岖的小路一路寻找而来。

他是来找蒋钟勋的。

连续几年的运动热潮，搅得比开里斯农场的生产一片凋敝。但由于王玉坤的坚持，比开里斯水库勘测与论证、美丽奴军垦细毛羊和地膜棉的研究和试验一刻也没有停止。这好像和时局有些不合节拍，农垦局局长方有钰不好再袒护什么，只好一纸命令，免去了王玉坤和蒋钟勋的所有职务，赋闲在家。

“这下好了，咱们两个人，一个是顽固不化的走资派，一个是死心塌地的臭老九，整个一堆茅坑里的石头。既然别人看起来碍眼，我们就自己走远一点儿，免得大家相互见了都不开心。总得做点儿事，不然，这家伙又得提意见喽！”王玉坤拍着肚子对蒋钟勋说。

“你又在打什么鬼主意？”蒋钟勋笑着对他说。

“鬼主意？不想听？那我就不说了！”

“怎么这样小肚鸡肠，说说说，跟你开玩笑呢！”

“想听？”

“想听。”

“真的想听？”

“真的想听。”

"不说了！"

"啥意思啊？摆谱呢！"

王玉坤"嘿嘿嘿"地笑了起来。

"笑什么呀？你看你这个龇牙咧嘴的样子，看起来让人毛骨悚然。"蒋钟勋说。

"哎，这就对了。吓死你，我自个儿干。"

"说你胖你还喘上了。撑杆往上爬呢！"

"这不是往上，是往下，懂吗？真是一个老夫子，酸秀才！"

"哎呀，真喘上了！见过脸皮厚的，还真没见过比你脸皮更厚的。"

"厚点儿好，经得起风吹日晒。瞧你这小脸蛋，细皮嫩肉的，给你扒拉扒拉，受得了吗？"

"你到底说不说啊？真是急死人了！"

"急了？但千万别死。你可是大知识分子，死了，我跟谁唠嗑去？再说了，咱们水库也不答应哪！"

"不说，是吧？那我回家了。和你在这磨嘴皮，有什么劲哪？"蒋钟勋像是真生气了。

"好好好，我说，我说。我说还不行吗？"

"有话就说，有屁就放。"

"反正闲着也是闲着，出去打打牙祭，怎么样？"

"打牙祭？打什么？"

"你看，这里漫山遍野的干草多诱人哪！我打听过了，每公斤八分钱。每天挖上几十斤，烟钱酒钱不就解决了？"

"这不是投机倒把吗？"

"你懂个屁！这叫自力更生！干不干吧，给个准话。"

"光脚的还怕穿鞋的？当然干了！你都不怕，我怕什么？出了事，反正前面有你顶着！"

"哈哈哈哈，说你是茅坑里的石头，你还不服？真是又臭又硬。"王玉坤大笑着说，蒋钟勋也跟着笑了起来。

这段日子过得舒心又惬意。可是，这样的日子没过多久，一天早晨，当王玉坤路过收发室的门口，被看门的老头儿叫住了。老头儿没有跟他啰唆太多，只是告诉他，上面又来人了，可能有事，今天就不要出去了，在家等着。

老头儿是农场的老好人，平时不多事，更不喜欢聊张家长、李家短的琐事，倒是蛮喜欢给小孩讲一些出神入化的童话。每逢下课以后，他的身边常常围坐了一大片爱听故事的孩子们。老头儿是个鳏夫，无儿无女，有时看到谁家的孩子生活上有困难，立刻就把自己做的好吃的东西端过去。他烙的煎饼，香甜脆软，是每个孩子最渴望得到的奖品。

王玉坤看着老头儿平和的目光，心里刚开始的那种紧张，顷刻之间便烟消云散了。他走过去，想打听一下细节，老头儿只告诉他："电话那头说好是中午来的，语气、态度都很和蔼，看样子不会是坏事。"

果然，到了中午，上面保卫处来了两位当官模样的人，踏进了王玉坤的家门。

"现在全国上下都在搞拨乱反正，你和蒋钟勋的情况，根据调查取证，完全属于失误处理所致。现在政府正式通知你们俩，决定给予彻底平反，造成的工资损失全数予以补发。但是，你们要认真领会上级部门的意图和精神，平反，并不是你们曾经的所作所为完全是对的。应该客观地分析自己的过去，不断改造世界观和人生观，痛改前非，重新做人，有则改之，无则加勉。你还有什么话要说吗？"保卫处那位戴着眼镜的小个子仰起头来问王玉坤。

"噢，噢，没有了，没有了！感谢政府，感谢人民！"王玉坤虔诚地说。

王玉坤和蒋钟勋平反的消息，很快在比开里斯农场传播开来。那一天，他的家第一次有了那样多的欢声笑语，第一次聚集了那样多关心他的朋友和同事。可王玉坤心里清楚，他俩的事，首先最应该让蒋钟勋知道。

于是，他找来戴翔南，吩咐道："你现在就骑上自行车，沿途去找，一定要快，让他赶紧回来办手续。"

蒋钟勋是一个不甘寂寞的主。因为已是周末，为了多挖些干草，他约王玉坤连夜和他一起走。

"地点你知道，我就不去了！明天一早我还有事。如果觉得没人陪着，就把罗苏琳叫上，他反正也是一个人。"

"那好吧！"蒋钟勋叫上罗苏琳，连夜走了。

自行车在高低不平的羊肠小道上飞驰着，戴翔南凭着娴熟的技巧躲过了一道道沟沟坎坎，冲向蒋钟勋所在的那片山岗。

“什么声音？”罗苏琳用手背揩去额头的汗珠，问蒋钟勋。

“管他什么声音？快干吧，咱们十点钟准时开早饭。”蒋钟勋头也不抬地说。

“叮铃铃……”悦耳响亮的自行车铃声，在清晨的荒原上显得格外清脆。

“好像有人来了。”罗苏琳再一次抬起头来，开始环顾四周。

“是吗？这地方有谁会骑自行车来呢？”蒋钟勋也停下了手中的活计，循声望去。

“大哥，蒋钟勋大哥，你在哪儿？”戴翔南扯着嗓子，漫无目的地冲着旷野叫喊着。

“是在叫我们！”罗苏琳心头抽搐了一下，不知道又将发生什么事。

“听到了。好像是戴翔南……”蒋钟勋停下了手中的工作，把搭在一丛荆棘上的背心穿在身上，然后回应了一声，向着喊声的方向走去。

“大哥，蒋钟勋大哥……”戴翔南听到回音，爬上一个稍高的山坡，终于看到了蒋钟勋。他喘着粗气跑了过去。

看着戴翔南满头大汗的模样，蒋钟勋不知道发生了什么事，一把抓住戴翔南的胳膊问：

“翔南，别慌，怎么了？”

当戴翔南把消息告诉他时，蒋钟勋沉默了。他选择了一块较为平整的硬胶泥块坐下，掏出烟来，不停地抽了起来，眼睛眯成了一条线，悠悠地看着远方。

秋意袭来，那浓浓的凉意在山间顷刻间弥漫开来，漫不经心地浸濡着山、水和树的肌肤，很快便把一树又一树的翠绿，染成了金黄。树叶落了，一片又一片。

这时，蒋钟勋才由衷地感叹：秋，真的来了，来得这样悄无声息，又这样让人倍加伤感。

二

翠萍是在一个黄昏来到比开里斯农场的。因为不熟悉路，她跌跌撞撞地多走了十几公里，误入了“西北第一连”。

走马看沙，满目苍黄，她的视野里，看到的是铺着荆棘和芦苇的草滩、干涸得没有生机的沙漠，偶尔能看到几株散落的树，却鲜有几片枯叶……

“这是什么地方？不像罗苏琳说的那地儿啊！”翠萍走着走着，有些犹豫了。

“你找谁？”

这时，从不远处的一间土屋里，走出来一个6岁左右的男孩拦住了她。土屋旁，堆着一堆打火墙的土块。

男孩睁着圆润的大眼睛静静地打量着翠萍。

“我……有点儿口渴，给我点水，好吗？”

“我不认识你。我妈妈说，不许和陌生人讲话。”

“哦！是这样。你看我像坏人吗？”翠萍问。

“说不好，你脸上也没有写着。”

“你叫什么名字？”

“不告诉你。”

“你这孩子，挺有意思的。那你妈妈在吗？”

“找她干什么？她认识你吗？”翠萍一时语塞。

“我能进去吗？”翠萍望了望土屋，欲跨过男孩拦在门口的小凳子。

“不行！”男孩冲过来，用双手把翠萍挡在了门槛外。

“哟，好小子，这性格，我喜欢。”翠萍笑着，打量着眼前这个孩子，觉得很像小时候的自己，她情不自禁地鼻子一酸，想要落泪，但很快便控制住了。

“我坐在这里等一会儿你妈妈，行吗？”翠萍蹲下来，用手去拉男孩的手，男孩猛地一闪，躲开了。

“好吧！但你不准进屋，只能坐在那儿。”男孩用小手指了指堆在墙角边上的土坯子。

“那我也就只能坐这儿了。”翠萍眯着眼睛看着眼前的男孩，顺手从口袋里掏出一块冻得冰冷的烧饼，掰下一半，递给男孩，男孩没吱声，一挥手，把那半块饼子打落在了地上。

“这可是好东西，吃两口，身上就有热气了。拿着！”翠萍慌忙从地上捡起来，用嘴使劲地在上面吹了吹，再次递给男孩。

“我才不吃别人的东西呢！”男孩说。

“不吃就不吃吧！反正我饿了！”翠萍看了看左右手上各拿着的半块饼，把那块没有掉在地上的，重新装进了口袋里，把另半块放进了嘴里，津津有味地吃了起来。吃完饼，她又用嘴对着双手吹了吹，随即一团淡淡的白气，在男孩眼前打着旋，汇入到空气中去了。

“哎，你这孩子，天这么冷，怎么站在外面哪？”翠萍正哈着气，听到身后传来一个女人的声音。

她站了起来。

“你是……翠萍吧？”

“你是……”望着这个突然出现的女人，翠萍一头雾水。

“我是秀媛哪！不记得了？那一年我去看我当家的，煤矿，小煤窑……就是那个关人的地方，我找不着路，后来还是你给指点的呢！想起来没？”

“哦，想起来了，想起来了。是那点儿小事啊，我都忘了，你还记得呢？”翠萍忙不迭地说。

“怎能忘记呢？那天不是你，我一准儿冻死在那山旮旯里。来来来，别站着了，快进屋吧，外面多冷哪！”王秀媛热情招呼着翠萍。

翠萍看了看王秀媛，又看了看小男孩。

“你们认识啊！如果你告诉我，我早让你进屋了！”小男孩噘着嘴说。

“哦，我知道了。罗卓，原来是你把阿姨拦在外面了？真淘！快给阿姨倒杯水去！”

“提到水，我还真渴了，就不客气了！”翠萍掀开门帘，一头钻了进去。

“这是什么呀？”一进屋，翠萍无意中睨了一眼桌子，看见上面放了一本用各种废纸装订起来的本子。

“这是爸爸给我做的图画本，我要画好多好多的画，等爸爸回来给他当见面礼！”罗卓说。

他打开第一页，指着其中一副图案对翠萍说：“看，我爸爸回来要给我买很多饼干和糖果，还有玩具，他亲口说的。”罗卓说着，又迅速收回本子，合上了。翠萍再想看，他却不给了。

“这孩子！别理他。你先坐，我去给你弄点儿吃的。”王秀媛说。

“那我帮帮你吧！”这时，翠萍才发现，自己的肚子“叽叽咕咕”开始叫了起来。

在厨房间，王秀媛告诉她，不要在罗卓面前提他的父亲。他父亲走的时候，罗卓还小，不懂事，他只知道父亲去了很远的地方，一时半会儿回不来。

“他现在怎么样？”翠萍问。

“还在里面耗着呢！唉，这日子，不知还要熬到什么时候！”说到伤心处，王秀媛落泪了。

“哦，对不起，我不应该提这件事……”翠萍感到了自己的口误，连忙说。

“没事，时间长了，习惯了！”王秀媛叹了一口气说。忽然，她像想起了什么似的，问，“你怎么大冷天的一个人跑到这里来了？”

“唉，一言难尽哪！”这一回，该翠萍叹息了。她谈了自己的遭遇，说着说着，泪如泉涌，“总而言之，村子是回不去了！”

“你怎么想到来这里？”

“我本来要去比开里斯农场的，结果，走错了路。”

“这是比开里斯农场的一个连队，叫‘西北第一连’。在农场你有认识的人吗？”王秀媛问。

翠萍欲言又止。她想起了罗苏琳临别时的话：“现在是非常时期，不要相信任何人！”

“怎么了？”看着翠萍异样的表情，王秀媛问。

“我眼睛好像进沙子了！”翠萍一边说，一边用手开始揉搓。

“别用手，脏！来，我给你吹吹。”

“不用了！谢谢。揉揉就好了！你刚才问我这里有没有熟人？我只是在报纸上看到过有关比开里斯农场建设的报道，不是现在，有些年了。隐隐约约记得，当时的场长叫王玉坤，但从未见过面……”

“他现在还是场长，不过，已经靠边站了。假如只是想找一份工作，他的话还是管用的。”

“哦，是这样！我原想着就是为了解决温饱，混个‘肚儿圆’。可是来了才知道，这里并不是人人所想的‘塞外粮仓’，仓廪富足。想要吃饭，还得需要熟人引荐……我本来可以在那个穷山沟里待一辈子，谁知道后面会出事呢？”翠萍悲戚地说。

"妹子，你别哭啊！你这一哭，我都乱了方寸了！让我想想，让我想想，既来之，则安之，活人哪能让尿憋死呢？嗨，有了！明天一早，我就带你去见戴翔南连长。他可是一个雷厉风行的好心人，准保给你解决工作……"

翠萍听了，破涕为笑。

就在她俩聊天时，翠萍发现，罗卓躲在门边上悄悄偷听。

"大人说话，你在这干啥？快睡觉去！"

"我不！"罗卓说。

"学会犟嘴了，是不是？"王秀媛火了。

"不要责怪孩子！可能是我们说话的声音太大了，吵着孩子了！"翠萍轻轻用手揩去罗卓落在嘴唇上方的鼻涕，转身去抱他时，罗卓却再一次用陌生的目光看了她一眼，然后迅速地躲在了母亲王秀媛的身后，同时还时不时地探出头来，偷窥翠萍的表情。

三

"坤哥，该是千年铁树开花的时候了！"戴翔南一走进王玉坤的办公室，一边大声对王玉坤喊着，一边拿起办公桌上的茶缸，在水桶里舀了一缸子凉水，"咕咚咕咚"喝了下去。

"喂，别……"王玉坤来不及阻拦，戴翔南已经把缸子喝了个底朝天。"你这小子，和你老子就是一个模子倒出来的，风风火火的种！当心凉水喝多了，害肚子。壶里有茶嘛！"

"不干不净，喝了没病，时间长了，习惯了。你过来看看，人长得怎么样？"戴翔南有些急不可耐地说。

"什么怎么样？"王玉坤手里翻着一本书，坐在椅子上没动。

"看看不就知道了吗？"戴翔南从兜里掏出一张照片，递给他看。

"啥玩意啊？"王玉坤不耐烦地推开了他的手。

"别人给你介绍了个对象，知道不？瞧瞧你现在这样，挂个场长的名分，什么事都做不了主，整个一傀儡。给自己做回主，不行啊？"

"扯犊子吧你？自个儿的对象还在老岳母肚子里揣着，倒操起我的闲心来了！”王玉坤干笑了两声。

“我的媳妇在哪儿你不用操心，我就是怕你打一辈子光棍！”

“那也不关你的事！”

“怎么不关我的事？我爸爸临终告诉我，不能让王家断后！”

“那你戴家也不能断哪！你先管好你的事，我的事不用你管！”

“哎，坤哥，咱俩还是兄弟吗？敢情是皇上不急太监急啊？我告诉你王玉坤，过了这村可没这店了。你别在这里给我装大尾巴狼！”戴翔南收起照片，拔腿欲走。

“好好好，拿过来看看！”

“你不是不看吗？”

“来都来了，瞅两眼呗！”

“瞅两眼？”

“瞅两眼！”

“哎，这就对了！”戴翔南掏出照片，递到了王玉坤的眼前。

就像着魔一样，那一刻，王玉坤什么也没说，瞅着照片看了很久，戴翔南只能听到他呼吸的声音。

“哎，手都酸了，自个儿拿着看呗！”听到戴翔南说话，王玉坤才回过神来。

他并没有忙着把照片还给戴翔南，而是把它放在桌子上，像审视一件工艺品一样，脸上的表情平静如水。

“翔南，给我一支烟。”王玉坤的目光还是没有离开照片。

“好哩！来，把火点上！”戴翔南划了一根火柴，把王玉坤嘴上的烟点着了。

“好小子，够义气！你是怕哥哥绝后啊！”王玉坤对戴翔南笑了笑。

“那当然了！坤哥，说真心话，这些年，你太不容易了。忙里忙外，农场倒是让你鼓捣得越来越好了，但结果还不是你做了一桌菜，最后让别人吃了？我看了这心里挺难受的。你现在的当务之急，就是把自己的事考虑好了。今后咱哥儿俩喝酒，起码得有人帮着做饭烧菜不是？”

“理倒是这么个理！但你总不能让我和一张照片成亲吧！”

“照这么说，你同意了？”

“同意个屁呀！人哪来的？我告诉你，拐卖妇女可是重罪！”

“我拐卖妇女？不能够啊！那你跟我走一趟。走吧！”戴翔南拉着王玉坤就走。

“去哪？”

“看新娘子啊！”

“什么新娘子，八字还没一撇呢！”

“我都了解过了，出身清白，还有些文化，只要安置工作，干什么都行！你不是常告诫我们说：只要有了女人和孩子，就有希望吗？”

“瞧把你能的，背天书呢！”

“那倒不是。我只是希望坤哥作为领导，言必行，行必果，率先垂范……”戴翔南急忙向前走了一步说。

“率先垂范也得有目标啊！”

“这照片不就是目标吗？”

“你让我和照片相亲哪！这照片里的女的看上去像演员，哪弄来的？要是我说同意，你知道别人怎么想？这男女之间的事，不好说！”

“有什么不好说的？我愿意！”翠萍和王秀媛不知什么时候来到了他俩面前。

王玉坤的心“咯噔”一下，感到哪儿有什么东西被击碎了。这是一年多来，他在各种各样的嘈杂和喧嚣中，听到的最动听的一句话。

“是你？哎呀，这真是大水冲了龙王庙，一家人不认一家人了！你不是坤子吗？这些年你跑哪去了？让我找得老苦了！王玉坤场长原来就是你呀！”翠萍一惊一乍地冲到王玉坤跟前，说。

“我们认识吗？”王玉坤蒙了。

“你忘性怎么这么大哩！你忘了？那年剿霍尔德曼，经过我们村子，我家那些羊，还是你带着解放军帮我们找回来的呢！你不是叫坤子吗？我记得还有一个叫什么戴连长的人，还是你的顶头上司呢！”翠萍这么一提醒，王玉坤想起来了。

那是部队刚刚开到新疆不久，连队上就接到了剿匪的命令。

按照连长戴文涛“一定要锻造部队在严寒条件下‘走、打、吃、住、藏’的能力，学会‘有路不走走戈壁，有桥不过趟冰河，有房不住住雪地，有水不用用冰雪’”的部署，他带着一排官兵冒着零下 34 摄氏度的低温，负荷 30 多公斤的行装，在戈壁雪地连续行军 6 天，行程 180 余公里，终于将那一带祸害百姓的土匪武装一网打尽。

也就是在那一次战斗中，他的战友刘峰在执行潜伏任务时，两名匪徒进入了他们的视野。刘峰第一个跃出草丛，猛地扑倒了一个匪徒。这时另一个匪徒从他的侧面开了枪，两发子弹从他的腹部穿过，鲜血顿时流了下来。从此，他再也没有站起来，永远地献出了年仅 20 岁的生命……被匪徒赶走的绝大部分牛羊却完璧归赵。在归还老乡的牛羊时，王玉坤见到了当年只有十几岁的翠萍，当时她还是一个小姑娘。

“哥哥，我也要当兵……”翠萍缠着王玉坤说。

“就你个小萝卜头，扛得起枪吗？”王玉坤笑着说。

“怎么扛不起？把枪拿来，我给你试试！”翠萍不服气地说着，顺手就要去抓他的枪。

“小丫头片子，这可使不得！把手拿开，当心走火！”

“小瞧人！”翠萍翻了他一眼，说，“等我长大了，就去部队找你，行吗？”

“长大了当然行了，我代表全排战士欢迎你！”王玉坤站起来，给翠萍行了一个军礼。

“别……别这样，弄得人怪不好意思的。到时候，我去了，怎么找你呀？我又不知道你的名字。”

“你就叫我坤子好了。大伙都这么叫！”

“那咱们一言为定！”王玉坤和翠萍击掌为誓。

斗转星移，又是一个十多年过去了。透过迷蒙的历史尘雾，王玉坤仿佛依稀望见了曾经的峥嵘岁月中，那闪现着的车马、远征的雕鞍，以及部队出关扬起的烟尘。这些记忆，已经在他的心中，铸成了一块块无字的碑。

“闹了大半天，你们是老相识啊！我咋说坤哥盯着照片一瞅，眼珠子不转了。藏得够深啊！行了，什么都不说了，我们就等着喝喜酒呗！”戴翔南说。

“喜酒自然是要喝的。我还要感谢你们这两位大媒人呢！如果不是秀媛姐和戴连长，我现在还不知道自己该去哪儿呢？”

翠萍说着，眼泪又下来了。

“干什么呀？这是好事啊！不是说‘百年修得同船渡，千年修得共枕眠’吗？别哭了，这应该叫‘有缘千里来相会’吧！”王秀媛赶紧一把拉起翠萍的手说。

“是啊！相逢的人，不一定相聚；相聚的人，不一定相知；相知的人，不一定相逢。人这一辈子，还是那句话，取决于‘缘’字。有一份感动，不是为清风明月，不是为苦苦等待，也不是为世事的无常，只为平凡的日子里，有一份思念，有一种默契。”

戴翔南的话不无道理。

他和翠萍，仿佛有一种自然而然的灵犀，引导着他们，从不同的地方，从他们自己应该来的地方，以一种欢乐的心情，走到了一起。这，算不算缘分？

对王玉坤而言，或许一个人一生可以爱很多次，然而总有一个人可以让自己笑得最灿烂，哭得最透彻，想得最深切。爱一个人，就是在漫长的时光里和她一起成长，在人生最后的岁月一同凋零。

生活对于王玉坤来说，真的要过了很久很久，才能够明白，自己真正怀念的，到底是怎样的人、怎样的事。

四

“你跟我来吧！”王秀媛把罗苏琳带到了农场条田边上一处荒冢前。

“就在这儿。”王秀媛说，“你自己挖吧！”

罗苏琳看看王秀媛，又看看坟冢，犹豫了一会儿，还是挥动铁锹挖了起来。

坟挖开了，原来里面葬的是罗苏琳十年前和王秀媛相识时穿的一套衣裤和鞋子。

“找不到你，我就以为你死了。把这些东西埋在这里，我是把它作为一块碑立在我心里的。想着寂寞的时候，还有人一直在陪着我……”

一阵微风吹过，田野里，一种苦涩的味道染了罗苏琳和王秀媛一身。

罗苏琳从原来的家里搬走了。

那天，戴翔南刚赶到场部，就看见罗苏琳家门口聚了不少人。他感到莫名其妙，也随着人群走了过去。他看到罗苏琳的东西被一件件地搬到车上，王玉坤正忙着收拾屋子里零散的东西。可人群中唯独不见王秀媛的影子。他走到后院一看，王秀媛正和噶春在给那些鸽子、斑鸠们抛撒麦粒。看到眼前的一切，他似乎明白了许多、许多……

已是秋天，一阵风吹过，胡杨巨大的华盖上飘下一片片落叶，撒满了狭小的院子。野鸽和斑鸠们也都停止了啄食，静静地看着噶春、王秀媛和戴翔南，它们好像知道了主人就要离去，将要留下它们孤苦伶仃地站在那里……

戴翔南走过去，抓起其中最大的那只野鸽，仔细地端详了一阵，忽然把手擎过头顶，向空中一抛，放飞了。然后又抓起一只斑鸠，抛向了蓝天。

暮色下的老屋，戴翔南不忍多看几眼，而他却又希望老屋融进无星的夜里。

别了，老屋……

装好车，天已经很晚了。戴翔南到前院看了看，待他又回到后院的时候，却看见没搬走的柴堆上，两只野鸽和两只斑鸠正“咕咕咕”地站在上面望着他呢！他走过去，一伸手，其中一只便飞到了他的手心上，他不忍心再看，咬咬牙，一扬手，把那只野鸽放走了，然后挥动双手，把其余三只轰到了空中。

罗苏琳正准备上车，王秀媛把一包东西递给了他，说：“带着，路上用得着！”他打开一看，原来是已经卤制好的野鸽和斑鸠。他惊呆了。

“你怎么把它们都杀了……”罗苏琳发怒了。

“这些野鸽、斑鸠，一年好几窝，我已经养不起了！杀几只给你补补身子，有什么不对？要是心疼，你就把它们都带了去……”王秀媛不依不饶，声音一下子大了起来。

“唉，罪过罪过，还没有到万不得已的时候！”罗苏琳仰天长叹，“它们的命不该如此啊！”

搬到目的地，罗苏琳就病倒了。

新的地方恢复了往日的平静，宛若什么也没有发生过。

罗苏琳接到平反通知以后，立刻抓紧时间办理相关手续。在他看来，没有什么比这件事更迫切了。好就好在许多部门已经开始恢复运转。

“罗苏琳，电报！”

“军事法院对你的判决已经撤销，请尽快回单位办理相关手续。”这是王玉坤复出后发给他的一封加急电报，再次催促他早日上路。

罗苏琳下了下决心，拿着有关手续，踏上了去省城的路途。

几经周折，手续终于办妥了，待到农垦局盖章时，又出了点儿纰漏。他决定哪儿也不去了，直接回“西北第一连”那个偏远的瞭望所去。虽说那里被称为“黑寡妇”的蚊子成群结队，一旦被盯上，难免九死一生，但却是一片有争议的国土，需要有人坚守。他拿出一些钱，给儿子和王秀媛添置了几件新衣，然后，把大部分补发的工资捐给了农场。他请王玉坤代为收下：“我光屁股一个人，每月的工资，够花了！这些，就留给农场搞些实业吧！钱不多，但是我的心意。”

罗苏琳说得很诚恳。

那是一副难舍难分的场面。当罗苏琳临上车时，场里很多人来送他。罗卓被挡在了人群外。

“爸爸！”罗卓哭喊着从人群中冲了出来，一下抱住了罗苏琳。罗苏琳蹲下来，用手捋了捋儿子鬓角旁的几缕发丝。

“爸爸！你答应我，等安顿好了，一定来接我。要不然，我现在就跟你去！”离开父亲太久的罗卓，下意识里有一种预感：父亲这次远行，会像以前那样，一别就是很久吗？

“傻孩子，爸爸一定会来看你的。我怎么舍得离开你呢？”罗苏琳说着说着，可能是一时触景生情，两行热泪夺眶而出，滴在了紧贴着他脸庞的儿子的脸上。

“爸爸，你哭了？”儿子转过脸来，痴痴地看着父亲。

“我没哭，今天，爸爸高兴啊！落实了政策，爸爸就和常人一样，可以挺起腰板做人了。你现在也长大了，懂事了。在家里，一定要听妈妈的话，好好学习。我会一直等待你的好消息……”

罗苏琳虽然努力地抑制着自己的感情，但说着说着，泪水还是像断了线的珠子一样，怎么也控制不住。他觉得，无论如何，自己该走了！

他一把推开了罗卓抱住他脖子的手，决绝地说："回去吧，我走了！"

汽车缓缓地启动了，继而加速，带着他未了的心愿和惆怅，带着他的牵挂和伤感，渐渐地远去，开始是一个点，最后完全融入到天际之中了。

罗卓久久地凝望着汽车远去的方向，凝望着车轮裹起的烟尘，久久不忍心离去。

"孩子，你还有事？"王玉坤走了过来。他看着罗卓神情恍惚的样子，上前询问。

"噢，没事，没事了。谢谢叔叔！"罗卓这时才发现，整条马路上，只剩下了他一人，最后一趟班车也已离港。

"是的，我该回家了。可爸爸的家在哪儿？"罗卓自言自语道。这时，他才感叹：那个像山一样爱着自己的父亲，已经离他越来越远了。

车行至半路，已是傍晚，戴翔南和罗苏琳抖去满身的尘埃，挤进公共食堂内就餐。饭刚端上桌，没吃几口，"哗啦"一声，地窝子顶篷不知哪一块被风撕开了一个大口子，风沙立刻涌了进来，菜肴上落了一层薄薄的沙尘。罗苏琳放下筷子，只喊了一声："来两个人！"就飞一般地冲了出去。

地窝子顶篷很快用铁丝穿在了一起修复好了。等罗苏琳一脸灰尘地回到食堂，打了一盆水洗完脸重新坐在餐桌旁，却看见戴翔南一脸晦气地坐在桌子旁，望着咝咝作响的窗棂发愣。他才发现，风沙无孔不入，正从玻璃和窗框的结合部"呼呼呼"地拼命往里钻呢！

"喂，老伙计，找一些透明胶布来，沿着窗边把所有可能漏风的地方粘贴起来，这样吃饭就踏实了。只好难为兄弟了！"罗苏琳站起来，亲切地用手拍着食堂老炊事员的肩膀说。

"好哩，现在就办。"老炊事员爽快地答应着，边说边往里间拿透明胶布去了。

"那就吃吧！"罗苏琳对戴翔南说着，把原先吃过的馒头，沾着泥沙的地方尽数剥去，又香喷喷地咬了一大口。

"这饭怎么吃？全是沙子。"戴翔南抱怨道。

"嗨，这算什么？总得吃点垫垫肚子吧！要不然，这肚子可该给您提意见了。吃吧，吃吧！"罗苏琳笑眯眯地劝道。

“我吃不下。要吃，你自己吃吧！”说完，一闪身，戴翔南走出了食堂。

“我还是希望你留在连部。那个瞭望所太远了。生活极为不便。那个地方离邻国的小镇仅有一河之隔，鸡犬之声近在咫尺。我们的连队已经比边防部队的前沿还要深入5公里，那个瞭望所就在5公里的头上，是一块争议区。”半途夜宿，戴翔南不无担心地对罗苏琳说。

“这个我知道。那次事件以后，老场长从农场抽调55名职工带家属200多人成立了咱们一连。当时没有房子，就挖地窝子住；补给困难，就吃苦豆子和塔尔米原粮。当年全连开垦土地155公顷，上缴粮食60万斤，蔬菜千余斤，被农垦局评为‘四好连队’。那时，国家一位部长来到一连，曾经十分感叹地说：‘不要说上缴多少粮食，就是生活在这里就是共和国最伟大的公民。’你想，那个时候多困难哪！大伙一挺，不就挺过来了？没什么可怕的！既然决定的事，就这么定了吧！什么也别说了。”

他俩正聊着，忽然，屋棚的一角被大风掀开了一个口子，顷刻之间，天昏地暗，日月无光。

“快，快躲到墙角去。”被惊了一身冷汗的罗苏琳向戴翔南大声喊道。

但已经来不及了。风声夹着沙石，在天地间卷起一根根高耸入云的烟柱，那烟柱如饥饿已久的猛虎，扑向人的脸颊、身上，不停地咆哮着、撕咬着。戴翔南刚刚抓住一根胳膊粗的房梁，没想到，房梁由于年久干枯，已经脆弱不堪了。只听“劈叭”一声响，那根干枯的房梁被拦腰折断，戴翔南被狂风推出了地窝子。

“翔南，快抓住我的手……”罗苏琳跌跌撞撞地冲过来，想抓住戴翔南的手。可是，弥散的风沙，迷住了他的双眼。他猛扑过去，却扑了个空。由于惯性和风力的抬升，罗苏琳不但没能抓住戴翔南的手，反而一个趔趄，摔倒在地。当他迎着风沙再度去抓，戴翔南已经被风沙推向了离他更远的一处沙丘。

风，越刮越猛，飞沙张扬着呛人的气味。罗苏琳刚张开口喊了一声戴翔南，飞扑而来的沙尘，便涌入了他的口中和鼻腔，咸咸的泥沙气味呛得罗苏琳睁不开双眼。当他又一次努力地撑起身躯，看见身着绿军装的戴翔南只剩下了一个绿点。他几乎是绝望般地冲进了风沙中，随着风的推力，一下子向前跃进了几十米，旋即又被什么东西绊倒了。这一下子还好，当他睁开双眼，看见戴翔南就在离他不远处的一片红柳滩中，头发被绞在了红柳上。罗苏琳再次艰难地爬起，风一般地向戴翔南冲了过去。

终于抓住了戴翔南的手，那只手上，已经被树杈和荆棘划出了许多血口，血已呈酱黑色，里面掺满了沙尘。

戴翔南咬紧牙关，精神像要崩溃到了极点。他用手使劲地抓住一棵粗大的红柳枝，看着那枝干上下剧烈地摆动着。当罗苏琳一把抓住他的右手，他如一只受伤的野兽，想要挣脱罗苏琳那只有力的手臂。待他看清楚时，又不顾一切地站起身来，如同抓住了一棵救命稻草似的，猛地抱住了罗苏琳。紧裹在他身上的那身绿军装，已经变成了灰色，那灰色的军衣被风撕成了一条条残片，恰似一块块飘逸的丝绸在风中飞舞。离他俩很远处的一片小小的绿洲，在风沙中则恰似一只伸出待握的手，连接起他俩被风沙迷乱的视野。

这飘摇的绿色，在狂舞的风沙中极像一只颠沛流离的小船，在茫茫大海上没有目标地漂游，时而被波涛推向峰顶，时而被巨浪劈下谷底……

罗苏琳和戴翔南在狂风中相互拥着，疲惫不堪地向着这片希望的亮点蹒跚而去。

焦渴，充斥着乌烟瘴气的荒原戈壁。没想到，在临近正午的时刻，风刚刚停了下来，一场暴雨又从天而降。霎时雷电交加，山鸣谷应。原先浩瀚如海、平坦如砥的荒原，立刻被密集的雨帘挡在了视线之外。顿时四周茫茫，身畔全是喧啸。

不一会儿，风消雨霁大宇澄净，远方又呈现出“野旷天低树”的塞外风光，他俩看着几缕炊烟在不远处的山坳里袅袅而起，似断若连不绝如缕，悠悠地由浓到淡，转换得虚无缥缈起来。罗苏琳和戴翔南看着看着，只觉得饥肠辘辘，浑身乏力，眼皮沉重地抬不起来，渐渐地昏睡过去了。

待戴翔南醒来时，已经躺在了一张阳光柔和的单人床上，身上的那身军衣，虽已破损，但已经被洗得干干净净，挂在房间内的衣架上。

“罗苏琳呢？”睁开酸涩肿胀的眼，他只觉得浑身上下如针刺一样疼痛，但看着眼前的情景，他的记忆里一片空白。这是什么地方？戴翔南刚叫了一声，门，已悄然开了，走进一位身穿白大褂的姑娘，静静地看了他一眼，然后平静地说：“你醒了！”

“尼热古丽？我怎么了？”戴翔南困惑地抬起头问。

“噢，别动，你身上有伤。”尼热古丽妩媚而清秀的瞳孔跳动了一下，然后微笑着扶着戴翔南的肩膀和头部，示意他重新躺下。

“你感觉好一点了吗？”尼热古丽爱怜地问。

“这是什么地方？”戴翔南疑虑地问。

“这是农垦局正在筹建的畜牧工程研究所。你放心，不会有人来打扰你的。噢，对了，和你一块儿来这里的罗苏琳就住在你的隔壁。你感到身体稍有好转的时候，可以过去看看他，他伤得不轻。”不知怎么，尼热古丽白皙而美丽的脸庞上，看上去始终如一潭秋水，深不可测，表情平淡而又冷静。这在戴翔南看来，真有点不可思议。

待尼热古丽离开房间后，戴翔南还是支撑着起了床。虽然浑身上下有一种被撕咬的疼痛，但他还是情不自禁地去回忆那场让他惊悸不定的沙尘暴……

“你知道吗？你们俩在大风沙和暴风雨中整整搏斗了7个多小时。应该说，你们的体力已经消耗到了极限，可以想象，这将需要多么大的勇气和耐力。从前天傍晚到今天上午，你们总共昏睡了整整26个小时……”

尼热古丽的一席话语，让戴翔南大吃一惊，他现在才觉得，自己的头好像什么地方受了猛烈的撞击，一阵阵生疼。看到戴翔南有些站立不稳，尼热古丽慌忙上前搀住了他。

“没关系，没关系的。可能是受了点惊吓，待一会儿就会好的。”戴翔南说完，踉踉跄跄地向着罗苏琳休息的房屋走去。

看着戴翔南的背影，尼热古丽沉思良久，自言自语道：“太险了！难道不知道沙漠发脾气时，也会吃人吗？”说着，她又无可奈何地叹了口气，摇了摇头。

一周以后，在尼热古丽的精心护理下，戴翔南、罗苏琳终于痊愈。

“有了这一次遭遇，你还想去那个瞭望所吗？”戴翔南问。

“你知道的，我是不忘初心！”罗苏琳说。

“你告诉我实话，去那个地方，是不是刻意避开噶春和王秀媛？”

“你这话问得是不是太牵强了？有容乃大，无欲则刚。古往今来，概莫如此。我和王秀媛，相识于患难之中，当时都是天涯同林鸟，为的都是碗里有一口粥。现在，就不同了。人的想法、生活追求和阅历，决定了最后要各自重新选择。她也不容易，我希望她好……”

“就这么算了？那么今后呢？”戴翔南问。

“顺其自然吧！每个人都有自己的路。”罗苏琳说。

“这世界上的事，也真的让人始料不及。‘曾经沧海难为水，除却巫山不是云。’”

“看的是书，读的却是世界；沏的是茶，尝的却是生活；斟的是酒，品的却是艰辛。人生就像一张有去无回的单程票，没有彩排，每一场都是现场直播。把握好每次演出，便是最好的珍惜。只要爱过、等过、付出过，天堂里的笑声就不是传说。世界没有悲剧和喜剧之分，如果你能从悲剧中走出来，那就是喜剧；如果你沉湎于喜剧，那它就是悲剧。人生的意义不在于拿一手好牌，而在于打好一手坏牌。”罗苏琳回答得很随意。

“怀念过去吗？”

“那是一段难忘的时光。生活虽然清贫，却过得充实。”罗苏琳接过了戴翔南的话。

那该是一段怎样的时光呢？

他俩若有所思。沉默，两人相对无语。

推开临街的窗，一股清新倏然涌入。罗苏琳在微风的流岚中，深深体味到了一种浓浓的秋日情结。

第十二章　曾是惊鸿照影来

蒋钟勋绝对没有想到自己会倒下。

一

蒋钟勋有一手绝活，浆砌片石如镂空雕花，鬼斧神工。王玉坤第一次领教他的这般技艺，还是在修筑鱼塘泄洪坝的时候。那时，老场长戴文涛安排他和戴翔南跟着蒋钟勋学习。

离农场不远有个湖区，春汛时，湖水暴涨，淹没了不少地；秋后退水，就变成了干湖塘。戴文涛就在那个湖区入口处，选择了鱼塘泄洪坝的坝址。

蒋钟勋告诉他俩：“干什么活有什么样的诀窍。比如说浆砌片石，这是一般人都能拿得起的活计。但要砌好却不容易。要选好面石，砌时要注意压缝，勾缝时要把握好用浆的比例，使砌出来的东西能体现美感，有艺术感染力……”，而王玉坤和戴翔南对此却不以为意。不就是摆摆石头嘛，需要什么艺术感染力？不过，他俩的这种想法，从来没敢在蒋钟勋面前流露过。

就在蒋钟勋苦口婆心地给王玉坤等人讲课的时候，却见戴翔南忽然惊叫起来：“蛇！河里有蛇！”

“慌什么。在哪儿？”蒋钟勋结束了他的说教，转过身来平静地问道。

“在那儿，木船旁的芦苇边上。”戴翔南这时才发现了自己的失态，他发现周围立刻有很多双惊讶的眼睛在看他。尤其王玉坤那双，冷冰冰地还喷着火。

“看我干啥？蛇在水里，又不在我的脸上。谁见了那玩意儿，心里不发怵？有什么大惊小怪的？”

王玉坤阴阳怪气地说：“谁也没有说什么呀？你慌什么？你看，好好的一堂课，让你给搅了。可惜了！”

“都少说两句。我过去看看。”蒋钟勋睨了他俩一眼，没有再说什么。

他来到河边，看见离河面约有50厘米深的水下有一条水蛇，正静静地卧在水底，一副旁若无人的神态。他挽起衣袖，猛然伸出左手向水中抓去。顷刻间，已经将那条水蛇拈着尾巴从河里倒提了出来，然后又使劲地在空中抖了几下，那蛇就好像被打折了腰似的垂了下来。蒋钟勋把那条蛇平放在地上，双手各钳住蛇的上下唇，又猛地一拉，蛇的皮和内脏便一分为二地撒了一地。他抬起头，从内脏处取出蛇胆对大伙说："吃不吃这玩意儿？这可是明目的好东西！"不见有人答话，于是，他便顺手丢进了自己的嘴里，只见他喉结一动，就咽了下去。戴翔南见了，禁不住打了一个寒战。

"大伙儿干活去吧！"蒋钟勋说完，又独自一人回到了坝堤工地上。

这事发生以后没过多久，戴翔南和王玉坤驾着小木船在湖区下网。湖水是蓝的，湖区是绿的。那蓝绿交织的栅栏，把懒懒的阳光挡在了湖区的西边。

湖区围成的湖心岛上，长满了密匝匝的次生胡杨林。那林子高低错落，参差披拂，随意生长，致使大的还未成材，幼小的苗子又"噌噌噌"地蹿了起来，弄得整个岛上草长莺飞，鸟语花香，就是没有人出入的道路了，完全变成了一个鸟儿的王国。

湖区很大，一片紧密相连的上千亩芦荻，纵横交错地生长在浅浅平平的沙渚上。春夏走洪，沙渚便全没在湖水里，只剩下芦苇和荻草的梢头。宽阔的水面，是淡淡的一片绿。夏末秋初水退了，沉淀出一层肥沃的浮泥，这浮泥又作为天然的有机肥上在了芦荻的根部，芦荻因势又得有机会猛长，长成了高高大大、低矮相间的芦苇湖滩。远远望去，整个绿色构筑的极富生命力的世界，便被定格在自然质朴的风景里了。

戴翔南和王玉坤到底耐不住空旷的林间留给他们的宁静和落寞。他俩把船划过了湖心，下好网，悄悄地在对岸泊了船，潜上湖心岛去了。眼见两只长着棕、黑、白三色的斑鸠，迅疾地在眼前闪了一个弧形的影子，又扑闪着翅翼，钻进了绿影斑驳的林间，不见了。他俩那两颗不安分的心，顿时被抓得火烧火燎，每人捡起一根枯木杆，一路踉踉跄跄地追寻而去。没花多大工夫，他俩就在一棵枝叶伸得老长的胡杨树上，发现了斑鸠的窝巢。窝巢内，卧着两只嗷嗷待哺的幼雏。那黄绒绒的乳毛，被透过枝丫的光线，照成了一团晶莹剔透的尤物，煞是惹人喜爱。

他俩把两只幼雏捉回工棚喂养。久而久之，小斑鸠似乎习了人性，竟也开始留恋起这方水土、这方人了。

幼雏慢慢长大。在这几乎被人遗忘的角落里，自然而然地成了大伙儿平时形影不离的伙伴。大家竞相给它喂食，与它嬉戏、耍闹，日子过得有滋有味。独有蒋钟勋用冷眼看着世界，好像周围所发生的一切，和他一丁点儿关系也没有一样，甚至那对斑鸠，他也从未亲近过一次，仿佛眼前所有的存在对他而言，都很遥远，遥远得让他无法走近。

一次，那对斑鸠忽然撒开了野性，张开刚刚长全的翅膀扑腾腾地飞上了工棚旁的高枝。那时，蒋钟勋正用草帽歪斜着盖着自己的前额，坐在树下乘凉。不小心，一只小斑鸠很不知趣地拉了一泡屎，不偏不斜地正好落在了蒋钟勋的鼻尖上，他抬头懒洋洋地朝上看了一眼，正待擦去鼻尖上的粪便，另一只斑鸠又不自量力地一下子从树枝上落下来，站在了蒋钟勋的肩上。大伙的心一下子绷紧了：他们分明看见蒋钟勋眼疾手快地一把抓住了那只“惹事的家伙”。

“他要是将斑鸠……”王玉坤用肩膀碰了碰戴翔南，眨着眼向他用手做了一个扭断脖子的手势。

“嘘！”戴翔南目不转睛地看着蒋钟勋，只是用手在嘴上做了一个暗示。他当然不可能此时自讨没趣，自告奋勇地去碰上一鼻子灰。

蒋钟勋用手在斑鸠的身上轻柔地抚摸了几下，便又小心地放在了地上，默默地站起身，用手擦去鼻尖上的鸟粪，又拍了拍屁股上的尘土，走开了。

“放生你的那双可爱的小鸟吧！它们原本是渴望自由的！”就在戴文涛打算选派更多的年轻人来泄洪坝工地学习时，蒋钟勋已经打点好行装，做好了撤离的准备。临走前，他也没有忘记放生那两只斑鸠。

“不是还没有说要走吗？”戴翔南对蒋钟勋的挂念显得有些不太情愿。

“肯定要走的。活都干完了，还想留下来看鱼塘啊！”听蒋钟勋这么一说，戴翔南还真的看到了一些青工开始往车上搬施工设备了。

“那剩下的活……”戴翔南的话没说完，蒋钟勋就接了过去：“他们是来吃素的吗？记住了，秋池养膘，鱼儿正肥……喂！这个给你，也许有点用处。年轻人，还是应该脚踏实地学些东西，走到哪里都不会吃亏。”蒋钟勋仿佛在自言自语，却把一本自己珍藏了很久的《增广贤文》送给了戴翔南。

“这个书呆子，真是个怪人！”这次，轮着戴翔南自言自语了。不过，他打心眼里还真的非常佩服这位古怪的师傅。蒋钟勋长着一头浓密的鬈发，连鬓角也是卷曲的。两只大眼深深地嵌在他那双有些凹陷的眼眶内，显得深邃而有思想。他的鼻子很大，猛地看上去，他典型的杂交血统立刻暴露无遗。尤其他那双大手，超乎寻常的大，就是无名指，也有常人的食指那么粗。外表这么粗犷的一个汉子，本应该是集豪气与磅礴于一身，但他却生性乖戾，难以和人接近。做起事来，却又兢兢业业，一丝不苟。

“看来，和他相处这么一段时间，我的确很难了解他的内心。”戴翔南想。最终他还是不愿意违拗蒋钟勋的心愿，将两只斑鸠给放了。

当戴翔南把斑鸠高高地擎过头顶，向空中抛出的时候，他的心，紧紧地抽搐了一下，因为他知道，自己曾经所做的一切，都是徒劳的。所有的事情，才刚刚开始。

“这桌菜让我们等得太久了！但不管怎么样，我们还是捞着吃了。最悲观的时候，我想我可能看不到大坝截流的这一天了！”站在比开里斯水库工地上，蒋钟勋诙谐地对王玉坤说。

“是啊！老天爷给我们开了一个天大的玩笑，差一点儿让这座水库胎死腹中。现在，已经没有任何后顾之忧了，你就放手干吧！我给你当后勤部长，怎么样？”王玉坤笑着说。

“哎，场长，您把话说反了，建水库可是个大手笔，还得仰仗您的大力支持哦！来，咱们先研究一下地质情况和设计图纸。”

他们逐一对工程的趾板、导流洞、泄洪洞、发电引水洞、溢洪道等分部工程进行了考察。王玉坤对蒋钟勋亲自设计的混凝土面板的接缝，采用特殊的橡胶止水法大为赞赏。因为在做这种止水实验时，达到 250 米水压就已经非常成功了。王玉坤认为，对于周边缝的止水，亦可采用这种特殊的接缝止水结构。

建水库，首先要解决的，就是防渗问题。然而，千百年来，这个问题都是国内外水利界一个永恒的难题。用蒋钟勋的话说，没有不渗漏的大坝。世界上所有的水利专家都为此绞尽脑汁，费尽力气所解决的，也只是最大限度地降低渗漏系数而已。

面板堆石坝已成为整个工程的重中之重。

蒋钟勋和王玉坤登上大坝放眼远眺，建设中的比开里斯水利工程尽收眼底。一座水库看似简单：两条大坝四个洞，坝后一个发电站。然而，蒋钟勋却深信：一座水库的建造，涵盖了一个国家水利科技的实力和水平。

为了使大坝达到良好的防渗及排水效果，蒋钟勋还对这种新型的混凝土面板堆石坝的材料和分区，进行了合理的设计和安排：

第一层，在混凝土面板脚趾处覆盖填土；第二层，在混凝土面板下铺设4米宽的细粒米层；在第二层至第四层的自由排水材料间，铺筑4米宽的过渡层；第五层为河砂砾石经过压密的低透水性材料；第六层与第五层材料类似，但为轻度压密，旨在用它来保护坝的下游边坡；第七层为开挖的软弱岩石经过碾压的堆石料。

经过这样的材料分区，坝的基础上就有了由五层构成的排水体，和两个一米厚的夹在中间的反滤料层，构成了大坝主体材料的合理布局和分区。即使水库在高压水压运行中，通过面板和地基渗漏的水，也可顺利地排到下游去。

大坝迎水坡，主要采取40—60厘米厚的混凝土面板防渗。蒋钟勋认为，混凝土面板是一种天然的不透水体，只要注意混凝土面板的施工工艺，做好接缝的地方，一定会获得很好的防渗效果。

但是，自从蒋钟勋来到了比开里斯水利工程工地，王玉坤就从来没有见他笑过。

在投资控制上，王玉坤要求控制土石方工程量和新增费用。而对工程进度的控制，是实现投资效益的关键目标。

同样是抱着既抢工期又节约投资的愿望，蒋钟勋和王玉坤发生了合作以来第一次激烈的争论。蒋钟勋由于激动，脖子和面颊涨得通红。

水利上讲的截流，实际上是用围堰截流。截流后，即开始大坝基础开挖、趾板浇筑、帷幕灌浆与回填。

原设计围堰高度为10米，可抵御380立方米流量的十年一遇的洪水冲击。设计截流流量为180立方米。

从设计上看，这已经没有什么问题了。但蒋钟勋不同意，他认为风险尚存，硬要让把围堰再加高9米，以减轻对后期施工大坝度汛的压力。因为截流后，坝基要从1857米高程下挖至1834米，整整下挖23米，等防渗趾板浇筑后再回填，至次年五月汛期到来前，大坝要填筑至1895米高程，是60

多米高、几百万方的工作量，这在七八个月的施工期内，时间是十分紧张的。

但王玉坤却坚决不同意。他认为如此把围堰加高9米，不但增大了许多投资，增加了拆除围堰时的困难，而且围堰过高，使拦洪风险加大，导致潜在塌方危险系数膨胀。

按照设计施工要求，蒋钟勋拿出了两套截流度汛方案：

方案一，如按原设计方案，截流后第一个枯水期抢筑临时断面，达到抵挡50年一遇洪水；方案二，两次截流。即第一年截流后，仍做好基坑处理，并在河床表面填筑部分堆石层，汛期仍由原河道行洪度汛。汛后再次截流，继续填筑坝体，在第二个大汛之前，将临时断面填筑到度汛高程，有可能达到抵挡百年一遇的标准。

王玉坤比较倾向第二套方案。他认为，第二套方案看起来推迟了工期，但只要精心安排，不会影响发电工期和施工期灌溉；特别是在投资到位不能保证时，此为稳妥可靠的方案。

可是，蒋钟勋还是毅然选择了第一方案。

不出蒋钟勋所料，截流那天，随着一方方石料被抛入截流口，比开里斯水利枢纽工程截流一次成功！

一年后，导流洞工程土石方开挖及回填、混凝土、砌石、灌浆、边坡锚喷、闸门制作及安装全部完成；混凝土工程约完成三分之二的工程量；左岸厂房高边坡及右岸危岩处理业已完毕；主、副坝坝肩开挖、趾板浇筑、发电洞、冲沙洞等工程均按施工总进度计划顺利进行，机电设备、金属结构制作按招标合同有序实施。

两年后，第一台机组发电，1#、2#水轮发电机组通过启动验收，同年开始并网发电；第三年4月，3#、4#水轮发电机组通过启动验收。

工程建成后综合效益显著。不但改善了现有灌溉面积7.5万公顷的用水状况，扩大灌溉面积4.6万公顷，从根本上解决了比开里斯河流域的春旱和土地开发用水，而且枢纽水电站年发电量1.97亿千瓦·时，在基本解决了当地缺电矛盾的同时，还彻底解决了比开里斯河的防洪问题。通过水库调控，将比开里斯河的常遇洪峰流量削减到500立方米/秒以下，将50年一遇的洪峰流量1510立方米/秒，削减到河道安全泄量890立方米/秒。使比开里斯河安全度汛标准，由当时20年一遇提高到50年一遇，比开里斯河两岸12.1

万公顷农田，和工厂、公路、输电线路、通信设施得到了有效的保护。

随着灌溉用水的解决，比开里斯河绿洲及其防护林网得到了很快的发展，流域内的人工林地面积，由5.3万公顷发展到8.2万公顷；灌区内的盐碱化得到了抑制，生态环境向良性发展。与此同时，还为改善工业及城乡生活供水创造了有利条件。

比开里斯水利枢纽工程竣工验收的那一天，蒋钟勋却病倒了。他不知道自己到底得了什么病，只觉得腹部隐隐作痛。

二

“你还有心情在这里喝酒啊？”噶春风风火火地闯进了戴翔南的宿舍。

“谁家过年不包一顿饺子呀？”戴翔南戏谑地笑着说，“你把地膜棉搞成功了，就是我们‘西北第一连’的大功臣。我正要找你呢！来来来，陪我喝两杯！”

“喝什么喝？出大事了！你快去看看吧！”噶春急得上气不接下气地说。

“慌啥？天塌下来了？”戴翔南放下酒杯，站起来问，“别急，怎么回事？”

在农垦局畜牧研究所里，戴翔南找到了尼热古丽。

“听说你还挺邪性，搞起了驴马杂交？”

“是呀，怎么了？”

“这说出去多难听啊！驴马杂交，马驴交配，生下来的是什么呀？完全一个怪物嘛！”

“你不懂就不要跟着瞎掺和好不好？什么怪物？这叫优生优育学！”

“你的意思……这还是一门学问了？”戴翔南问。

“那当然。你知道，马和驴都是我们农场连队的畜力，是主要的运输工具。如果能够有效地增加运力，是不是更好？”

“这……倒是没有想过。能者多劳呗！力气大的多拉，力气小的少拉一些，不就得了？”

“这完全不一样。如果我们对这些畜力进行杂交育种，产出来的就是骡子。骡子没有生育能力，但却力大无穷，是上好的劳动力……”

“可是，你这个杂交育种，在农场引起了普遍的非议呀！有些话，甚至不堪入耳。”戴翔南不无担忧地说。

“别人怎么说我不管，嘴长在人家身上。我只关心你怎么说！”尼热古丽瞪了戴翔南一眼。

“听你这么一说，倒是有些道理。可那些满天飞的传言，我听了有些受不了！”

“看来你很在乎那些传言？不就是诸如‘那个骚女人，发情了，没处发泄，和驴马干上了’等一些俗不可耐的破话吗？我都不在乎，你在乎什么？”

“……”

“经过几年的折腾，农场都变成什么样了？现在是什么时候？百废待兴。你还有心思在这里瞎扯？”一股怒火从尼热古丽胸腔里喷薄而出，“比开里斯农场可是你父亲他们老一代军垦人用双肩拉着犁，一步一步开出来的。发展到今天，容易吗？比开里斯水利枢纽已经开闸放水，并网发电，有了水，畜牧业就有了保障。我们再不抓住这个机会，就来不及了！”尼热古丽说着，一个趔趄，差一点儿摔倒。

“你怎么了？”戴翔南赶忙一步扶住了她。

“老毛病，无大碍，养两天就会好的。”尼热古丽一边说着，一边用手狠狠地砸着自己的后脑勺。

“别砸了！我送你去医院。”

“医院能治好头疼，能治好心病吗？”

尼热古丽仰起脸，看着戴翔南：“能吗？”她又问了一句。

“刚才我的话，可能伤害你了，我给你道歉。”

“其实没什么，我只是感到好孤独。”

“我现在就在你的身边……”

“孤独可以唤醒很多记忆。”尼热古丽没有理会戴翔南，而是沿着自己的思绪一直说下去。

冬天近了，落雪了。灿烂的阳光下，洁白丰满静寂无声的原野上，相拥着霜冷冰河的辽阔，所有的河都结冰了，没有水的桥，也怀着一份深沉的寂寞。桥上没有行人，仿佛已经被人遗忘。

尼热古丽本是喜欢孤独的。她喜欢独自一个人在雪中独行，看自己留下的脚印，听踏雪的声响。

她现在能够理解老场长戴文涛了。戴文涛说，世间最说不清楚的，就是一个“缘”字。没有它，两人就不能相遇；没有它，两人更不能相爱。然而，世间的缘又一分为二，“良缘”之树结善果，“孽缘”之树结恶果。百年修得同船渡，千年修得共枕眠。天下男女在意缘浅缘深，多半是有情却被无情恼。

望着窗外的雪原上，一树树挂着如晶体一样的雪花，尼热古丽便被这样一种情趣陶醉了。

还在农场时，由尼热古丽主持栽培的100亩香梨密植园，已全面启动。密植园采用科学的方式，将1000亩果园所能承载的果苗，栽植在100亩土地上。她对果农面授机宜：果苗要求栽植成行成线，固定拉枝，间作小麦，以苜蓿充当饲料，家里多养牛、羊、猪等牲畜，这样，果树所必需的有机肥有了来源，返青的小麦和苜蓿又成了牲畜上好的饲料……

初冬，把田野染成了一片灰色。

尼热古丽不甘心，她还是希望从戴翔南的眼里证实点儿什么。

他俩纵马于乡村落满枯叶的阡陌小道，迎面而来的是一抹岁月的残章。公路两旁，不断有树叶在眼前沙沙落下，一只鸟扇着翅翼不经意地从头顶飞过，又箭一样地射进蓝天中去了，像是一个被凉风吹远的背影。

田野、牛舍、羊栏、小溪，背靠着山峦，悠闲地散落在高低起伏的梁或塬上，那些已经洗去铅华的秋叶，倒映着斑斓色彩的小溪，粗犷的原野，灰蓝色的河水，把这块土地渲染成了一片美丽。懒懒的阳光里，似乎有一种淡淡的温馨，可以唤醒许多熟睡的东西。

一切都显得悠远而宁静。

在这里，高床养殖已经形成一个相对独立的产业。

“养殖业是农业的主要组成部分之一，与种植业并列为农业生产的两大支柱。世界上许多发达国家，无论国土面积大小和人口密度如何，养殖业都很发达。除日本外，养殖业产值均占农业总产值的50%以上，如美国为60%，英国70%，北欧一些国家已经达到了80%—90%。”尼热古丽告诉戴翔南，“要搞好养殖业，首先应该因地制宜地调整养殖业结构，开辟饲料来源，改良畜种，加强饲养管理，防止疾病，提高单位家畜的生产力；其次，就是增加家畜养殖数量。除此两条，别无捷径可言。”

在养殖专业合作社大门前，尼热古丽把戴翔南带进了位于大门左侧的消毒房。她告诉他：“养殖场和圈舍门前设有消毒池，场内还设有更衣室、淋浴室、消毒室和病畜隔离舍。在牲畜的养殖期内，技术人员会来这里进行专业指导，教养殖户怎样利用光照和高效低毒、人畜无害的消毒药品，对圈舍实施定期或不定期的消毒、冲洗。我们对员工的要求也很具体：圈舍每天必须清扫1—2次，周围环境每周清扫一次，及时清理污物、粪便、剩余饲料等物品，并对清理的污物、粪便、剩余饲料等残留物，通过生物发酵、焚烧和深埋的方式进行无害化处理，定期消毒灭源工作。养殖场实行的是‘干稀分离、雨污分流’，干粪实行发酵处理利用，尿污进入沼气池沼化处理利用，防止造成对环境和大气的污染……”

谈起养殖，尼热古丽的情绪一下子就高涨了起来：她透露给戴翔南一套很成熟、经过实践考证切实可行的“养殖经”：“你千万不要小看这450亩饲料基地，苞谷、秸秆种植，牛、羊、鸡禽的养放、青贮，全部得靠它。我们对从圈舍内清理出来的污物、粪便、剩余饲料等残留物，进行发酵处理利用，作为有机肥上到地里，以增加土地的肥力；然后，再用这些地上种出来的苜蓿、苞米等饲物来养殖牲畜，这叫‘农牧互养’……”

谈到高床养殖，尼热古丽信心满满：“最近一两年，我们花高价钱引进了一种名为‘德美’的种羊，这种羊不但出肉率高，而且更为重要的是，这种羊病害少，抗病能力强，生长快，肉质鲜美，是未来餐桌上急需的上品。我相信，肉羊一旦上市，一定会得到不少客户的青睐……”

步入牛羊养殖专业合作社，映入戴翔南眼帘的，是一种怡然自得的境界。阳光出奇的明媚，在空中渲染着一种浓浓的冬日情结。那些栽培有序的花草，虽然已经凋敝，但那枝头的深处，仍有几片藏着的叶片闪着翠绿的光亮，带着昂扬的气质，就那么静静地站在他的眼前，无拘无束，自自然然，带着一份不胜娇羞的美丽。

“给予养殖业更多的投资机会。养殖业发展起来，就业就上来了，消费就上来了，紧接着就会拉动经济的增长。因此，我们不能光讲农牧民的收入分配改革，要增加消费，就要增加养殖业的投资，这才是根本。”

在这里，戴翔南看到的，是一个个全新的景象。才加入合作社不到一年的翠萍喜滋滋地告诉他：“和玉坤结婚后，为了不拉他的后腿，俺自己买了一辆二手小四轮跑运输，每年收入 5000 多元。加入米黄牛养殖后，俺不仅自己当起了‘股东’，还成了家庭养殖的‘技术顾问’。仅今年一年，收入就达到了两万元以上。俺现在算是尝到了养牛的甜头。”

在翠萍的牛舍，戴翔南看到，全套的通风保暖设备完全一体的现代化，自来水、下水道等设施俱全完备。

建在地势较高处且干燥、排水通畅的羊舍，在离地面 1—1.5 米处，搭建着木条网板，木条之间留有间隙，便于粪尿下漏。这是畜牧研究所才引进的高床养殖湖羊的新技术。

翠萍告诉戴翔南，湖羊是稀有白色羔皮羊品种，具有早熟、四季发情、多胎多羔、繁殖力强等优良特点，可两年产 3 胎或一年产 2 胎，每胎产羔 2—3 只。

“近年来，由于草场的退化，政府开始实施禁牧工程，使草原畜牧业逐渐转向农区畜牧业。农场决定从上海引进湖羊进行繁育，利用湖羊作为农区肥羔生产的母本品种。据统计，初生单羔体重为 3.61 公斤，双羔 2.75 公斤，三羔 2.18 公斤。60 日龄断奶重达到 15.2—17.6 公斤，六月龄平均体重为 35.6 公斤，成年体重公羊为 87—95 公斤，母羊为 52—55 公斤。同时，我们尽量控制群体近交增量，通过增大群体有效含量，确定合适的公母畜比例和留种方式，来避免近亲交配及延长世代间隔，减少了基因流失。此外，我们还强化了场内的鉴定制度，对种羊场要求场内留种的每一只种畜，做到有常规的生长发育数据，系谱记录完整……”

尼热古丽凭着娴熟的畜牧知识，给戴翔南上了生动的一课。他不得不对尼热古丽刮目相看了。

在中国的西北角，在这一片古朴而又宁静的土地上，山脉和丘陵在一望无垠的沙海边缘上静静地守望。

这个黄昏毕竟很美。尼热古丽为了现在这一刻，不知付出了多大的努力和下了多大的决心。她早就在心里暗暗地和自己约定：一定要把自己最完美的一切，奉献给自己所钟爱的人——戴翔南。在这之前，她绝不允许任何人触碰她的身体。眼前，戴翔南和她随意碰落了这个爱情青果，双双坠入了爱河。

在静静的观赏中，尼热古丽那充满性感的躯体，呈现着一幅冰清玉洁的美人图模样，用渐渐暗下来的暮色，遮住了少女的羞涩。戴翔南立刻感到一股温馨的气息，向他弥漫开来。

俩人就这么相互爱抚着。苍穹下，所有的脚步已经走远，连刚刚探出头来的星星都好像睡着了，悄悄地躲进了云层。于是，戴翔南和尼热古丽就仿佛走进了瀚海深处一片无垠的森林，枕着夜色，在聆听一首天籁的歌。

三

蒋钟勋倒下了。

其实，他是绝对没有想到自己会倒下的。

兵团，曾经是蒋钟勋胸中巨大的支撑。来到兵团，他发现自己找到了真正意义上的家。这个家，不曾给过他什么，却让他恋恋不舍。那时大家都清贫，吃的穿的都一样。尽管这样，却温暖。

当戴文涛把他留下来，告诉他“我们是兵团农场，可能会很苦，你要有些思想准备”时，他曾经诧异地问：“你们不是兵吗？”

戴文涛说：“是兵，但也要务农。我们要自力更生，不与民争利。这么一支庞大的部队驻下来，一天要消耗多少粮食？如果我们向国家伸手，要增加老百姓多少负担？”

对于戴文涛的这个解释，蒋钟勋搞不懂。

待的时间长了，他好像搞懂了，却又似懂非懂。

有人告诉他：兵团是一个副省级的“团”，司令员虽有军衔，但却是指挥生产部队的。

“生产部队是一支什么部队？副省级的‘团’是什么样的一个团？”在蒋钟勋的脑海中，这个话题充满了神秘。

当时，他很年轻，充其量就是一个小小的水利见习技术员。

他记得 1953 年 5 月，中央下了一道命令，把新疆军区下属部队整编成了国防部队和生产部队。后来又听说，王震将军带来的第一野战军第一兵团的第二军和第六军、国民党起义部队整编的第二十二兵团，和军区生产管理部合并组成“生产建设兵团”。

自此，十万官兵就地转业，在新疆扎根落户，变成了没有军衔的兵团职工。

一个时代结束了，一个时代开始了！

往事如烟。

他本来就是甘肃农村里一个不显山不露水的小人物，如果不是父亲好友的点拨，他肯定还待在那个山旮旯里等待老死。可是命运就这样和他开了一个玩笑，把他从那个山旮旯里弄出来，稀里糊涂地来到了新疆，和戴文涛碰了个正着，又稀里糊涂地成了一个兵团人。

说实在的，兵团人的吃苦精神，他这一辈子都没有见过。爬冰卧雪、铸剑为犁，样样能行。

登上高耸入云的比开里斯山，让蒋钟勋找到了自己作为一个兵团人的价值。比开里斯山在他心中挥之不去，在他心中成为永恒。

“老是把眼光放在开荒上不行！如果没有水，这些地就是开出来了，结果还是撂荒……我们什么时候能有自己的水库就好了！”农场刚成立的几次大会上，戴文涛像是对与会者说，又像是对自己说。但对蒋钟勋而言，就是对他说。

当时他想：“我一个小小的水利见习技术员，连水利是什么都没有搞懂，哪有资格谈论关于水库这样的宏大命题？”

“古语说得好啊！上善若水，利万物而不争。为政主要在于治水。从古至今，水利一直是治国安邦的大事，从大禹治水到李冰父子修建都江堰，从京杭大运河的开凿乃至南水北调工程，无不渗透着国人对水的钟情。”会上，戴文涛深沉的讲话不绝于耳。

“我们这里条件有限，属于典型的暖温带大陆干旱性气候，空气干燥，降水稀少，蒸发量大。由于干旱少雨，我们农场每年都会出现不同程度的旱灾，平均每年春季缺水 8000 万立方米左右，给农业生产带来了严重的不良影响。如果我们能够搞一个比开里斯河流域综合治理项目，那么，通过对源流灌区的改造，增加下游来水量，使比开里斯河干流上中游林草得到有效的保护和恢复，下游生态环境一定会得到很大程度的改善……”说到这里，戴文涛又仿佛很不经意地看了他一眼。

坐在台下，当蒋钟勋抬起头来往主席台上看时，发现戴文涛那双鹰隼一样的眼睛一直没有离开过他，他如坐针毡，只好把自己的脑袋深深地低下去，唯恐藏不到裤裆里去。

“新疆有众多的山系，其雪冠上的涓涓细流汇流成川，形成无数条河流，在戈壁荒原上纵横流淌，继而养育了片片绿洲。老话说，皇天后土，衣食父母。《庄子·秋水》中也说：‘秋水时至，百川灌河。泾流之大，两涘渚崖之间不辩牛马。’水能利人，整不好也害人。这些宝贵的雪山融水是生命之源，如果不加以利用治理，它无异于脱缰的野马，在原野上随意走动，继而呼天啸地，汹涌而来，毁坏房屋，冲坏道路，给国民经济带来巨大的灾难。”这是蒋钟勋的老师告诫他的。

所以，每次召开关于水利的会议，他都一言不发。

“要想促进农场的经济发展和稳定，让职工们增收，钱袋子鼓起来，加快我们农场的脱贫致富步伐，必须着眼于水利建设的战略性调整。”戴文涛最后说。

河的远方，是巍峨的比开里斯山，山上的雪水下泄的情景依稀可辨。在阳光的愉悦中，戴文涛用一种含蓄得无声无息的形式，传达着对水的感情和心思。

戴文涛见他无动于衷，只好安排戴翔南和王玉坤给他做助手，一是敲打敲打，二是练练他的胆。

让戴文涛意想不到的是，半年后，蒋钟勋抱着厚厚的46本日记，来到了他的办公室。日记里，记录了当地十多个县市300多项水利工程和36条河流的详尽资料。

“你这是……”戴文涛看着他被太阳紫外线晒得黝黑的脸，问。

“你不是要搞水库吗？我试试。”

“你？”戴文涛有些不相信自己的耳朵。

“我不行吗？”蒋钟勋第一次用直视的眼光盯着戴文涛，问。

“哎呀！你终于开窍了，我还以为你是榆木疙瘩一块呢！你知不知道，我等你这句话，等得好苦啊！”

戴文涛猛地拍了一下蒋钟勋的肩膀说："你不知道啊！前一段时间，我收到'西北第一连'一份关于申请迁移的报告。干旱使这个连附近的河水枯竭，人畜饮水和农田灌溉都很困难，不得不做全连迁往他处的准备。怀揣着这份报告，我当即就约上水利科科长去'西北第一连'实地考察。"

当时去连队还没有汽车路，他们两人雇了一辆毛驴车，从太阳升起走到日头西沉才来到连部。颠簸了一天的戴文涛顾不上休息，一下车就开始了解情况，经过三天的连续工作和仔细踏勘，他们在已经被洪水冲毁的河道上，发现几处渗出的细流。戴文涛带头掏泉眼、修水渠，把泉水引进了连队和农田。

庄稼保住了，"西北第一连"保住了！连领导撤回了那份迁移连队的申请书。

又过了两年，比开里斯农场 8000 多亩庄稼又被旱魔扼住了脖子，小麦卷起了叶子，棉花垂下了头。戴文涛沿着干涸的河床看，围着枯死的庄稼转，跟着人背驴驮拉水的队伍，走了一程又一程。半年后，一条长达 71 公里的东水西调引水渠，出现在了大山与比开里斯农场之间，这片干渴的土地沸腾了。

"水来了！"

"水来了！"

那一天，人们奔走相告，男女老少 1000 多人围在渠口，流下了激动的泪水……

"这条防渗渠修得好哇！你看这桥建得既结实又漂亮。我来这里已经快 40 年了，还是第一次见到这样好的渠道和过路桥。"一位很多年前从甘肃天水自流来疆的老人拉着戴文涛的手激动地说，"刚来到这里的时候，因为缺水，风沙又大，每年收成都不理想，仅能维持温饱。现在，我不仅承包了 40 亩地，还养了几十头牛，而且，我还充分利用这里丰富的光热资源，把农作物分为一年两季来种，收入很不错。如今，我在这里生活得很踏实，虽然我自己日子好过了，但不能忘记家乡还有很多人生活在贫困线以下，这次我回去看我哥的娃，我就动员他们到比开里斯农场来。故土虽然难离，但那里山上不长庄稼，靠天吃饭，生活苦哇！哪像这里，每年农场都要在水利方面做文章。听说，农场里还打算搞一个'比开里斯河综合治理工程项目'？如果是这样的话，我们今后的日子，就会像芝麻开花——节节高喽！你看，我们现在的自来水也接到了家里，配水已经到户……”

田园牧歌似的悠远情调，在比开里斯这片古老的土地上重新唱响，“风吹草低见牛羊”的情景，随着水利设施的不断完善，在向人们款款走来，农工们也正在回到传统意义的“家”里。

看到那一刻，蒋钟勋懂了！

水，对于整个农场，就是命！

他蒋钟勋，对于戴文涛，也是命！

也就是那一天，他大胆地给戴文涛提出了修建比开里斯水库的设想。

“我等的就是这句话。我们想到一起了！”戴文涛赞赏地对蒋钟勋说。

之后，他带人登上了比开里斯山。

汽车沿着逶迤的山路缓缓爬升，接近山顶时，他透过车窗向下望去，只见群山巍峨，层峦叠嶂。白云雾岚中，一条波涛翻滚的河流在山腰间飘来荡去，恰如一袭飘远的丝带。蒋钟勋倒吸了一口冷气：这太苍凉了！

其实，在蒋钟勋眼里，苍凉也是美，而寂寞往往与恒久同在。浮嚣与虚名犹如过眼烟云。创造就要到荒原去创造，争斗也要到绝地去争斗。傲视苍穹，极目八荒，悲壮地坚守，直到挤干生命的汁液，流尽最后一滴血，然后像英雄一样死去。

他站在接近山巅的山腰上，远远地望着山顶上的雪冠，在它那宽阔的双肩和已经积雪的头颅上，留下了让人望而生畏的艰深。那白色的雪峰看上去像一片云，一片白色的云团，但却孕育了世界上半数以上海拔在 8600 米的山峰，这无疑是一座挺拔的山，是一个生命的王国。一颗想立刻干出一番轰轰烈烈事业的雄心，立刻像一团火焰在蒋钟勋胸中燃烧起来。

比开里斯山——这座冰雪覆盖的“万山之祖”，生物学家在这里插上了“生命禁区”的牌子，地质学家又把这里划为“永冻层”，他们用不同的警言，对“万山之祖”下了一个共同的断语：人，不宜在这里长期生活。

然而，对于山，蒋钟勋本该平静的心潮却如浪翻滚。作为一个水利专家，蒋钟勋对山比对任何事物都有感情，山是他心中永恒的丰碑，只有大山，才能孕育出生命的源泉——水！

屹立于比开里斯山半山腰上的比开里斯水利枢纽工程工地，山顶上银装素裹，群峰静穆，巨壑无音，唯有山脊间被阳光炙烤而融化的雪水流淌成溪，汇集成河。而这河流两岸的群峰，横空出世，刺破青云。

千万年相承的血脉和相连的河床，相互牵着手，向大山的出口奔泻而去。蒋钟勋望着那咆哮、喧腾的水花，从他的眼前汹涌流过。

他精心选择的坝址，就位于比开里斯山脉四座大山齐聚汇流的玛热苏拉。

这不是一座普通的堤坝，而是一座“人造”大山，为国内同类坝型第一高坝，为世界第四高坝，亚洲第二高面板堆石坝，坝高 138 米！

用砂砾石堆砌大坝，在解决强大的水压下的防渗问题上，存在着许多高新技术方面的重大难题。

这是一个全新的坝型。同时，蒋钟勋面对的，又是一群初生牛犊不畏虎的中青年技术人员。搞面板堆石坝，对他来说，还是平生第一次。

在筑坝的日日夜夜，他有时会感到腹部隐隐作痛。他想着可能是累了吧，等水库修完，休息休息就会好的。他没有太当一回事。

由于经常带病往返于各个施工点，他几次病倒在了工地上，每次都是被发现后才送往工地医院抢救。基于此，医生强烈建议他立刻住院治疗。

刚刚从昏迷中醒来，蒋钟勋听到医生这个建议，却不以为意地说：“这算什么病？打几针就好了。”说完，又从床上爬了起来，要上工地。

医生上来阻拦：“不要命了？”

他笑了笑说：“没办法。谁让我摊上了这些事呢？你说说看，这么一座大坝，没有人盯着，行不行吧……好好好，等我这次从工地上回来，一定听你的：住院！这准行了吧？”说完，他再一次跨上了来接他的车辆，上了工地。

可是，这一次却疼得厉害。他不得不去医院打了一针。让医生始料不及的是，经检查，他患上了严重的肺癌，癌细胞已扩散至全身，进入晚期。

闻讯赶来的王玉坤怎么也不让他下床了。

躺在病床上，蒋钟勋经常在梦中呼叫，在一旁陪护他的王玉坤听明白了，蒋钟勋在梦中呼唤的是“比开里斯”……

“都怪我，都怪我呀！我只知道让他工作、工作，却一点儿不知道他得了肺癌……他也没有告诉我呀！”

病榻前，王玉坤落泪了。想起他俩一起走过的这段日子，更是让他悲伤欲绝。

他和戴翔南第一次跟蒋钟勋去维修水闸、清淤，时值寒冬，水冷刺骨，没有一个人愿意下水。蒋钟勋二话没说，挽起裤管，当场脱了鞋，率先跳了下去。当天天色已晚，他们就住在了当地一家老百姓家里，吃了4个苞谷馕。临走时蒋钟勋要给钱，那家人不收。没想到几天后，蒋钟勋就托人给那家人捎去了4个白面馕。

比开里斯水利枢纽开闸通水那天，当地的乡亲们准备烤一只全羊款待他。没想到刚刚把羊捆好，蒋钟勋就知道了，他急忙过来制止。乡亲们坚持要宰，蒋钟勋变得严肃起来："你们一定要宰，我马上就走！"大伙儿看着蒋钟勋真的生气了，只好把羊牵走。后来，他们只是在村子里，吃了几碗"揪片子"了事。在回去的路上，蒋钟勋对王玉坤说："乡亲们现在还不富裕，绝不能再给他们增加负担了。吃了第一次就会有第二次、第三次……这次不吃，下次他们也就不会准备了。"

罗苏琳被抓那天，蒋钟勋连夜走了16个小时赶回了比开里斯农场，及时接走了罗卓，才使罗卓免遭灭顶之灾。

许多见过蒋钟勋的人，对他的印象都惊人的一致：瘦高个，背黄色帆布解放包，着黑布鞋、中山装……农场派驻到水库工地的工作人员，王玉坤要求，都按出差对待，每天发给补助费，可蒋钟勋从未领过。后来有人代蒋钟勋领了500多元钱，悄悄放在了他的办公桌上。

蒋钟勋知道后，找到王玉坤说："我是工程副总指挥兼总工程师，是工地上的人，不能算出差，更不能领补贴。"最终，把钱退了回去。

"人心只一个，留给百姓的多了，留给自己的，自然就会少了。你真是踏破群山几十年，一心只为寻找团结幸福水啊！你知道老百姓称你什么吗？"王玉坤呜咽着对蒋钟勋说。

"什么？"

"水神！"

"不能这样说。我在这里工作了20多年，能够为农场做点儿什么，我已经心满意足了。我还算是一个称职的兵团人吧！"蒋钟勋艰难地笑着说。

“算，当然算！你就是我们兵团的精英……你能不能再考虑一下，我们送你去北京，去最好的医院接受治疗……”王玉坤难过得说不下去了。

“不，我死也要死在这里。这里就是我的家，是我最好的归宿……”蒋钟勋拒绝了王玉坤的要求。

他临死前，一定要去水库大坝上走一走、看一看。

此情此景，大伙情不自禁地潸然泪下。

他去世时，自动为他送葬的队伍排成了长龙；许多妇女将白纱轻轻地覆盖在他的身上，以表达至高无上的敬意；一些老百姓从 100 多公里外匆匆赶来，只为再看他最后一眼；一些农民，担心他的墓地太低太潮，一夜之间，把从自家麦田里取出的 500 吨沃土送到比开里斯渠首，为他的墓地筑起一座高大的平台……

还有一位白发苍苍的老人挎着一篮石榴来到他的墓前：“孩子，尝尝这石榴，是用你引来的水浇灌的，甜哪！”老人双手捧着又大又红的石榴献到墓碑前，老泪纵横。

他死的时候，为当地留下了 24 座永久性渠首、58 座水库、75 座电站和 3200 多公里防渗渠，主持兴修了大大小小近 200 座水利工程……

他的名字，在比开里斯，不仅仅是一个符号，早已成为矗立在人们心中的一座碑，高大、亲切、永恒。

坐在蒋钟勋墓前，王玉坤百感交集。

“蒋钟勋，你说这个破地方能建水库吗？”王玉坤问蒋钟勋。

“当然能！”蒋钟勋说。

“你该不是忽悠我们吧？再说了，就我们农场那几块地，一条比开里斯河足够了。犯得着下这么大的功夫？”对蒋钟勋的话，王玉坤半信半疑。

“远见！你懂吗？别以为你扛了两天枪，就什么都明白了。这个，要慢慢明白。知道不？”

“别拿着鸡毛当令箭了。就算你是一个明白人，你给我搞出个水库看看？”

“你这叫什么话？不是我想搞就能搞出来的道理。这可是一个系统工程，很复杂……”蒋钟勋解释说。

“你就吹吧！反正吹牛也不犯法。”王玉坤嘲弄地说。

“怎么跟你说呢？水库有许多功能，不仅能灌溉，还能发电、养鱼、旅游、绿化，作用太多了！”

“还能养鱼？有意思。那你就快点儿建哪，建好了我们好钓鱼！”

“建一座水库让你钓鱼？你也太奢侈了吧！见过大海吗？大海涨潮的时候，随水带来好多的小贝壳和珊瑚树、海石花，可漂亮了。”

“什么，涨潮？什么叫涨潮啊？”

“我只是打个比方。”蒋钟勋蹲下来，顺手从山上捡起一块石头，示意王玉坤过来。

“看见这块石头了吧！如果水库建成，水里的鱼就像这山上的石头一样多。到时候，你可以一边划船，一边钓鱼。”

“那不是海吗？那水库也太大了！”

“确切地说，水库有大、中、小和特大之分。按戴场长的意思，我们这个可能是特大型水库。”

王玉坤惊愕地睁大了眼睛。

他开始端详眼前这个斯斯文文的小伙子。

“你这牛吹的，大破天了！哪有这么大的水库啊？我家倒有一个水库，撒泡尿，可以洗个澡……”

“我可不是和你开玩笑。你这叫孤陋寡闻！”

“你说的是真的？”

“当然是真的。到时候水库建成了，我们指不定要多开垦出多少比开里斯农场呢！”那个时候，蒋钟勋对未来充满了畅想。

“哎，我觉得你长得一点儿不像中国人，倒像外国人。”王玉坤口无遮拦地说。

“你的眼光不错，我是混血儿，爸爸是中国人，妈妈兼有法国和美国血统。但我是随父亲的，正宗的中国人。”蒋钟勋回答。

“不好意思，我不是故意的。”

“这有什么？好奇是人的本性。”

“你一点儿不生气？”

“有什么生气的。你这样对我说，说明你把我当朋友！”

“朋友？对对对，我们应该是朋友。搞水库，算我一份，我跟你学定了！”

王玉坤说。

“喜欢这儿吗？”

“说实话，不太喜欢。这儿除了雪和水，什么也没有。”

“你会喜欢这儿的！”

“真的吗？”

“肯定。”

望着蒋钟勋的墓，王玉坤若有所思。

第十三章　折戟风起草原处

王玉坤含着热泪说："翔南，咱们可以回家了……"

一

一场雨来得猛且急。

"西北第一连"沉浸在烟雨朦胧之中。

这是历史上罕见的一场春雨，瓢泼大雨一直持续了一天一夜。夜深了，戴翔南推开窗，看着大雨心里直犯嘀咕。这倒不是前段时间因大风导致了腰肌劳损，一遇天气变化就折腾得彻夜难眠，而是他一直想着那座新建的桥，桥墩处虽然加固夯实了，但是否经得起这场春雨？万一那些土坯在雨水中浸泡过久支撑不住怎么办？他越想越觉得不对劲，第二天一早，天刚刚露出一丝鱼肚白，他就忙不迭地穿上衣服，披着雨披出了门。

雨，越下越大，比开里斯农场少有这样不停的大雨，使行进在泥泞中的戴翔南心里一阵阵发急。

当他走近桥墩一看，发现一个人正拿着铁锹在不停地往麻袋里装泥石，桥墩周围已经堆起了一个小山包。

"连长，你来了！你看，这个地方已经被洪水刨出了原始地基，桥墩恐怕保不住了！"那人用手抹去了脸上的雨水，对戴翔南说。

是罗苏琳。

"别整了，要塌了！"说到迟，那时快，戴翔南一把推开了罗苏琳。

"轰隆"一声，那桥墩到底没能抵挡住大雨的浸泡，轰然倒塌……

"你快去连里给场部打电话，请求支援！"戴翔南对罗苏琳喊道。

"你不能一个人留在这里，危险！要走，咱们一起走！"罗苏琳跑了两步，又停了下来，对戴翔南说。

"别废话，赶紧的！"戴翔南挥着铁锹，自己干了起来。

“那我和你一起留下来！”

“不行！这里得有人守着。你看，大雨已经引发了山洪，如果洪水漫过河堤，进入我方 2.1 公里处的比卡拉自然沟，就意味着 55.5 平方公里的争议区将归邻国所有。绝不能决口，一定要确保我们的领土寸土不失……快去！”戴翔南推了一把罗苏琳，催促道。

“那……我走了！你一定要小心哪！”罗苏琳急得跺了一下脚，叹了口气，走了。

“知道了！”戴翔南看着罗苏琳消失在雨幕中。

雨水引发了比开里斯山上积雪融化，迅速形成的洪峰，向位于中国一侧低缓的地带冲来，把“西北第一连”界河和桥墩处撕开了一条大口子，顺流直下，又将比开里斯农场另一个连队淹没在洪水之后，推进到了比卡拉自然沟。

情况十分危急！戴翔南知道，这条自然沟，按照国际惯例，是与邻国国界的自然分界线。如若因水的冲刷，而改变了流向，必然造成国土的流失！

那真是一场浩大的工程。

全场 1000 多人、出动机车 30 多台次，云集在比卡拉自然沟龙口，奋战三天三夜，硬是将洪水堵回了界河！

在抢险的第三天，眼看就要大功告成，却出事了。

那天傍晚，被堵好的堤坝再次决口，半夜又刮起了狂风。风借水势，在工地上狂歌乱舞，帐篷里灌满了泥沙。两个储满淡水的油桶被刮翻了，顺着风吹来的方向迅速飞滚。戴翔南冲过去拦截，发现油桶被挡在了一块高低不平的沙台边上，里面的水却所剩无几。

“大伙儿不用慌。这里的水浑浊不堪，不能饮用。附近还有一条季节河，我去找些水来。”戴翔南说着，拎起铁锨就走。

“我也去！”罗苏琳跟了上来。

“快去快回啊，大伙儿等着呢！”王玉坤叮咛道。

“放心吧！你就等我们的好消息吧！”戴翔南笑着说。

还是有丝丝微风轻拂着他们的脸，不时有些沙漠粉尘从天空中飘落下来，落在戴翔南、罗苏琳的面颊上、肩上和手上。踏着一夜洪水和沙暴形成的松软路面，他俩已经找不到原先行走的路线了，只好凭着印象在隆起的沙梁之间，摸索寻找着。他俩和大伙儿约定，如果回来晚了，就在宿营地点三堆篝火，作为目标信号。

忽然，远处的一片绿色吸引了他俩的目光。他俩飞奔过去，原来是一片非常粗壮的红柳林，红柳的主干最粗的约有 10 厘米，像一棵棵岿然屹立在原始洪荒中参天的古木。那种傲视苍穹的姿态，在渺无人烟的大漠上显得格外醒目。

洪水和大风过后的瀚海，在惊涛拍岸时，把脉络清晰的沙滩，堆成了一道明暗交叠的沙梁，一丛一丛，在涌动的沙脊处，隆起又跌落。地平线沿着苍穹自然画成的弧度极幽静、极旷达地延伸成了一种遥远。

戴翔南看了一眼罗苏琳，用嘴唇舔了舔已略显干裂的唇，望望天空，又望望眼前这片硕大的红柳丛，然后跪下来，用随身带的小铁锹开始在地上猛刨了起来。

刨了一阵，只见到一米深的沙坑里，沙尘有些潮气，但丝毫没有零星的湿润。戴翔南只好站起来继续向前走去。

天，灰蒙蒙的，能见度依然很低。眼看到了中午时光，可是一点儿水的影子也没有找到，戴翔南、罗苏琳疲倦地在一处沙丘形成的山岗上坐了下来。

“你说，能找到水吗？”罗苏琳看了看戴翔南，又向前瞭望了一阵子，干渴使他不停地咽着口水，喉结处使劲地嚅动了几下。

“再往下走，方圆百里没有人烟，找不到水，我们只能坐以待毙了。记得上次跟着蒋钟勋踏勘河道时，从这儿走过。如果没有记错，就在附近，肯定有一处很大的沙泉。泉水流经之地，是一片宽约 10 米，大约 1 公里长的草甸。”

听戴翔南这么一说，罗苏琳不禁又来了精神，眼睛猛地一亮，“腾”的一下从地上跳了起来。

他俩不断地登到一块块高地上，用眼睛四处探索着，那些满眼的黄沙、漠土、粉尘，在他俩的视野中不停地被细细地筛选过。

但长路漫漫，前途渺茫。

就在快要绝望的时候，一条似隐似现的绿色飘带在他俩的眼前隐隐约约地出现了。他俩几乎同时向着那条绿色的飘带似的影子发疯般地冲了过去。

不错，是一条绿色的草甸！那草甸在大漠中，犹如一片由翡翠形成的生命的海。

他俩一起奔向泉眼，猛扑到泉的边上已流成的小溪旁，把头深深地埋进了水里，足足地喝了个够！当他俩抬起头时，头发、脸庞、上衣襟、领子上全部沾满了水花。那水晶莹剔透，清纯甘甜。

戴翔南把带去的两个军用壶像压浮漂似的用手按在水中，灌满了水，拧紧了盖以后，对罗苏琳说："快到下午了，赶快把罗盘拿出来确定方位。"

罗苏琳应诺着，从口袋里掏出罗盘，调校好以后，确定了经纬度，然后在笔记本上把详细的方位记了下来。

返程途中，他俩正走着，就见远处雾茫茫的一片烟柱席卷而来，伴随着的，还有三支直插云霄的龙卷风柱。

"哎呀！不好，沙尘暴！"不等戴翔南说完，罗苏琳已经明显地感觉到了遒劲的风声，掠过了他的耳际。

"快，快找个地方躲一躲。"戴翔南一把拉过罗苏琳的手，向一处突兀的沙丘平台后跑去。没跑几步，罗苏琳一个趔趄，跌倒在了软绵绵的沙滩上。就在这时，一股冲天的风呼啸过来，罗苏琳的衣角迅速被风撕开了一个大口子。戴翔南急了，拉着罗苏琳的那只手使劲向上一提，把他从地上给拽了起来。

"坚持一下，躲到那边的小山坡后面去。"戴翔南一边说着，一边吃力地拽着罗苏琳向前跑去。

风的速度要比他俩的脚步快得多，不待他俩接近山坡，又一股风迎面扑来，灌了他俩一嘴的泥沙。等他们跑到小山坡的土丘平台后刚停顿了一会儿，喘了一口气，又是一阵风吹来，小山坡上的红柳丛猛烈地抖动了一下，沿边的土平台坍塌下来，被荒漠植被固定着的背风坡的流沙倾泻而下，埋住了他俩的双脚。看到不远处有一段古时留下的残墙断垣，他俩飞跑过去，但那地方大部分已被风蚀成低矮的墙基了，只有一处仅能容下一人躲藏。

戴翔南毫不犹豫地把罗苏琳推倒在残墙下，罗苏琳挣扎着想要站起来，哪知道这时候戴翔南力气大得惊人，一把又把他摁住了："这地方绝对躲不了两个人，现在风沙弥天，我记得前面不远还有一个地方可以容身。你就暂且委屈一下，在这儿躲一会儿吧！"然后，他仓促地裹着风沙，拔腿离去……

狂风过去，罗苏琳四处寻找戴翔南，却不见踪迹。眼看天色已晚，他开始独自一人沿着来路返回。到达目的地后，他立刻将发生的事告诉了王玉坤。

在罗苏琳的叙述中，一幅惨淡的画面出现在大伙儿的眼前：戴翔南蹒跚着在风沙中前行，继而被一阵狂猛的风沙掀翻在地，他爬起来，但是，一场更大的风沙又向他劈头盖脸而来。

他倒下了。

他绝对没有想到他会倒下。

他是不会倒下的。

在大家的印象中，戴翔南那张扬的个性和坦荡的风格，就如大自然中一块磨砺日久的岁月丰碑，始终是一面执着进取的旗帜，是不会被击倒的。

大伙儿立刻分成小组四面搜索，喊叫着戴翔南的名字，当他们沿着戴翔南和罗苏琳找水的路线，把所有可能的地方都找遍了，还是没有发现戴翔南的影子。

天，已经完全暗下来了。帐篷外的小风仍然呼呼在刮，风沙透过遮不严实的帐篷缝隙处不时地钻进来，使本来就空气沉闷的帐篷里愈加窒息。有人在这苍凉的气氛中竟然呜呜地哭了起来。

大伙儿沉默着，相对无语。还是王玉坤首先打破了这死一般的沉寂。他提议，迅速组织一支搜索小分队，明天一早，立刻展开一场拉网式的搜救行动。

最后，在距离罗苏琳藏身地 70 多公里的一处沙丘上，发现了戴翔南已经僵硬的尸体。

沙尘，已经将他身躯的一半掩去；他的手中，还紧紧地抱着那只盛满水的军用水壶……

此情此景，大伙儿潸然泪下。

这个水壶，成了戴翔南留下来的唯一遗物。

王玉坤从沙丘上抱起戴翔南，含着热泪说：“翔南，咱们可以回家了……”

一切喧嚣复归于平静，比卡拉自然沟河畔，仅剩下了一川斗石和缓缓东去的流水。

刚来到比开里斯农场时，王玉坤就想，山外到底应该是什么样子?

时间像一条静静流动的小河，背着太阳，从山的这边滑向那边，把日子过得慢慢老去。

当他第一次坐着汽车走出大山，走出比开里斯农场，他才惊奇地发现，外面的世界真大真美，那一眼望不着边际的绿洲，把他挤压了很多年的视野，一下子撑大了许多。

比开里斯，一个已经死去的湖，一个湖水盈荡了几百年而现在完全干涸的死湖。初夏的风中，不是青翠的牧草、骏马的蹄音和熟悉的羊群的吆喝声，只有团团轻烟似的沙尘飘过。

当他历尽艰险随着戴文涛乘着汽车，然后换乘毛驴车、马车，继而徒步走到比开里斯的时候，他惊呆了：这就是今后要建的农场吗？这就是传说中风云了几个世纪的比开里斯吗？它怎么干涸了呢？它怎么就能干涸呢?

天蓝得有些晃眼了，四周只有满眼的黄沙和早已不知干枯了多少年的胡杨。

站在岁月和历史之间，王玉坤感觉到正有人拿着刀，在自己胸口上狠狠地捅了一下，刀口处，拉出了一道很深的伤痕。

那些不仔细辨认的湖水浸渍的痕迹，正被风沙一点一点地剥蚀成了一片片刚出土的汉简。

湖泊早已荡然无存，踪影皆无，只能感觉。它有痕而来，却无痕而去，谁也看不出来它已存在了百年。

可是眼下已经找不到了，连痕迹也无存。

“小时候，自己很幼稚，总认为世界很小，不过是天和山的组合。总以为上天很容易，爬上山就能抓住月亮，就能拥抱太阳。终于有一天，当我爬上了山巅，我才发现，山外有山，天外有天。出来久了，就很怀念父亲，怀念老场长，怀念那个一直养育我们的家……今年，我们这块争议区终于尘埃落定了。经过双方谈判重新确定，那块地，被正式划入了中国版图。我心里清楚，这片 55.5 平方公里的国土，曾经让你魂牵梦萦……你知道吗？这些年，我们经过不懈努力，先后对有争议的 5000 多平方公里的土地，通过和邻国平等协商，进行了国界确权，收了回来……只是这一切，你永远也看不到了！”

在戴翔南的墓前，王玉坤伤感地说。

一切沉静，一切宁谧，一切朦胧，一切感悟，都写在了比开里斯山那一张刻着永恒和宽容的脸上。这块交融了中原文化、波斯文化、印度文化和古希腊文化的土地，在苍灰深远的边地，变成了一座温馨的坐标。

二

“去看看吧！一个英雄的落幕！”噶春很伤感地告诉了尼热古丽关于戴翔南的事。

他说得绘声绘色，仿佛他讲的这些，就在眼前重演。而对于尼热古丽，这一切就是一个噩梦，一个传奇而又令人伤感的悲剧。

“啊？”尼热古丽不敢置信，“戴翔南死了？”她惊呆了。

“是的，那天……”噶春的故事说完了。

讲的时候，他只觉得全身发冷。他对戴翔南本来就怀着一种很深的敬畏感，又因为他和王秀媛的婚姻，曾经被戴翔南骂得狗血喷头，说他是见色忘义。现在，戴翔南不在了，他心里稍稍有了些轻松。最起码，今后不会再有人指着他的脊梁骨骂了。但戴翔南的离去，又让他感到了一丝凄凉。

“成家了，有了知冷知热的伴儿，生活也就省心了。再不能像过去那样，风风火火的，一人吃饱，全家不饿。相互应该多关照才是……”婚礼那天，戴翔南唠唠叨叨地说了一堆话，却只字未提他“见色忘义”的事，只是喝了喜酒，吃了喜糖，提前一步走了。

燕子飞了，还可以再来；桃花谢了，还可以再开。人走了，再也不会有归期，“伤心桥下春波绿，曾是惊鸿照影来”。

起风了。龙卷风的架势，从天边吹过来。所到之处，把所有的一切房舍、田野、林带一同卷入了黄尘之中，只有近处的那么几株无名小草，在风中拼命地摇晃着。

地里的庄稼，一年比一年好了，畜群也是一样。但这同样的日子与不同的人，却不尽相同。就像许多人在意，也有许多人不在意头顶上飘过的白云一样。尼热古丽想，戴翔南父子是把这片飘过去的白云，当作一种劳动的成果去珍藏；而自己，却是把这片飘过的白云，当成了一页历史去挽留。

她已经明白了，如果是人生在意的东西，即使在千山万水之外，也有一份牵念。

自从认识了戴翔南，在她的印象中，总是在揣摩和猜测自己父亲的影子。那个长着胡须、头发稀疏的老人，永远有着一脸祥和的微笑；或许，那个虽然谋过面但却陌生的父亲，还曾经在亲吻自己娇嫩的脸庞时，不经意地用胡须扎痛了她的脸，然而，她只能“咯咯咯”地笑着，躲避那一根根如银针般的胡须。总而言之，印象中，对父亲的那种陌生而思念的情愫，她是与日俱增的。直到她稍微长大，偶而看到养母在提到父亲，不时地用满眼的惆怅看着远方时，她才逐渐看透了养母一颗孤独的心，也更加明白，父亲的确走了，出了远门，可能这辈子再也不会回来。

就是带着这种虔诚的思念，她才把戴翔南和父亲的影子，作为一种生命的图腾粘贴在了心坎上，使之永远、永远保留于记忆一隅。

尼热古丽被叫进了王玉坤办公室，他把一纸任命递给了她。

“为什么会是我？”当她得知农场选派她去担任连长时，尼热古丽极不情愿地问。

“‘西北第一连’是农场的命根子，也是老场长生前亲自缔造的。戴翔南是第一任连长。我觉得，只有你能挑得起这个担子！”王玉坤声音很低，却说得很坚决。

“可我不懂农业，担心干不好……”

“你不懂，有人懂！”王玉坤说，“你看，噶春行吗？他去给你做助手。”

“我倒觉得他更合适。”

“这个任命无关合适不合适的问题，这是任务。”

“你的心情，我能理解。‘西北第一连’走到今天这一步，很不容易，可以毫不夸张地说，戴翔南功不可没。但是他走了，他的事业却留了下来。这是一个前无古人的事业，需要我们一代又一代的人接着去走……”

其实，尼热古丽的心里，岂能是几句话所能说清楚的。如今，所有的磨难、艰辛和亲情、幻想，于她而言，已经变成了遥远的过去。有人爱金钱，有人爱美人，还有人爱权力。但她却只挚爱着眼前这片土地。这些蜿蜒千里的山脉，这些粗犷博大的荒原，在她眼里，就是天空显现出来的优美线条，就是人性最纯朴的心灵的回归。她还需要什么呢？

“现在细细想来，当时选择留在这里，到底是对了还是错了？”她仿佛在问自己，又好像在问王玉坤。

“这无须证明到底是对还是错！你能坚持走到今天，这是你和‘西北第一连’的缘分，也是你和戴翔南爱情的见证。他虽然离开我们了，但连队还在，他的魂还在。只要他的魂在，‘西北第一连’就是铁打的营盘！好好干吧！老场长和戴翔南一直看着呢！”

“场长，别说了，我留下来。戴翔南走了，我现在是老太太的心脏——跳一次少一次。名利都是身外的事，我不想了。既然答应留下来了，我只想做好一件事。”

“什么事？”

“现在，连队那块争议区虽然回归了，但比卡拉自然沟仍然是我们与邻国的自然分界线。从地理位置上看，这是中国的西北角，最能代表祖国的边防。戴连长在世时，曾经在那里开垦了100多亩地，就在界河边上的铁丝网跟前。为防止野猪偷食庄稼，他还搭建了两间土屋作为瞭望哨，筑了一个旗台，竖了一根旗杆，只是那面国旗是他用被面做的。土屋对面，就是对方的瞭望塔执勤点。我打算把那块地拾掇拾掇，放上一个班组，把那根木旗杆换成钢铸的，再修一个像样的旗台，每天迎着朝霞奏国歌、升国旗，然后建章立制，形成制度。”尼热古丽说。

“你的这个想法好啊！走，还等什么？咱们现在就去看看！”王玉坤饶有兴趣地说。

一路上，王玉坤看到，尼热古丽把可能被洪水冲垮的河堤一一记在纸上，把可能越界的地段一一做了标记，把可能发生火灾区域一一勾画出来。在车上，她很快做出了一块简易的“防区图”，把每个重点都标记得清清楚楚。

那两间土屋，离场部13公里。土屋的墙上，有几行字：“难不倒的兵团人，割不断的国防情。边境线上是我家，界河边上牧牛羊。”那是戴翔南生前用生石灰刷上去的。

睹物思人。

尼热古丽没有想到，她的这个打算，让她在国界线上，一待就是整整40年……

“就是差一面像样的国旗！”站在微风中，尼热古丽自言自语。

“这个不是问题！”王玉坤听完，二话没说，立刻驱车回到场部，第二天一大早，又来到哨所，带来了一面崭新的国旗……面对高高飘扬的国旗，在尼热古丽的心里，一种责任感油然而生。

尼热古丽把她的办公地搬到了瞭望哨，又在土屋的基础上，盖了一片很大的院落。她把这个院落当成一份家业。

院落里有几株古树。每到春天，就有鸟儿来光顾做巢。鸟巢中，几个月后就能听到幼雏莺莺鸣叫求食的声音。院中的古树，成了鸟儿的天堂。

农垦局一年一度的总结大会召开了，局机关管理事务处通知食堂：“今天多加两个菜，犒劳犒劳这些前方的将士们！”

刚散会，尼热古丽就急着要回去。

“急什么呢？吃完饭再走吧！再着急的事，也不急这一会儿！”方有钰局长叫住了她。

“离开哨所半个月了，那里只有10多个人留守巡逻，我不放心！”尼热古丽告诉他。

“有什么不放心的？噶春不是还在那里吗？”对此，方有钰很不解。

“我们有分工。我抓连队全局工作，分管边境安全巡逻；他主抓经济工作，两码事！”

“一顿饭应该耽误不了你多少事吧？”方有钰对尼热古丽笑了笑。

“局长大人，一顿饭可能耽误不了多少事，但一旦有事，你不拿我开刀啊！免了吧！欢迎您有时间去我们连队视察工作。走了！”尼热古丽启动了摩托车，一溜烟，就变成了一个小点。

望着尼热古丽远去的背影，王玉坤很有感触地对方有钰说：“这可是一个好苗子，有信仰，懂专业，能吃苦，耐力强，一般人比不了她。每天来回巡逻50多公里，平时还可以骑摩托车，到了冬天下大雪，就只能步行，一个月能穿坏三四双鞋。说实话，这些年，如果她坚持不下来，瞭望哨里的那些人也无法坚持。以前我还真不知道，她的水性还那么好。去年夏天，她沿界河巡逻，出发时，天还好好的，但在返回的路上，突然遭遇了洪水。一时间，河水猛涨，从上游冲下的朽木堵塞了河道。情急之下，尼热古丽划着自制的皮筏子去疏通河道。突然一浪打来，将她卷入了水中。我们顺着河，一路上狂跑喊着她的名字，一直追了两三公里，才听见她在树林里答应。人不但安全上岸了，还把皮筏子也拽了上来……"

"那太不简单了！这孩子干工作有点儿玩命啊。"方有钰说。

"何止是玩命？她是把界河当成了自己的家啊！"王玉坤说，"每年春季，是他们最忙碌的时候。气候一旦转暖，冰雪消融，界河极易发生险情。她和噶春排好值班表，轮流巡视界河汛情。哪怕是伸手不见五指的漆黑夜晚，都要拿着手电筒，每隔半个小时查看一次界河的水位。一旦发现险情，都会及时向场部报告。我记得前两年的一天下午，尼热古丽突然打来电话，说是发现河对岸的邻国境内不时有浓烟飘来，可能出现了火情。场部立刻派出了一支由 300 多人组成的民兵应急分队赶往那里。等我们赶到时，火势已经蔓延到了界河的边上……我们整整地扑救了一个多小时，才扑灭了那场大火。好险哪！如果尼热古丽的那个电话再稍晚一点儿，后果将不堪设想。"

"西北第一连"的这个哨所，三面环山，地势平坦，气候湿润，贝母、人参和鹿等珍稀野生动植物很多，因为利益驱动，也是不少人垂涎的地方。有一天，尼热古丽巡逻时，遇到三个人向她问路。看着三个人的眼神，尼热古丽觉得很不对劲。晚上，她查看了一下"防区图"，决定带人潜伏在通往药材生长区的路边上。果不其然，深夜两时许，三个人偷偷接近边界线，企图偷渡界河，到邻国挖掘药材。她当机立断，一跃而起，当场将其抓获。

刚刚进入深冬，尼热古丽接到上级通报：邻国可能有人企图越界，逃往我方境内。她挂上电话，便迅速赶往边防线，把界网检查了一遍又一遍，并做了暗号。深夜时刻，她带着人在最有可能越界的地段上设伏。当时，大雪齐腰，人待在雪地里，就仿佛窝在冰洞里，很快两只脚就冻在了雪地上，冷气穿过鼻孔刺骨的冷，但尼热古丽丝毫没有动摇，直到命令撤回后，她才回到哨所。

十几年来，尼热古丽巡逻走过的边防路累计达 30 多万公里，相当于绕地球 7 圈，磨破胶鞋 600 多双，处置险情 100 多起，创造了十几年无一起涉外事件的纪录。

哨所最难熬的是寂寞。方圆十几公里没有人烟，常年不通电，没有任何娱乐活动。后来，王玉坤决定，专门架设一条通往哨所的电力专线……

通电那天，是尼热古丽最开心的日子。这一天，她和她的战友们不仅住进了新哨所，还用上了电，看上了电视。她激动地说："今天，无疑是我最幸福的一天！我要向全世界宣布，从现在起，我们终于结束了煤油灯时代！"

哨所的气候条件非常恶劣，一年 6 级以上的大风要刮 142 天。这里是全球四大蚊区之一，夏季干活要包裹得严严实实。有人开玩笑说，一年要"死"三次：春秋被风刮死，夏天被蚊虫咬死，冬天被冰雪冻死。

哨所的蚊子多且大，号称"西北边防一大怪，三个蚊子一盘菜"。

有一年，王玉坤为了给哨所增添乐趣，专门送来了一条小狗，这条小狗在哨所待了不到一个星期，竟然被一种叫作"黑寡妇"的蚊虫生生咬死了。

自从来到哨所，尼热古丽一直珍藏着一条裙子。她说，这条裙子还是当年准备和戴翔南结婚时，他特意给她买的。由于哨所蚊虫实在太多，裙子根本穿不成。她打趣地说："我要好好把这条裙子珍藏起来，将来送给罗卓的新媳妇当新婚礼服！"

也是这一年，农垦局局长方有钰调任国家农业部任职。临走前，他来到"西北第一连"，在连部的连史馆里，欣然提笔写下了："半碗黄沙半碗风，半个百姓半个兵。多少将士思乡梦，尽在亘古荒原中"的留言。

守着哨所，尼热古丽的心，十分宁静。每到夜深人静的时候，她都非常思念戴翔南。这样的日子，在一天天延续。

直到有一天晚上，她正坐在门前的国旗台上看星星，噶春忽然拎着一瓶酒走了过来："这些星星已经被你数了 4000 多天，星星没有变，而咱们都老了，你还打算等下去吗？"

"等什么？"

"等戴翔南。"

"他走了，去了很远很远的地方，不会回来了！"

"那你还等什么？一个人的日子总是孤独难耐。"

"心静自然凉。你想说什么？"尼热古丽问噶春。

“我想……我想，我们都到了这把年龄，何必要苦了自己？不如咱们搭伙过日子？”噶春说。

“你家里不是还有一个王秀媛？”

“我和她没法过日子！”

“为什么？当年你那么苦苦哀求着她嫁给你，现在怎么了？”

“她心里忘不了罗苏琳。他们之间，根本就没有断！”

“不要乱说！罗苏琳不是那种人。不要诋毁他！”尼热古丽用手制止了噶春的话。

“不是我诋毁他，事实就是这样。那一天家里包饺子，王秀媛把大部分送给了罗苏琳。”

“这不能说明什么。”

“怎么不能说明什么？说明她心里根本没有我……”

“别扯这些没用的东西。别喝了，回去吧！好好过日子。”

“其实，我心里一直在等你。多少年了，你没有感觉？当年碍于戴翔南的面子，现在他死了，你还有什么顾忌呢？不如我们搬到一起住吧！长夜漫漫，谁都不会寂寞！”

噶春说着，扬起脸看了看天，觉得今天的月亮真好，远处两颗星星一闪一闪的，好像有两个巨大的乳峰就垂在他的眼前，白皙白皙的，灿然夺目。他口渴得难受，直感觉喉管里发痒，似乎有什么东西堵在了里面，他想咳，却咳不出痰来。他感到自己的双腿像灌了铅一样沉重，他就那么拖着，站起来，走到了尼热古丽的跟前。

他把手轻轻地搭在了尼热古丽的肩膀上。

“把手拿下去，坐回你的位子。把酒给我！”尼热古丽一把夺过噶春手里的酒瓶，“咕嘟咕嘟”地喝了两口，说，“我的心就如天上的星星一样，永远不会变，只要界河的水还流淌着，我就守他一辈子！”

噶春乖乖地回到了自己原来的位子上坐了下来，心有余悸地问：“对不起！我刚才喝多了。你……会怪我吗？”

“你说什么呢！这么多年了，人之常情。这个我懂！”

尼热古丽站起身来，自个儿走了。

三

比开里斯是一个神秘的地方。

戴文涛刚带兵接管比开里斯小城的时候，发现这里人来人往，绝大部分却是外国人。

他很好奇：这是一个什么样的地方，像是外国？他决定进城去走一走，看一看。

他找到了当地的一位老人打听。老人告诉他，这里原本就是一座金山。小时候就听人说，老人们都知道金子藏在哪里，但从不示人，只是在极其困难的时候，才去抠上一点渡过生活的难关。由于挖掘有度，那里的金子取之不尽、用之不竭。后来才知道，其实，这里还有比金子更金贵的东西……

“什么东西？”戴文涛顷刻之间睁大了眼睛。

“据说，当年有个外国地质学家，在比开里斯河的泥沙里发现了一种叫……叫什么‘稀有金属’的矿石，他沿着河流逆水而上，找到了这里。1935 年，这里一下子来了不少外国人，发动当地的牧民到处采集矿石标本，并许下重金加以收购，经过重重筛选，最后把开采点定到了小城旁边不远处的那个大坑的位置上。到了 1950 年，外国人开始大量涌进，比开里斯小城这个弹丸之地，竟然聚集了近 4 万人！这些说着外国话的专家、教授、学者、掮客、官商，从这个大坑里挖走了多少宝贝，价值多少，我们不知道。我们能够看到的，是这个大坑的日渐加深；每年夏季，比开里斯河涨水的时候，外国人拉运矿石的货轮，源源不断地开到这里，然后满载而归。留下的，是货轮烟囱里冒出的一股股黑烟，还有堆积如山的矿渣……现在，这个大坑就像一只被挤干了乳汁的奶牛，由原先高出地表 200 多米的山峦，变成了深 143 米、长 250 米、宽 240 米的矿坑，一圈一圈的内壁旋环车道，状如古罗马的巨型斗兽场……”

门捷耶夫化学元素周期表上，原本没有的 7 种稀有元素，是靠比开里斯大坑的发现填补上去的，仅此一条已足够炫耀天下！

1950 年以后，“比开里斯大坑”这个地名，完全从中国地图上消失了，取而代之的是“111”这个神秘编号。

当戴文涛了解到比开里斯大坑真相的时候，立刻惊呆了！

听完这位老人的讲述，戴文涛禁不住泪流满面，一下子长跪不起！

原来，这里深藏着国家的最高机密。

“哎哎哎，别这样，别这样。不就一个矿坑嘛，至于吗？”老人连忙伸手去搀扶戴文涛。

这时，戴文涛才发现了自己的失态，他向老人道了谢，踉踉跄跄地回到了自己的驻地。

那一天，他彻夜难眠。

第二天，他组织召开了一个专门会议，是关于比开里斯大坑的。

“从现在起，我们就叫它‘111’工程。不到万不得已，我们搞农垦开荒，土地开发不得涉及那里……”戴文涛在会上郑重强调。那一天，王玉坤、戴翔南、蒋钟勋参加了会议。

从那以后，比开里斯大坑的秘密在比开里斯农场无人提及。

戴文涛临终前，拉着王玉坤的手说：“‘111’工程，是国家的最高机密。那片地，无论如何不能动它，国家拿它还有大用场。我们是守国门的，不要去触犯国家的利益，也不要与民争利。告诫农场的职工们，这是原则……”

王玉坤噙着泪说：“场长，我记住了，您放心吧！”

戴文涛听了王玉坤的话，很欣慰地点了点头。

王玉坤继任比开里斯农场的场长后，继承了戴文涛制定的一系列规定和传统。

戴翔南从“三代”工地上回来的时候，手里拿了一块透明温润的石头。

“这是啥？”他刚进场部，就碰着了王玉坤。

“一块石头！”

“从哪儿弄的？”

“路上捡的。”

“你该不是去了‘111’工地吧？”王玉坤用狐疑的眼光看着他。

“你把我当什么人了？那块地，是老爷子生前划了禁区的，谁敢去？”戴翔南火了。

“你在哪条路上捡的？”

“回来的路上呗！不信你问他。”戴翔南指了指不远处的罗卓。

“让我去问一个孩子？”王玉坤对戴翔南说。

“是啊！他全知道。”戴翔南说。

“罗卓，你过来，叔叔问你几句话。”王玉坤招呼着罗卓。

“好咧！什么事？王叔叔？”

“你告诉叔叔，戴翔南叔叔手上的石头在哪儿捡的？不许撒谎。”

“路上呗！我们一起捡的。我还和我的同学炼了好多油呢！”罗卓仰起头，自豪地说。

“什么油？”王玉坤的脸上顷刻间晴转多云，阴了下来，“东西在哪儿？”

“走，我带你去看。”罗卓一把拉起王玉坤的手，兴高采烈地向前走去。

原来，罗卓着一帮半大小子，不知哪里来的一股子愣劲，擅自串联了十几个同伴，离家跑到了“111”矿坑工地，用最原始的方法，把矿石敲碎，然后倒在水里泡，等水慢慢浓缩成浓稠的酱汁，再灌进特制的陶瓷缸里封存，然后装车拉走。而全部的防护措施，就是一双胶皮手套和一块胶皮围裙。

“听说这个东西可以制造原子弹，我们也想为国家做贡献……”罗卓说。

“原来是这样啊！你们不能再这样蛮干了，这是浓缩铀，有核辐射，要死人的！”王玉坤气急败坏地说。

后来，事情比王玉坤想象的还要糟糕。

中国大地陷入了三年大饥荒的岁月，恰恰在这时，国家和国外签订的一系列贷款已经到期，中国欠外债和应付利息折合人民币52亿余元，外国开始逼债。

1960年7月，外国人单方面撕毁了对华经济援助协议，撤走了专家。

当时的中国，实在是太穷了！中华人民共和国成立仅十年有余，工业尚在起步阶段，所以只能用农产品来偿还。鸡蛋、苹果要过筛子，大了小了都不要；猪肉要卡一下膘，肥了瘦了都不行……以农产品还债，何时才能还清？

能否偿还债务，是中国国家信用的试金石。

中国领导人的目光，别无选择地投向了比开里斯大坑。

然而，这个坑还能从它的躯体中挤出多少乳汁，来支撑中国挺直的脊梁呢？它能否担得起“国之重托”？

就在这个时候，日本向中国摇起了“橄榄枝”，他们告诉中国人：“你们不是闹饥荒吗？我们拿一公斤粮食来换你们一公斤的‘废矿渣’怎么样？”

是啊，当时，比开里斯大坑的矿渣堆积如山，而中国的老百姓也正饥肠辘辘。但是，这时候的中国人，用一句很平静的话回复了他们：“我们宁愿饿死，也不出卖废矿渣。”

按当时农产品与矿产品价值的对比，一吨普通矿渣，能抵几吨农产品，而一吨稀有矿渣，更是贵过几十吨甚至上百吨农产品。有资料显示：比开里斯大坑大约承担了偿还全部外债的 47% 的份额！

从中央作出决定的这一天起，比开里斯大坑开始了历史上强度最高的开采。从 1961 年冬天开始，矿区不断进行着剧烈的爆破和外扩。

这也是不同凡响的一年——1964 年 10 月 16 日，中国的第一颗原子弹在罗布泊冲天起爆；1966 年 10 月，导弹运载原子弹实验成功；1967 年 6 月 l7 日，我国成功试爆第一颗氢弹……

1960 年，就在外国撤走专家、带走图纸时，曾经断言：“中国人靠自己的力量，20 年也搞不出原子弹来。”

1970 年 4 月 24 日 21 时 35 分，我国自行研制的第一颗人造卫星“东方红一号”由长征一号火箭成功发射升空，一时间，《东方红》乐曲响彻苍穹，震动了世界。

从中国核工业和航天梦想的起飞，到尖端科技“大国利器”的诞生，哪一个也没有离开过比开里斯大坑的贡献！

也是那一段时间，罗卓把航天梦写进了自己的理想。

噶春被任命为比开里斯农场的常务副场长。

比开里斯农场的秋天，好像很不经意间就来了，那些在阳光下晒了一个夏天的树木、青草，刹那间就黄了，红了，紫了，凋了，白了，噶春甚至没有来得及去回味。

比开里斯农场的秋天一来，漫长的等待就开始了。

秋天是这个漫长等待的开始。

噶春最怀念的，也许就是它的秋天。它如一曲忧伤至极的长调，或者如一曲荡气回肠的呼麦，任轻柔的晚风，透过窗，透过昨日，让往事和时光，站成了一种安静的姿势。

比开里斯农场的风，有一种草原的神韵。它在历尽沧桑的同时，与信仰结下了深厚的渊源。

如今，噶春如同背着行囊，带上年轻时的心愿，倾尽一生，只为聆听一首首草原的歌声，只为灿烂一笑，便让幸福走进了感觉。至于那些转身的、回首的东西，都在他和他的战友们共同的回望和凝视中，变成了永恒和默契。

繁华笙歌，细数流年，平凡的日子，安静地行走……

噶春听说，很多年前，比开里斯这个地方曾经是一片海。海在退却的时候，在已经闭合的山体上切出了一块连接山外的出口——去往北冰洋的比开里斯河，才变成了现在这样。

至于比开里斯以前是不是一片海，他不清楚。但他知道，就在离比开里斯农场不远，有一处美丽而富饶的存在。那是一个坐落在比开里斯深山密林中的大坑，那里雪峰耸峙，碧水蓝天，森林葱郁，草原如画，被称为“神的花园”。

王玉坤去过那里。回来说那个地方有几大奇观：一是逆水上漂形成的千米枯木长堤；二是经常出没于周围湖中拉马入水的巨型“水怪”；三是雨过天晴时才有的奇景——比开里斯云海佛光。

噶春打算去那里看一看。当然，去看一看的目的，还是想做点儿什么。

去的时候，正值仲夏。

整个窗外通体透亮，车子走在通往比开里斯水库的路上，天蓝得彻骨，一盆盆火仿佛从天上倒下来，整个大地都在燃烧。

“这个鬼天气，太热了。还有多远？能不能快点儿？”噶春把手伸出窗外，感觉一丁点儿风也没有，有点沮丧地问。

“快了！”司机告诉他。

“快了，是什么意思？”

“等着凉风拂面的时候就到了。这可是去‘神的花园’，要学会让心慢慢地静下来。”司机不紧不慢地说。

临行前，王秀媛说是工作忙，死活不跟噶春去。经过噶春苦口婆心地做工作，她才勉强答应。没想到，去了以后，那里的景观竟让她惊艳叫绝。

沿途的苍松翠柏、白桦林和欧洲山杨，在沟谷中仿佛是站成一排排的风姿绰约的美女；浅浅的草滩，清幽的湖湾，舒缓的白云，激荡的流水，掩映在这片古老的山里。那情景，让时光顿时回到了从前。王秀媛说，那次遇见，让她走进了诗情画意。她还说，在她的梦境中，最美的风景就是这个样子。

“这个地方，按当地的民俗，为‘绿色丛林’的意思。因矿产资源丰富而举世闻名，是全国第二冷极，水电部门曾在这里测出了零下 60 摄氏度的数据。咱们眼前的这个大坑，长 250 米，宽 240 米，深陷地下 143 米，是世界上最大的矿坑之一，被全世界公认为稀有金属的‘天然陈列馆’，是世界上已知最大和最典型的含稀有金属矿的花岗岩脉之一。世界上已知的 140 种矿物，该矿含有 86 种。其中，钽、铌、铍等稀有金属占到了矿山储量的九成以上。其中铍资源量居中国首位，铯、锂、钽资源量分别居中国第五、六、九位。该矿不但偿还了中国三分之一的外债，同时还为核试验、人造卫星等项目做出过巨大贡献。另外，这里还盛产海蓝、碧玺、石榴石、芙蓉石、玉石、水晶等多种宝玉石。1931 年 8 月 11 日，发生了一次地震，在大坑不远处留下了一条长约 300 公里的地震断裂带，据说，它是世界上最罕见、最完好的断裂带之一……”噶春侃侃而谈。

王秀媛眯着眼睛听着噶春的话，总觉得他话里有话。

“你说了这么多，想告诉我什么？”王秀媛问。

“咱们农场单靠农业不行，得多轮并转。眼前这么好的资源，我们为什么不用？”噶春打开了话题。

“你是想动这里的资源？”

“为什么不？”

“我觉得万不可行。”王秀媛说。

“为什么？”

“老场长戴文涛在世时，就曾经说过：无论我们遇到怎样的困难，比开里斯大坑是绝不能动的。因为，它事关国家的最高机密。”

“已经解密了！我敢说，现在全世界没有几个人不知道这里！”噶春的情绪开始激动起来。

“那也不行！这个大坑位于比开里斯水库的上游，如果无序开发，一定会造成土地的大面积污染……”

“污染，污染，你一个老娘们儿懂个屁！这些资源不开发，只能永远躺在地下睡大觉！那不照样造成资源的浪费？真是头发长见识短。”噶春不屑一顾地说了一句。然后，接着说，“我听说这个大坑里曾经采到过 16 公斤重的海蓝宝石、17公斤重的黄玉、60公斤重的钽铌单晶矿、500公斤重的水晶块、12吨重的石榴石、30吨重的绿柱石晶体……一位中国工程师在这里发现了一块‘奇石’，全世界的顶级地质学者、矿物专家谁都看不懂，愣是无法定名。1984年，它终于被权威的国际矿物学会确认为世界上首次发现的新矿物，按惯例要用发现者的名字命名，但被这位工程师拒绝了。最终，这颗仅仅5克重、天下无双的宝贝，被赋名为‘比开里斯石’，捐给了当地的地质博物馆，成了镇馆之宝。小小石片5克重！它举世无双，拿多少钻石、翡翠也换不了它。如果，拿这些稀世珍宝，跟能够制造核武器的铍、铯、锂、钽、铌相比，又算得了什么？”

“你怎么没有听说过我们国家制造的原子弹、氢弹、卫星所用的锂、铍、钽、铌、铯等稀有金属，都是从这个大坑里出土的？”王秀媛说。

“别给我讲这些大道理，我懂。也别拿戴文涛这些死人来吓唬我，我不怕！当年你不是要寻死觅活地嫁给他？结果，他尸骨未寒，你不还是和罗苏琳搞到一起了？”

“噶春，你……你浑蛋！”王秀媛恼羞成怒地喊了起来，“这些不是我想给你讲的道理，这是农场几代人都必须遵循的原则。你忘了？”

“够了！比开里斯农场现在不是你说了算，而是我！”噶春咆哮地说。

过了一会儿，他平复了一下语气，又说：“很多我们以为永远都不会忘记的事情，就在我们念念不忘的过程里，被我们慢慢地遗忘了，总有一天都会变得面目全非。时光没有教会我任何东西，却教会了我不要轻易去相信神话。我看过希腊哲学家欧里庇得斯说过一句话：‘出生在一座著名的城市里，这是一个人幸福的首要条件。’我想，无论是一个人，还是一个农场，总要走陌生的路，看陌生的风景，听陌生的歌，然后在某个不经意的瞬间，自己会发现，原本费尽心机想要学到、想要创新的东西，真的就于行走中不知不觉地得到了启迪。这算不算是行万里路、读万卷书呢？”

就在噶春津津乐道的时候，王秀媛却坐在那里睡着了。

回到家里，王秀媛已经收拾完毕钻进了被窝。

“妈的，这么早就想睡了？”噶春说了一句脏话。

“咋说话呢？气不顺，离我远点。我还不知道你心里想打谁的主意？”王秀媛愤愤地说。

“你给我好好说，我想打谁的主意？”

“尼热古丽呗！好像谁看不出来似的。”

“打她的主意？我就打了，怎么了？”对王秀媛的质疑，噶春觉得简直不屑一顾。

王秀媛不吱声了。

待了一会儿，王秀媛又说话了：“您看，我是现在说，还是等您睡醒了以后再说？”

“有话就说，有屁就放。赶紧的！”噶春说。

“听说咱们农场要和比开里斯小城合并，建市了。”

“这个消息地球人都知道。”

“大前天傍晚我从单位回到家，天都擦黑了，我好像看见老局长方有钰了。”

“你见着鬼了吧！人家早调去北京了，没事谁还到这个鬼地方来？”

“真的。好像就住在招待所。我还看见王玉坤和尼热古丽去了那屋。”

“照这么说，上面来人了？”噶春从床上一骨碌爬了起来。

“你怎么不早说？”

“早就想告诉你，可你死拉硬扯非要让我跟你去‘111’工地，没有来得及呀！”

“他们都谈了什么？”

“不知道。”

“方有钰来了，肯定有大事。或者说，和比开里斯建市有关。”

“我想应该是的。”

“要不然，你去王玉坤那里打听打听？”

“王玉坤不会说。他这个人我知道，守口如瓶。更何况，这件事八字还没有一撇呢！我们只是猜测。”王秀媛说。

“等八字画出一撇，黄瓜菜都凉了！”

“你不会去问问尼热古丽？你不是好那一口吗？我算哪盘菜？你自己去吧！”

“放你娘的屁！你一个老娘们儿懂什么？”噶春有些不耐烦了，开始打起了哈欠。

待他理了理思绪，又想，王秀媛说得不无道理。为什么不能去套套尼热古丽的话呢？自己毕竟和以前大不相同，已经是常务副场长了，有什么重大安排需要回避吗？

他想这些事的时候，脸上没有流露出一点儿表情，王秀媛没有看出来。

“你脑子活泛一点儿。你去找方有钰呗！又不是不认识？喂喂喂，我跟你说话呢，你怎么不听？在想什么呢？”王秀媛正说得起劲，转眼一看，噶春已经打起了呼噜。

一大早醒来，噶春靠在床头上吸烟。王秀媛侧着身子，把胳膊肘支在枕头上，托着脸看他吸烟。噶春闭着眼，不看她。

王秀媛有些纳闷了，问：“你咋了？”

噶春吐了一口烟圈，说：“前天中午，到吃饭的时候，饭菜上齐了，王玉坤只尝了几口，把筷子往桌上一放，一句话没说，就起身走了。”

王秀媛说：“说不定他去的时候吃过饭了。”

“简直是废话！一顿饭能管一天吗？”

“那是啥事啊？”

“王玉坤心里有事！”

“什么事？”王秀媛的瞳孔一下子放大开来。

“我怎么知道？我知道，还需要问你呀？”噶春没好气地呛了王秀媛一句。

“是不是我昨晚给你讲的事，你生气了？”王秀媛说。

“嗨，最近老遇到一些麻烦事。你得帮我出出主意。”噶春忧心忡忡地说。

“天还早，再睡一会儿吧！”王秀媛不耐烦起来。

“睡睡睡，你就知道睡！”噶春猛地掀开被子，下了床。

“你自己心里添堵，却找别人撒气。没出息！”

“你有出息？一个靠打砸抢起家的小混混你都耐不住寂寞，还说我？”噶春像斗急的公鸡，嗓门一下子大了起来。

“你不要无中生有，血口喷人！”王秀媛也急了。

“我无中生有？我血口喷人？你自己想想，罗苏琳被判的第二天，你都做了什么？别以为别人不知道，我都看见了。要想人不知，除非己莫为。”两人的声音越来越大，噶春自然不甘示弱。

王秀媛冲过去，吐了噶春一口：“呸，不要脸……”

“你才不要脸呢！我想，你当时可能就是真戏假做，没想到你竟然假戏真做，真的让那个小混混给睡了！”噶春立刻气不打一处来。

噶春转过身去，一摔门，走了。

望着噶春的背影，王秀媛的心里，这时就如同不小心咽下了一只苍蝇，很恶心。

一个人独坐于窗前，王秀媛陷入了沉思：“真正的爱情是没有对错的，只是在错误的时间遇上了对的人！婚姻是义务需要担当，爱情是浪漫需要激情。也许，那个时候，我和罗苏琳都太年轻了，致使最后走着走着，就走成了相互的背影。既然做不了别人眼里精致的样子，那么就认真地做好自己。”

她想：“今后，如果还有机会，自己一定倾一世温柔，在常青藤下等一个最爱的人，一起走走，一起聊聊，一起笑笑，一起老去！他伴我一程，我陪他一生。”

这时，一位哲人的话划过她的耳际：“一只野兽受了伤，它可以自己跑到一个山洞躲起来，然后自己舔舔伤口，自己坚持。可是一旦被嘘寒问暖，它就受不了。伤口就像我们自己一样，是个倔强的孩子。不肯愈合，是因为内心是温暖潮湿的地方，适合任何东西生长。”

如今，时光于王秀媛而言，就像植物不断更新的叶子，将那些腐烂气味早已埋葬在了时间刻度的前段，唯有铺天盖地的清晰和嫩绿留在了生命的季节。

当冬天的第一场雪，轻轻地落在了比开里斯这片土地上的时候，她的表情看上去就像一个初谙世事的孩子，留在了时光的原地。站在农场的一角，王秀媛仿佛一边在听风儿吹来的那些永不老去的故事，一边慢慢皓首。她甚至可以记得起哪年哪月的哪一天，她在哪个地方遇到的最难忘的一幕，那一张微笑着的沧桑，一直凝望着她的脸。

于是，沉默，得意，失落，微笑，跟着她开心，也跟着她难过。只是现在，在她的心里，眼前的一切，已经永远停留在了过去。

好像只是经历了一场入冬的寒风。一队鸟儿高高掠过，向南。一棵棵老树沉默不语……除了那些远远近近的草和树，在王秀媛的心里，还有什么值得怀念的呢？

比开里斯农场，仿佛是一个很小很小的村庄，又如同是一个已经破落的小屋，她真想递过手去，给它一个简单的问候……

她在农场待过的那段岁月，已经深深地印在了记忆里，也许，连任何痕迹也不曾留下。

“明年，或许更遥远的某一天，我还会来吗？”王秀媛问自己。“其实，农场里新来的人，也不会知道我是谁。我来了，又走了。毕竟，我仅仅只是这片土地上一个匆匆走过的旅人哪！”

王秀媛简单地收拾了一下行囊，又环顾了一下房屋的四周，轻轻地叹了口气说：“这里该换一个新主人了！”

然后，她离开了农场，一路向西，走进了森林深处，一个人在界河边上那个哨所待了下来……

四

王玉坤老了，就要退居二线了。他独自来到郊外，已是黄昏。不经意的一刻，几片黄叶在眼前飘然落下，被晚风轻轻带过，便在路的拐角处，垒成了一堆堆金色的碎片，凉意随即扑面而来。时光竟然在漫不经心的流逝中，又到秋天。

远山、丘陵，在暗灰色的夜幕中，凝成了苍茫的雕塑。山上已经鲜有人往，许多树枝上仍然挂着青碧的叶片，但却已然失去了往日的光鲜，多少显得落寞和无奈。晚霞的一缕微光透过树林的枝丫，悄然无息地洒在地上，身影被拖了老长。

他的目光在长满灌木丛的丘陵间穿越，感受着晚霞的光辉洒在远山上的温暖。远处，是城市喧哗的声音。他此时宁静的心情缓缓荡漾开来，仿佛在捧着一本书，抑或沏了一杯淡淡的茶，坐于山巅，独享一份淡泊与自如……

在王玉坤的举荐和诚恳邀请下，尼热古丽已经答应出任比开里斯农场改建城市的第一任市长，噶春担任助手。

刚一走马上任，尼热古丽就制定了《城市发展规划》，编制了《城市总体规划（草案）》，加大了国家级重点小城镇建设的申报力度，提出了继承和发扬优秀的历史文化传统，在有效保护城市原有风貌、格局和特色的同时，审慎地改造老城区，建设新城区，做到城市建设与文物保护兼顾，古建筑保护与利用相结合，处理好新与旧、传统与创新、保护与建设的关系；同时利用文化资源，合理安排景点建设，充分发挥国家地质公园和历史文化街区的优势和效能，努力发展成为旅游业发达、工商业繁荣的独具风格的边陲小镇的长远设想……

比开里斯市挂牌成立的那天，尼热古丽盛情邀约王玉坤出任比开里斯市的政府顾问，被王玉坤婉言拒绝了：“我老了，想清静清静，你们正当年，就放手干吧！我和罗苏琳说好了，就去守山下的那个烈士陵园……很多年过去了，几百名战友长眠在了这片土地上。我们不能遗忘，他们应该被记起！”

“那里太苦了！城里的条件要好些，您还是考虑一下住在城里吧！”

“几十年了习惯了，那些老屋，住着亲切。我们曾经在边境线上修了无数条路，建起了边防瞭望塔，修建了足以抵御三次以上炮火猛烈攻击的战壕。可现在，这些痕迹已经荡然无存。我看到的，是一栋栋拔地而起的高楼大厦，一片片现代化城镇……那些干打垒呢？那些地窝子呢？那些沙拐枣，那些红柳和梭梭，那些高大的胡杨和雪水河呢？我怀念它们。它们应该作为历史，保留下来……”

“是啊！”尼热古丽一时语塞。

尼热古丽何尝不知，随着横流的物欲和现代社会中一些非理性因素的融入，农场开始被一片片脏水和毒烟、日夜轰鸣的噪声围困——一些从未听说过的恶性疾病的发生、漂着浊物的水渠、大片被白色污染的土地，还有工厂飘来的毒烟……

这些，无疑是比开里斯市今后乃至未来，所面临解决的一个重大课题。

“一群普通的兵团人，拼将热血，默默地守在祖国的千里边防线上，他们一守，就是几十年；他们一守，就是几代人……沿着历史的足迹，他们在时光的隧道中，感同身受那些或近或远的苍凉，悲壮，寂寞，孤独，绝望和希望……如果他们还活着，他们一定会说：他们为之奋斗的，不是这些……”说到激越处，王玉坤老泪纵横。

王玉坤走了，只留下尼热古丽一人在树林的深处。

是啊！又见秋凉。过去的、现在的所有事，都在她记忆的梳理中，慢慢地和着岁月的风尘，走远了。

尼热古丽只身漫步于这清寂的山色中，身影和空中丝丝凉意轻轻地摩擦着，脚底下发出“咔嚓、咔嚓”的响声，如同于心灵在时间的游移中与时空对话，那些河边的芦花，河畔的柳影，山峦间的虫唱，旷野的夜月，顷刻之间向她走来。

离开了喧嚣的人群，于近郊山上，沏一碗清茶，任由茶的芬芳在空气中弥漫，自由自在地随着轻风飞到很高很高的蓝天白云中去。她的心境，也恰似一碧如洗的天空一样，敞亮而辽远。那种休闲和安恬，就像在品一壶新茶，最初的感觉，总是淡淡的，有些苦涩，但苦涩中却也透着一丝丝清香。有时又更像在聆听一首歌，远远的，有些悠长，有些动人，也有些伤感。

一个人独坐于寂静的林间，看着一叶一叶的翠色渐渐变黄，然后，脱离树干，悄然飘落，继而飘满一地金黄。那情致，仿佛伴着烟雨无尘一般，把满眼的秋色衰落在她的眼前。在尼热古丽的心间，秋天已经是个传奇，是一个只能仰望的季节。它早已隔着如许烟波岁月，隔着人们眼中的深情，站成了书籍中的一页剪影。

在许多人眼里，树木秋声，便意味着山满寒色，秋风西作，草木零落，多肃杀之声。然而，她认为，秋的丰盈、积淀、成熟和大美，往往也隐含于这凋敝之中。

对她而言，爱一个季节大约便是长远的，一生一世的事情。因此爱得慎重，却恒久。

在答应担任市长之前，在尼热古丽的想象中，未来的城市应该是一片草原，任由浩荡的风，在天边游牧。蓝天下，一碧千里；绿色渲染的美丽，轻轻流入云际。

直到走马上任，她才知道，真正想建一座绿色的城，并非易事。因为，离这座城市不远处，有一座山，每年都有大半年的日子，冷风从山的那边刮过来又刮过去，不少时间，这里都是冷的。

山，虽然在不远处，却并不苍茫，这里除了冷风，还有北方常见的植被——青杨。青杨长得很高很大，许多树上筑有乌鸦的窝巢，窝巢都搭建在树梢上，但那是一个纯净的高处，离地很远，离天很近。

但整条大街上却显得宁静。这里见不到绿色的草甸上，悠然自得的牛羊，甚至独立行走的马。视野很开阔，天空高远而深邃，偶有几只不知名的鸟儿飞过，蓝天依然是蓝天，大地仍旧是大地，并没有因为几只鸟的飞过而改变模样。比开里斯市在经过它的人眼里，更像一处很朴素的部落。

她想不出来，一个被放牧了多年的草原，竟然在很多年之后，变成了一个在世界上任何一个角落，都能随便见到的，由钢筋和水泥浇筑起来的城市；而且，城市的楼群、大街和立交桥，大量地挤占了绿地的空间……整个城市看上去，更像一位失去了草原的牧人，沿街的绿地，已经没有了牧群和青草的味道。

那个走到哪里都能让风儿带走歌声的草原，哪里去了？那个跑马跟追风一样的浪漫，又去了哪儿？

她记得被誉为“现代建筑的最后大师”美籍华人、建筑师贝聿铭说过：“对于一个城市来说，最重要的不是建筑，而是规划。”

尼热古丽认为，城市，作为一种物质的表现，是一种可以看到的物质形态。城市规划是一定时期内发展的目标和计划，是城市建设的综合部署。其目的是通过城市与周围影响地区的整体研究，为居民提供良好的工作、居住、游憩和交通环境。

她没有忘记，相比起数千年的农村文明，人类的城市文明只有短短200多年的历史，中国城市化的历史更短。从某种意义上来说，她本人或她不远的祖先都来自农村。

但是她也清醒地看到，中国工业化水平与发达国家相比，还有不小的差距。一是工业大而不强，核心技术和关键技术受制于人。二是资源和环境约束日益突出，工业发展方式迫切需要转型。三是利用高新技术改造提升传统产业的任务繁重。四是工业行业管理分散，一些行业管理弱化、缺位，严格的市场规范和诚信体系尚未完全建立起来。形势要求中国工业化不能再走发达国家先工业化后信息化的老路，必须根据中国的实际，求索新的发展模式。

她十分崇尚苏格兰社会学家、城市规划理论家帕特里克·格迪斯在《进化中的城市》中写的那句话：“城市必须不再像墨迹、油渍那样蔓延，一旦发展，他们要像花儿那样呈星状开放，在金色的光芒间交替着绿叶。”

尼热古丽认为，一直以来，几乎所有的城市都是沿着地区边缘向外扩大的，新形成的居住区渐渐融入了原有的城市区域。随着时间的推移，曾一度被视为城市范围以外的城郊和乡村，现在已经被塞进了各大城市的腹内。

但尼热古丽不想让自己管理的城市，最后变成刻在水泥上的花朵，只能生长出风和寂寞的森林。在她的构想中，未来的比开里斯市应该是这样的：一览无余的蓝天，至真至纯的阳光，还有精心布局的低碳、环保、绿色以及可持续发展理念的工业园区，恰似一首精巧的小诗，在初冬的雪野上，释放着微寒的温暖，那种温暖，犹如河流的声音，湍急却在歌唱，汩汩而过，清亮而快乐。风，吹起如花般走远的流年，而那暖意在每一个人的笑容里却一路欢歌，点缀成为每一个路过它的人们心中最美的歌谣。

天和地，在这里就是一段刻骨铭心的记忆。

她要彻底改变那种一走进城市，就会看到尘土飞扬后面的高楼大厦，看到霓虹灯下的灯红酒绿，高铁轨道、高速公路从曾经种植庄稼的田野上蛮横地切割过去，满目都是种种奢侈、浮华，不乏夸张的人和事的现状。

她发誓：未来的比开里斯市，这种东西，一定看不到。

尼热古丽常常回过头去看自己成长的道路，在每一次的观望中，她看见，风的声音，人的脚步，马的蹄印，无数的人群，从她的身边面无表情地走过，偶尔会有人停下来对她微笑，灿若桃花。她知道，这些停留下来的人，终究会成为她生命中的温暖，看到他们，她会想起不离不弃。

而比开里斯这个地方，没有草长莺飞的传说，它永远活在现实里面，快速的鼓点，匆忙的身影，但却用一种真实的微笑，留住了许多人匆忙的脚步。

驻足于脚下这片土地，尼热古丽发现，这里有一样东西让她很倾心、很留恋。有些人或有些事会一直刻在自己的记忆里，即使忘记了时间，忘记了相处的过程，甚至爱情。但是，每当有人提及，还是会记得他们的存在，以及他们带给她的怀念……她希望有一天，她可以和他们一道，背上行囊，看没有看过的山，走没有走过的水，纪念无法纪念的纪念……让青春的热血，在这片土地上凝成一团姹紫嫣红……

她想，假如有一天他们不在一起了，也要像在一起一样。因为，只要是人，总要行走，总有自己的理想，直到细细追忆时，彼此早已散落天涯了。

她至今还记得，罗卓考上中国航空航天大学临走的那一天，对她说的话：

时光不会永远停留在原处，一定会在某一处街角或桥边，被岁月无声地卷走。但我这次走，是为了将来有一天回来……

有人说，爱上一座城，是因为城中住着自己某个喜欢的人。她想，爱上一座城，其实不需要理由。也许是为了城里的一道风景、一段往事、一堵老墙，甚至一张熟悉的脸。

或许，仅仅为的只是这座城。就像爱上一个人，没有前因，无关风月，只是爱了。

如今，农场的许多连队已经看不见漫坡上随意走动的牛羊，但在尼热古丽心里，她还是感到了那疾奔的马蹄声，刺进了如血的残阳，在寂寂的苍穹下，用从容踏碎了一路上的宁静……

戴翔南是春天走的，他倒下去的地方，尼热古丽希望在那里建一个红色旅游景区，每天都能与他相遇。

她相信，人这一辈子会有许多人伴行。有的伴你一程，有的伴你一生。有人的地方就有江湖。只是江湖风大浪涌，需要自己把握。恰似狼在荒野上喊一嗓子，会喊来自己的同类；鬣狗喊一嗓子，会喊来另外的鬣狗。相同的品性、志趣和目标，可以把相似的生命体聚在一起。

其实，刚来农场的时候，她只想静静地来这里走一程，陪着戴翔南走遍每一个角落，去看绿色的沉静，流淌的河流，悠然的草地，还有天边那一抹嫣红……然后，她会洗去风尘，孑然一身地返回某一个心仪的地方等他！不管戴翔南是否去找她，她心依然。

然而，就在这个一年中最多彩的季节，就在这片梦中的草原，那海一样的草地，土得掉渣的干打垒地窝子，深深牵动了她一颗少女的心……

和戴翔南在一起，他们会用同样的心情，感受茶的芳香，倾听风的呼吸，放下所有的一切，让心淡一点，再淡一点，淡成一泓清水……

她想，总有一天，她会拉着他，去往一个没有名字的好地方。那时，他们都老了，没有力气再去爬千山涉万水。但她还是想和他再待在一起，于浑厚寂静的时光中，坐着两把旧椅子，在太阳下，慢慢地老去……

在比开里斯农场待久了，她便生出许多依恋。在她想走的时候，却留了下来。

因为，这里，有她的朋友；这里，有她的歌声；这里，有她的梦想；这里，还有她的思念……就如同她刚来的时候，一定还会奔着这里的一些人而来！

噶春最终还是出问题了，他动了比开里斯大坑这块不该动的奶酪。他的这个心思，是缘于金丝玉。认识金丝玉，他觉得安谧的阳光似乎静止了，轻柔的步履让岁月无声。

据说，这种产于戈壁滩和沙漠之中的玉石品种，因其色泽金黄、内部带有萝卜纹而得名，形成于河流长距离搬运的次生矿床中，是中国独有的玉石品种。经过自然分选而形成的金丝玉“籽料”，质地细腻致密，雕刻后具有很高的观赏和收藏价值。

因为有了金丝玉的启示，噶春在筹建金丝玉博物馆的时候，把眼光伸向了比开里斯河：他想要在那条河上，打造一条长 32 公里、中国独一无二的码头文化——红色旅游基地。

后来，他没能如愿以偿，而是带着遗憾，因渎职罪走进了人生另一所学校去洗礼自己。

王玉坤去监狱看他的时候，语重心长地对他说：“你现在这个样子，是我们不想看到的结果。记住：人走一点儿弯路，并不可怕。只要不忘初心，坚定正确的信念，这就不是句号。我只想告诉你：不管你去往哪里，请带着阳光般的心情启程。你现在的处境，也许是一种成长。可能有一天，你会笑着说出这段让你难过的往事。我相信，到那个时候，你一定活成了另外一个成熟的自己。”

已经过去的几十年喧嚣而纷繁，让噶春来不及回首。但新疆生产建设兵团的成立，在他的心目中，无疑是标志性的事件之一。

20 世纪 50 年代初叶，中国的西北边陲，大漠孤烟，长河落日，黎民苍生或祸于战火、匪患，或在贫瘠困苦中苦苦哀告，与众多国度相连的千里边境线却“有边无防”……

兵团的成立，使这一切，发生了巨变。

几十年来，这支不穿军装、不拿军饷的“特殊部队”，平暴剿匪，铸剑为犁，在大山、沙漠以及自然条件十分恶劣的边境沿线，兴修水利，植树造田，筹建工业，规划交通，不但在亘古戈壁荒原上，建成了一个个阡陌纵横、林带成网的绿洲生态体系，而且节衣缩食，把棉衣换成单衣，两套服装减成一套，甚至省去衣领和口袋眉沿，为新疆建成了第一个毛纺厂、糖厂和钢铁厂，奠定了新疆的现代化工业基础。之后，又两次将已经建成的42家大型骨干企业无偿地移交给了地方政府。

兵团职工人进沙退、建设绿洲的新闻，甚至上了美国《时代周刊》的头版头条……

岁月几经风霜，中国大地上的生产建设兵团纷纷撤并，唯独新疆生产建设兵团成为例外。

如今，在新疆每三亩半的耕地中，就有一亩是兵团开垦的。新疆生产建设兵团不但是全国重要的粮棉油和畜产品生产基地，而且已经发展成为一个拥有300万人口和14个生产建设师、186个团场、1500多家工交建商企业的特殊社会组织，成为新疆经济发展、民族团结、社会稳定、边防巩固的一支无可替代的重要力量。

中央政府对西域的屯垦，始于汉代，但多为“一代而终”。而当代中国西部的屯垦戍边事业，延续至今，却兴盛不衰，为人类和世界留下了一个个神秘而又传奇的故事……

生活的艰辛和人情的冷暖，噶春一看就懂。他说，读懂一个人，有时需要许多年；可是读懂一段沧桑，只需要几年时间……

人生的行走，会遭遇到不同的人。自从走进了比开里斯农场，过了很多年后，噶春竟然想不起看到过的一些漂亮风景，但却会对戴文涛、戴翔南、王玉坤、蒋钟勋、尼热古丽、王秀珍等人津津乐道。他们应该算是一个很有思想的团队吧！随着时间的流逝，他们和他们的故事留在了噶春的记忆之中。

比开里斯农场不大，却分布在东西宽430多公里、南北长330余公里的广袤边境线上。拓荒屯垦、武装剿匪、组建地方政府、若干次亲历“边境事件”……这些，无一不和这个农场联系在一起。农场职工寸土不让地居住在与邻国有争议的地区里，随时准备为守卫国土而战……

20世纪的最后10年中，经过多次谈判和交锋，这块土地上的国界被正式确立。其中，由他们驻守的148.2平方公里的土地回归祖国，成为中华人民共和国永远不可分割的领土；他们这支不穿军装、不拿军饷却永不转业的军垦劲旅，被誉为“共和国最伟大的公民”，成为国境线上一座永不移动的界碑！

五

罗苏琳去界河边上的码头做了一名艄公。

看着罗苏琳从码头上回来，走进布满水洼的院子里，跺跺脚，随手摘去雨披，在地上捡起一片木片，刮去鞋上的泥巴。刚刚搬来的王玉坤连忙从家里移步出去，替他摘去了戴在头顶上的草帽。

“今年这场春雨看来不小。要当心河水暴涨决堤啊！”罗苏琳望着窗外淅淅沥沥下个不停的春雨，不无惆怅地说。

抚摸着已经露出了木质本色的椅子边缘和扶手，望着家里几年前粉饰一新如今显得斑驳的墙面，他静静地坐了下来。老墙似乎已经呼吸够了时光的烟尘，剥落的墙皮处，有明显被重新粉刷过的痕迹。涂料终究掩不去岁月刻下的面孔。

王玉坤告诉他，自己已经打了退休报告，批了。

他说：“这么多年过去，我一直没有家的感觉。现在闲下来了，我也该打点自己的生活了。我想和翠萍一起，守着这片陵园，安度晚年……”

退休临走前，同事们要为他饯行，他拒绝了。他说：“珍惜吧，我们的国家和民族再也经不起折腾了。我们脚下的这片土地有什么罪过？那些能人、强人都走了，还需要一批又一批的人来搞建设。”

王玉坤走了，沿着比开里斯山脊上的羊肠小道，缓缓地走向了界碑旁边那片陵园。在淡云散布的天空下，界河横亘，巨大的河床裸露着。主河道的流水从上游流向中游、下游，远远的，还时隐时现着水浪拍岸的奇观，如同一张白纸上画着的一条不规则的曲线。河床上大大小小的卵石，像鱼鳞一样层次分明地躺在地上。极目远眺，树影重叠……

这是“西北第一连”更靠北边的一个面积较大、人口较为稠密的村庄。他已决定在这里定居下来，度过余生，心如止水地躲开喧嚣陌生的人群，去过一种自由自在的普通人的生活。这里没有权来利往，没有尔虞我诈。有的，仅是平静的水面和船与水碰撞的涛声……

还和40年前待在这里的情景一样原始。沟里斜坡上，零零散散地长着几株樟子松，最大的合抱之木，生于河床上游的陡崖间，直径达到 3 米左右，一些胆大的孩子，有的竟踩着那些晃晃悠悠的虬枝，钻进已然空去的树心中捉迷藏。树枝漫天散开，形成一个巨大的华盖。陡崖的上部平坦处，延伸出方圆几十公里，上面富庶的人家已盖起了一砖到顶的平房，前有院后有圈。院中栽几株苹果、香梨、葡萄、红枣、无花果或者杏、桃、李之类的果树。秋天到来的时候，满树的果香很远都能闻到，当然，也有至今没有脱贫的人家，他们仍然住在几十年前挖的那种半截在地下、半截在地上的土坯房，很陈旧了，但冬暖夏凉，抗寒抗暑。这里没有人打井，吃水还是老一套，用肩挑。沿着陡崖一处较为平缓的斜坡下去，就直接来到河边了。河边上，用树木搭起几根支架，上面钉着厚实的板子，人站在板子上，用水桶推开水草，就能打水了。

孩子们没事的时候，就乘上木舟，在河上穿行，这边拉过去，那边划过来，优哉游哉的样子，令人神往。

独自坐在岸边，罗苏琳就望着水出神。很快一条小鱼就游过来了，在他眼前逆水定定地摆着尾巴。罗苏琳凝神静气地在原地打坐，从地上捡起一根木棍挑逗似的在水中划着。那鱼也不惊慌，仍然我行我素，悠然自得。他一边逗着，一边卷起一支烟，独自抽起来。

每日黄昏，夕阳未落，他干完摆渡的活计，闲下来就坐在岸边垂钓。这鱼肥水美，罗苏琳钓鱼更是有自己的一套章法。他钓鱼的方法很特别。鱼线的那头，挂满一串鱼钩，上挂鱼饵；鱼线的这头，他只用一根小木棍单支着线的末端，线头系在河边的树上，把一手“姜太公钓鱼，愿者上钩”演得惟妙惟肖。不论是钓上，还是空手而归，他均是随意来去。不论是钓大或是钓小，他也一律放生。每天放生的条数也在五条之多。放生完毕，他就爬上河岸陡崖对面的那方沙丘上，静静地坐着，看着夕阳慢慢落下的风景。

每当有人挑着水桶来河边打水，那拨开的水花会激起他满心的向往。罗苏琳就这样日复一日、年复一年地伫立在沙丘上，用他头脑艺术的构思，回味着王秀媛成为他新娘子的样子。想着想着，他还会独自笑出声来。

一天，翠萍出来打水，在木板上把水桶按下河去，刚刚用力提起来，突然大叫起来，慌乱中，把水桶掉进了河里。坐在沙丘上的罗苏琳看得真切，一个箭步从沙丘上冲下来，挽住了在河边木板上摇摇欲坠的翠萍。

“怎么了？”

“桶里有……有条蛇！”这时的翠萍，吓得脸都变成紫色了。

“别怕，有我呢！”罗苏琳话没说完，一跃而起，从木板上一个猛子扎进水里，把那只水桶捞了起来。

水桶里装满了水，里面果真有一条擀面杖粗细的水蛇卧于桶底，翠萍见了，吓得直哭。罗苏琳不慌不忙，伸手下去，猛地逮住蛇的尾端，向上一提，蛇就脱骨不动弹了。罗苏琳又找来两根拇指粗的木棍，在蛇的腹部与背部各压一根，双手捏于两端，使劲向前捋着。蛇一张嘴，两条巴掌长短的鱼从蛇腹中挤了出来。尔后，罗苏琳又左右开弓，用手抓住蛇的上下嘴唇，用力一撕，蛇便一分为二了，蛇皮连肠带肚归了土，背脊处露出雪白鲜嫩的肉来。罗苏琳把那肠腹里的蛇胆摘下，一下扔进了自己的嘴里，吞了下去。他提着那一半鲜嫩的蛇肉对翠萍说：

“拿去煮了，给王玉坤煲个汤，可好了，大补！”

翠萍面如土色地看着罗苏琳，好像看见了魔鬼。

“不干？我自己来。”

罗苏琳正说着，王玉坤赶了过来，他望着翠萍那双充满恐惧的眼睛，气呼呼地一把夺过罗苏琳手中那段鲜嫩的蛇肉，扔在了地上：“你个罗苏琳，怎么不知道轻重？你看，把翠萍吓坏了！”

这件事之后，罗苏琳像什么事也没有发生一样，自顾钓他的鱼，观他的日落。

河岸两侧近水处，沙丘起伏，红柳丛生。船和艄公在河岸的渡口上，静静地等待着。四周除了远处炊烟袅袅的村庄和艄公外，竟再无人踪。水边的飞禽有一些，三三两两散落在水面上、河滩里，偶尔有雁阵向极远处的界河源头飞去，依稀可见源头那儿有大片水域，闪着亮闪闪的水花。

罗苏琳每天端坐在船头垂钓。有人来便载人过河。他一挥手，等客人上船坐稳后，便开始执篙撑船，点岸横渡了。河水湍流，船向下游漂得很快，他不慌不忙，一篙一篙用着劲，很快船就离岸很近了。离岸还有两三米的时候，船身与岸垂直，罗苏琳抛出缆绳，用力一顶，船便被拖着与岸平行搁在河边，客人就安全抵达对岸了。客人们拿出 10 元钱给他，可他只收 5 元，多余的分文不取。

有时，天已渐黑，客人走在路上时，心里都在打鼓，担心过不了河，走不了多久便遇到回家的罗苏琳，船已在一公里外。罗苏琳见到他们二话没说，扛着篙大步流星地同客人们一起向渡船走去，重新上船摆渡。送大家上岸后，这才回船。

数九寒冬的村庄，在萧萧的落日中，掩映着罗苏琳低矮的房屋。冬天的晨雾里，仿佛空气中都打了毛，冰冷得看不透，几乎处处都像刷了一层冥冥的白。落雪了，大雪封门。雪花初歇，灿烂的阳光，把洁白丰满寂静无声的乡村和原野，照得明晃晃的，如同一幅精巧的山水图。积雪仅数寸而已，但冬日里的寒意却四处弥漫。

开春以后，罗苏琳很快和当地的居民熟悉起来。村里的很多老人还认得他，管他叫“艄公”，罗苏琳也不计较，觉得这称谓挺亲切，挺有人情味的。

生活在这里的居民，养成了一种世代种植的好习惯。即使冬季，也能感受到绿色的存在。

罗苏琳承袭了这里世代种树的好习惯，只是他的树不是种在自己的院子里，他的院前院后已经种满了树。在乡亲们的眼里，罗苏琳的魂已经和脚下的这片大地紧紧地联系在一起了，把他当成了故乡人。如果说，他不是故乡人，又是谁呢?

罗苏琳把树种在了离村头最远、浇水又最困难的村西头那个风口上，每年风沙都由这儿起，挺大的。风沙一起，遮天蔽日，本来湛蓝的天空，立刻就被蒙上了一层灰雾，持续好几天。在黄沙弥漫的日子里，人就感到压抑，感到空虚，感到一种莫名的惆怅。大伙儿在一起喝烈酒的时候，也没有什么好心情，全都沉浸在一片郁郁寡欢之中。

罗苏琳看出来了，这都是风沙惹的祸！尽管村子里栽满了树，但村西头还留有一个垭口，风直扑进来，就会搅得天昏地暗。还有，外部的大环境不改变，村子里吃土嚼沙的日子就断不了。他无牵无挂，一身轻松，主动包下了村西头那片被闲置了几个世纪的荒地。他把摆渡的时间分成了三个钟点，每天腾出 5 个小时的时间，专门用于植树。

夕阳在荒地的沙丘上懒懒地伸着腰，依依地将余晖尽量洒出一些暖意来。然而，春天里带鸽哨的风，卷起几粒沙尘拂面一吹，便把那暖意吹成了冷艳。夕阳尽管美韵不减，却还是让风羞红了脸，扯过晚霞，含着娇容，躲进幕后去了。

罗苏琳没有躲，也没有地方躲。他如同什么也没发生，凝神静气地培着土，修葺着那条连接主干渠的引渠。他想把这条引渠修成U型的混凝土渠，虽然眼下投资多些，但却一劳永逸。他又去计算10年、20年、50年以后，这片绿化地到底能扩展到多大面积，这条渠又能发挥多大的经济效益。

村里少老镇韵味，多乡野气。从摆渡口到绿化地有5里路。静观芦丛野蒿深处，有扁舟歇泊烟雨里，那当然是一袭风味独美。但栽植那一树一树纷繁的绿色，让这绿意独享空间，也如在挥笔作画，画出一风光画卷。罗苏琳自娱其中。

累了，他就盘腿坐在田地间，悠然地卷着一支烟，点上，猛吸一口，津津有味的，恐怕连神仙也难得有这样的闲情逸致；困了，他就索性躺在那新植的幼树间的林荫道上，这时他又有一种天空高远、自己渺小的感觉。躺在这里，他也能听见涓涓流水的声音，视野里也能窥见村子里那唯一一条通向外界、触角似的羊肠小路。

这块贫瘠的垭口在春天里抽丝了。绿色的风吹过来，拂着一张孤独的脸。

天渐渐热了，干活时罗苏琳把多余的衣服脱下来搭在锹头上挂着。一阵风来，插在地上的铁锹倒了，衣服掉在地上，沾染了一层黏土的颜色。罗苏琳把衣服从地上拾起来，用力拍了几下上面的黏土，黏土很黏，涂在衣服上就抹不去了。罗苏琳就拿着衣服在小渠里洗起来。洗完后，却找不着地方晾。他正寻思着怎么办才好，忽见几个当地的小孩跑过来对他说了一通话。他听懂了，但没有按照这些小孩的话去做。小孩急了，脱下自己的衣服，铺在地上示范起来，他们涨红着脸告诉罗苏琳：

“土，土地会脏吗？我们都把衣服洗干净后晾在地上，就这样。”孩子说着，用手指了指他铺在地上的那件衣服。

罗苏琳会意了，他把衣服摊铺在了沙丘上，然后朝小孩子眨了一下眼睛，笑着问：“这样？”

小孩子也笑了。

这个镜头被锁定在罗苏琳快乐的单身汉生活中。

每到七八月份，到了河水暴涨的季节，河里前来捕鱼的人就多了起来，片片芦苇荡中，支满了各式帐篷。当地的居民却不参与捕鱼的活动。他们多是在离岸不远的地方，选一处干燥地，从四处捡来一些干枯的树枝堆起来，点燃。然后，把捕鱼者打捞上来的鱼，用削尖的红柳棍穿着，插在火堆的四周，熏烤。

过不了多久，那些涂抹上各式调料的烤鱼就散发出了缕缕清香，沁人肺腑。这时，如果再有人豪兴顿起，烤一只全羊用于下酒，那乡间野炊的情趣就被推上了高潮。那撑开足有半人高的烤鱼，透着孜然，和着花椒、辣子油香味的烤全羊味，在风中飘来荡去，莹莹滴黄的油气香飘十里，令人垂涎欲滴。

山崖向着太阳举着五颜六色的花微笑着，棉团似的云朵在村头的天上悠然地飘荡着，人们的舞蹈又跳了起来……

名不见经传的村子用它的桃红柳绿，用它的豪情奔放，用它的野俗，留住了许多来往过客的目光。

罗苏琳种的那片杨柳，从春天到夏天一路走来，由淡而深，绿色渐浓了。细细长长的柳丝低垂着，不经意地就沾着水面了，轻柔、素雅。这绿色，多少给村子又置起了一袭美丽的新衣。

在人们欢娱的时刻，头戴草帽的罗苏琳，依然坐在船上垂钓，旁若无人。

又到春天了。仲春的界河，太阳暖洋洋地照在这片河水依旧却偶有砂石裸露的河滩上。人们在河上三五成群地沿河网着逆流而上的鱼；空旷的陆地上，模糊又渐清晰地来来往往赶路的人们，时而会飘来破空的长啸，痴情的男女依旧涉过清清的河水之后，性情勃发地在干净柔软的沙滩上嬉戏……

古遗风中“关关雎鸠，在河之洲”，在这里可以找到相应的景致，这是生命的激越，是感动于自然的性灵。

翻过千层岭，爬过万道坡，谁见过这水晶般的冰山，野马似的雪水河……